담배 가게 소년

담배 가게
소년

로베르트 제탈러 지음 ― 이기숙 옮김

Der Trafikant

그러나

레오에게

1937년 늦여름의 어느 일요일, 심상치 않은 세찬 폭우가 잘츠카머구트●에 몰아쳤다. 그때까지 별 탈 없이 흘러가던 프란츠 후헬의 삶에 갑작스런 변화를 몰고 오고 지대한 영향까지 미칠 비바람이었다. 멀리서 천둥이 치기가 무섭게 프란츠는 자그마한 어부의 오두막으로 달려갔다. 어머니와 함께 살고 있는 오두막은 아터제 호수 옆의 누스도르프라는 작은 마을에 있었다. 프란츠는 침대 깊숙이 기어 들어가 따뜻하고 안전한 동굴 같은 솜털 이불 안에서 무시무시한 비바람 소리에 귀 기울였다. 폭우는 사방에서 몰아치며 오두막을 뒤흔들었다. 들보가 삐걱거렸고 밖에서는 덧창이 쾅쾅 소리를 냈다. 이끼로 빽빽이 뒤덮인 지붕

● 오스트리아에서 손꼽히는 관광지. 영화 「사운드 오브 뮤직」을 찍은 곳으로도 유명하다.

널판이 바람에 푸드득거렸다. 비는 돌풍에 떠밀려 유리창을 세차게 때렸다. 창문 바깥에 놓인 화분에는 목이 잘려 나간 제라늄 두어 송이가 물에 잠겨 있었다. 헌 옷 상자 위쪽 벽에 걸린 철제 예수상은 언제라도 몸에 박힌 못에서 떨어져 나와 십자가에서 뛰어내릴 기세로 흔들거렸다. 가까운 호숫가에서는 솟구치는 파도에 밀린 고기잡이배가 호숫가 말뚝에 부딪치면서 탕 하는 굉음을 냈다.

마침내 비바람이 잦아들었다. 수줍은 햇살이, 몇 세대가 지나는 동안 어부의 무거운 장화로 닳아버린 시커먼 마루를 지나 침대 쪽으로 어른거리며 다가왔다. 그 순간 프란츠는 갑자기 몰려드는 나른함에 젖어 몸을 잔뜩 웅크렸다. 하지만 곧 이불 밖으로 머리를 빼꼼 내밀고 주위를 두리번거렸다. 오두막은 멀쩡히 그대로 있었고, 예수상은 여전히 십자가에 매달려 있었으며, 빗방울로 얼룩진 창문으로는 제라늄 꽃잎 한 개가 연분홍빛 희망처럼 밝게 빛났다.

프란츠는 침대에서 기어 나와 간이 부엌으로 갔다. 그는 커피와 지방이 많은 우유를 냄비에 넣고 끓였다. 아궁이 속의 장작은 바짝 말라 있던 터라 지푸라기처럼 확 타올랐다. 한동안 가물가물 밝게 타는 불꽃을 들여다보고 있는데, 갑자기 문이 요란한 소리를 내며 벌컥 열렸다. 나지막한 문지방에 어머니가 서 있었다. 후헬 부인은 40대의 호리호리한 여성이었다. 근방의 소금 광산이나 축사 또는 여름 휴양지의 식당 주방에서 일하며 몸이 쇠약해진 대부분의 현지인들처럼, 그녀도 조금 수척하긴 했으나 얼굴은 여전히 아름다웠다. 후헬 부인은 고개를 조금 숙인 채 한 손으로 문기둥을 짚고 서서 숨을 헐떡였다. 앞치마는 몸에 달라붙었고, 머리칼은 가닥가닥 뒤엉켜 이마로 흘러내렸다. 코끝에서 물방울이 하나둘씩 떨어졌다. 그녀 뒤쪽으로 샤프베르크 산이 회색 구름을 뚫고 음산하게 솟아 있었다. 구름 여기저기에서 다시 파란 점들이 나타났다. 프란츠는 옛날에 누가 누스도르프 예배당 문틀에 못 박아 놓았던 비스듬히 조각된 성모상이 생각났다. 그 조각상은 풍상에 시달려 이젠 거의 알아볼 수 없게 되었다.

"엄마, 몸이 다 젖었네요?" 프란츠는 이렇게 말하고 어린 나뭇가지로 아궁이 불을 들쑤셨다. 어머니가 고개를 들었다. 그 순간 어머니가 우는 모습이 눈에 들어왔다. 눈물과 빗물이 뒤범벅되어 있었다. 어머니의 어깨가 들썩였다.

"무슨 일이에요?" 깜짝 놀란 프란츠는 연기가 자욱이 올라오는 불 속에 나뭇가지를 아무렇게나 내던졌다. 어머니는 대답 대신 문지방에서 내려선 후 불안한 걸음걸이로 프란츠에게 몇 발자국 다가오다가 방 한가운데에서 다시 멈춰 섰다. 그녀는 뭔가를 찾는 것처럼 잠시 주위를 둘러보았다. 그리고 무기력한 몸짓으로 두 손을 들더니 무릎을 꿇으며 주저앉았다.

프란츠는 머뭇거리며 다가가 어머니 머리에 손을 얹고 어색하게 쓰다듬기 시작했다.

"무슨 일이에요?" 프란츠가 쉰 목소리로 다시 물었다. 갑자기 그는 이 상황이 낯설고 어색하다는 생각을 했다. 지금까지는 정반대였다. 자신이 소리 내어 울면 어머니가 그를 쓰다듬어 주었다. 손바닥에서 느껴지는 어머니의 머리는 부드럽고 연약했다. 두피 안쪽에서 따뜻하게 고동치는 맥박이 전해졌다.

"그 사람이 물에 빠져 죽었어." 어머니가 낮은 소리로 말했다.

"누구요?"

"프라이닝거."

프란츠는 멈칫했다. 한동안 그는 어머니 머리에 손을 얹은 채 그대로 있다가 다시 손을 뗐다. 어머니는 이마에 흘러내린 머리카락을 쓸어 올렸다. 그리고 몸을 일으켜 앞치마 모서리를 잡고 그걸로 얼굴을 훔쳤다.

"집에 연기가 가득 찼구나!" 어머니는 이렇게 말하고 아궁이에서 어린 나뭇가지를 꺼내 불을 일으켰다.

알로이스 프라이닝거는 본인 말에 따르면 잘츠카머구트에서 가장 부유한 남자였다. 그러나 실제로는 셋째 가는 부자였다. 그의 입장에서는 무척 화가 나는 일이었지만 이게 도리어 그를 유명하고 악명 높은 야심 찬 황소고집으로 만들었다. 그는 몇 헥타르에 달하는 숲과 목초지, 제재소, 제지 공장, 마을에 남아 있는 마지막 어장 네 개, 몇 떼기가 되는지는 알 수 없으나 호숫가의 크고 작은 땅, 그 위에 지어진 건물, 연락선 두 척, 증기 유람선 한 척, 반경 4킬로미터가 넘는 근방에서 단 한 대밖에 없는 자동차를 소유하고 있었다. 그 차는 아우스트로 다임러 사●에서 생산한 진한 자주색 호화 자동차였다. 그러나 끊임없이 비가 내리는 잘츠카머구트의 전형적인 날씨 탓에 항상 도로에 빗물이 흘러넘쳐서 자동차는 늘 녹슨 함석 막사 안에서 허송세월했다.

알로이스 프라이닝거는 60세로 보이지 않을 정도로 언제나 활력이 넘쳤다. 그는 자신을 사랑했고, 자신의 고향과 좋은 음식과 독한 술과 미인을 좋아했다. 물론 그 미모라는 건 주관적이었고 따라서 상대적이었다. 그는 사실 모든 여자를 사랑했다. 여자는 모두 아름답다고 생각했다. 그가 프란츠의 어머니를 처음 만난 건 몇 해 전에 열린 커다란 호수 축제에서였다. 프란츠의 어머니는 하늘색 원피스를 입고 오래된 보리수나무 아래에 서 있었다. 밝은 갈색 종아리는 목재를 씌운 아우스트로 다임러 자동차의 운전대처럼 매끈하고 흠잡을 데 없었다. 프라이닝거는 싱싱한 생선구이와 과일주 한 조끼와 체리 술 한 병을 주문했다. 함께 먹고 마시는 동안 두 사람은 서로 얼굴 한 번 쳐다보지 않았다. 잠시 후 그들은 폴카를 추었다. 나중에는 왈츠까지 추면서 서로 귀에 대고 이런저런 사소한 비밀을 속삭였다. 그런 뒤

● 아우스트로 다임러(Austro-Daimler) 사 : 자동차를 생산하는 독일 다임러 사의 자회사로 1899년 오스트리아에서 설립되었다가 1934년에 슈타이어 다임러 푸흐 사와 합병되었다.

두 사람은 팔짱을 끼고 별빛이 점점이 찍힌 호수 주변을 산책하다가, 예기치 않게 함석 막사에 들어가 곧장 아우스트로 다임러 자동차의 뒷좌석에 자리를 잡았다. 뒷좌석은 상당히 넓었고, 가죽은 부드러웠으며, 충격 흡수 장치는 기름칠을 잘 해놓아 빡빡하지 않았다. 그날 밤은 대체로 성공적이었다. 그때부터 두 사람은 자주 막사에서 만났다. 어떤 요구도 어떤 기대도 없는, 짧지만 화산이 폭발하는 만남이었다. 그렇게 뒷좌석에서 만나 기분 좋게 땀에 젖은 뒤에는 후헬 부인에게 더 기분 좋은 부수 효과가 따라붙었다. 정확히 매달 말일에 누스도르프 은행에 적지 않은 액수의 수표가 날아든 것이다. 이 정기적인 금전 축복 덕분에 후헬 부인은 옛날에 어부가 살던, 호숫가 바로 옆 오두막으로 이사했다. 그리고 날마다 한 끼는 따뜻한 음식을 먹고, 1년에 두 번 버스를 타고 바트 이슐에 가서 에스플라나데 카페에서 따뜻한 코코아를 마시고, 그 옆에 있는 포목점에서 새 옷을 지을 리넨 몇 미터를 사는 호사도 누렸다. 알로이스 프라이닝거의 다정하고 넉넉한 인심은 아들 프란츠에게도 이득이었다. 다른 청년들처럼 변변찮은 생활비나마 벌겠다고 온종일 소금 광산이나 퇴비 더미에서 엉금엉금 기면서 일할 필요가 없었으니 말이다. 프란츠는 아침부터 저녁 늦게까지 숲을 산책하고, 나무 선창에 누워 배를 내놓고 햇볕을 쬐었다. 날씨가 나쁠 때는 침대에 누워 멍하니 생각에 잠겨 지냈다. 그런데 이젠 그것도 끝이었다.

알로이스 프라이닝거는 그날 일요일 오전에도 단골 음식점

'황금 레오폴트'에서 시간을 보냈다. 제1차 세계대전이나 제재소의 대형 화재처럼 몇 안 되는 불행한 사건이 일어났을 때를 제외하면 지난 40여 년 동안 계속된 습관이었다. 그는 붉은 양배추를 곁들인 노루고기와 얇게 썬 밀가루 경단을 먹고, 맥주 여덟 잔과 독주 네 잔을 마셨다. 그리고 굵직하게 떨리는 저음의 목소리로 오버외스터라이히 지역의 전통문화 보존, 옴처럼 유럽 전역으로 번지는 볼셰비즘, 멍청한 유대인, 더 멍청한 프랑스인, 관광 산업의 무한한 발전 가능성에 대해 갖가지 얘기를 장황하게 늘어놓았다. 정오 무렵 조금 졸리고 피곤한 몸으로 집에 가기 위해 호숫가를 비틀거리며 걸을 때는 이상하게 주변이 조용했다. 새 한 마리 보이지 않았고 벌레 소리도 들리지 않았다. 음식점에서 땀으로 번득이는 그의 목덜미 주변을 맴돌던 금파리마저 사라졌다. 하늘은 무겁게 호수 위에 걸려 있었고, 수면은 완전히 매끄러웠다. 갈대조차 흔들리지 않았다. 공기도 굳어버리고 마치 풍경 전체가 조용한 부동 상태로 들어간 느낌이었다. 알로이스는 '황금 레오폴트'에서 파는 돼지수육이 생각났다. 그는 노루고기가 아니라 이걸 주문했어야 했다. 독한 술과 함께 먹었는데도 노루고기는 지금 위 속에 벽돌장처럼 얹혀 있었다. 알로이스는 셔츠 소매로 이마에 난 땀을 닦고 그의 앞에 비단처럼 부드럽게 펼쳐진 검푸른 호수 수면을 바라보았다. 그는 옷을 벗었다.

물은 기분 좋게 차가웠다. 알로이스는 유유히 팔을 저으며 헤엄쳤다. 그는 어둡고 신비에 찬 깊은 물속으로 숨을 내뿜었다. 호수 중간쯤에 다다랐을 때 빗방울이 떨어지기 시작했다. 50미터를 더 헤엄쳐 가자 벌써 양동이로 퍼붓듯이 쏟아졌다. 비는 한결같은 속도로 후두두 소리를 내며 수면 위에 떨어졌다. 빗방울이 무겁게 두들겨 패듯이 쏟아졌고, 빗줄기는 굵은 밧줄이 되어 시커먼 하늘과 시커먼 호수를 하나로 묶었다. 바람이 불어왔다. 곧 돌풍으로 변한 바람은 파도를 때려 물마루에 포말을 일으켰다. 번개가 치면서 호수는 잠시 비현실적인 은빛으로 변했다. 천둥소리는 귀청이 터질 듯이 요란했다. 세상을 박살낼 것처럼 우르릉거렸다. 알로이스는 큰 소리로 웃으며 팔과 다리로 첨벙첨벙 물을 튀겼다. 신이 나서 소리도 질렀다. 이토록 펄펄 살아 있다는 느낌을 전에는 한 번도 느껴본 적이 없었다. 주변 호숫물에서는 거품이 일고 저 위의 하늘은 내려앉았지만, 그는 살아 있었다. 그는 살아 있었다! 알로이스는 물에서 상체를 벌떡 일으키고 구름을 향해 환호성을 질렀다. 바로 그 순간, 번개가 그의 머리 위로 내리꽂혔다. 환한 빛이 두개골 안쪽을 가득 채우면서 그의 마음속에서는 아주 짧은 찰나의 순간에 영원에 대한 예감 같은 게 솟아올랐다. 이윽고 그의 심장이 멎었다. 알로이스는 깜짝 놀란 표정으로 부드럽게 반짝이는 기포의 베일에 싸여 바닥으로 가라앉았다.

장례식은 누스도르프 교구 공동묘지에서 거행되었다. 참석자는 많았다. 알로이스 프라이닝거와 작별하기 위해 많은 지역 주민들이 찾아왔다. 특히 눈길을 끈 건 검은 베일을 쓰고 무덤 주변에 모여 있던 많은 여자들이었다. 사람들은 슬피 울며 흐느꼈다. 제재소의 최고참이자 작업반장인 호르스트 차이틀마이어는 끝이 잘려 나간 오른손 손가락 세 개를 가슴에 얹고 떨리는 목소리로 간신히 몇 마디 말을 이어갔다. "프라이닝거는 좋은 사람이었습니다. 우리가 알기론 누구의 물건을 훔치거나 속인 적이 없어요. 그 누구보다 고향을 사랑한 분이었고요. 어렸을 때부터 호수에 뛰어드는 걸 좋아했죠. 지난 일요일에 들어간 게 마지막이 되었어요. 이제는 주님 곁에 계실 거예요. 저희는 그분이 안식을 찾기를 바랍니다. 성부와 성자와 성령의 이름으로 아멘!"

"아멘!" 나머지 사람들이 함께 기도했다. "그리고 그분은 식욕이 왕성했어요!" 누가 소곤거리며 말했다. 주위에 둘러선 이들이 슬픈 얼굴로 고개를 끄덕였다. 검은 베일을 쓴 여자들 중 한 명이 목이 메어 흐느끼는 소리를 냈다. 사람들은 이런저런 이야기를 주고받은 뒤 흩어졌다.

집으로 돌아오는 길에 프란츠의 어머니는 베일을 쳐들고 빨개진 눈을 깜박이며 햇빛을 쳐다보았다. 호수는 잔잔하고 희뿌옇게 빛났다. 얕은 물가에 왜가리 한 마리가 서서 꼼짝도 하지 않고 다음 번 물고기가 다가오기를 기다렸다. 멀리 떨어진 호숫가에서 증기 연락선 한 척이 출발을 알리는 경적을 울렸다. 그 뒤에는 샤프베르크 산이 그림처럼 서 있었고 제비들이 맑은 하늘을 가르며 질주했다.

"프라이닝거는 떠났어." 어머니는 이렇게 말하고 프란츠의 팔에 손을 갖다 댔다. "앞으로는 사정이 좋아지지 않을 거야. 꼭 무슨 일이 일어날 것 같아. 공기가 심상치 않아." 프란츠는 저도 모르게 눈을 들어 하늘을 보았다. 하지만 거기엔 아무것도 없었다. 어머니는 한숨을 쉬며 말했다. "너도 이젠 벌써 열일곱 살이야. 그런데 손은 아직도 연약해. 계집애 손처럼 연약하고 부드럽고 하얘. 너 같은 아이는 숲에서 일하지 못해. 호수에서는 말할 것도 없고. 여름 휴양객들도 너 같은 아이는 좋아하지 않을 거야." 두 사람은 어느덧 발걸음을 멈췄다. 어머니의 따뜻한 손이 여전히 프란츠의 팔에 가볍게 얹혀 있었다. 건너편에서는 연락선이 밧줄을 풀어 던지고 천천히 뒷질을 하다가 호수를 가로지르기 시작했다.

"프란츠, 내가 이리저리 생각을 좀 해봤단다." 어머니가 말했다. "옛 친구가 한 명 있어. 아주 옛날 옛적에 호숫가에 있는 우리 집에서 물놀이를 하면서 여름을 함께 보낸 사람이야. 이름이 오토 트르스니에크야. 그 사람이 빈 중심가에서 담배 가게를 하고 있어. 신문도 팔고, 담배도 팔고, 없는 게 없는 제대로 된 가게야. 이것만 해도 굉장한데 더 괜찮은 건 그 사람이 나한테 신세 갚을 게 있다는 거지."

"그게 뭔데요?"

어머니는 어깨를 들썩이고는 베일에 생긴 주름을 손가락 끝으로 잡아당겨 폈다. "그해 여름이 아주 더웠어. 우리는 젊었고 정말 바보 같았어……."

호숫가에 있던 왜가리가 갑자기 고개를 홱 쳐들고 부리로 허공을 몇 번 쪼다가 날개를 펴고 날아올랐다. 두 사람은 한동안 왜가리가 나는 모습을 바라보았다. 왜가리는 다시 아래로 내려와 갈대숲 뒤로 사라졌다.

"걱정하지 마, 프란츠. 네가 태어나기 훨씬 전의 일이니까." 어머니가 말했다. "어쨌든 내가 그 사람한테 편지를 보냈단다. 오토 트르스니에크한테 말이야. 너한테 일자리를 마련해줄 수 있느냐고."

"그랬더니 뭐래요?"

어머니는 대답 대신 검은 니트 조끼 안에 손을 넣어 공문서처럼 보이는 종이쪽지를 꺼냈다. 글자가 파란색 활자로 또박또박 찍힌 전보였다. '아이를 보내세요. 그러나 너무 큰 기대는 하지 마세요. 오토.'

"이게 무슨 뜻이에요?" 프란츠가 물었다.

"네가 내일 빈으로 가야 한다는 뜻이야!"

"내일요? 안 돼요. 그런 게 어디 있어요……." 프란츠는 겁에 질려 말을 더듬었다. 그 순간 어머니는 말없이 프란츠의 뺨을 때렸다. 너무 갑작스럽게 맞은 탓에 프란츠는 비틀거리며 옆으로 두 걸음 물러났다.

다음 날 프란츠는 빈으로 가는 아침 기차에 앉아 있었다.

프란츠와 어머니는 돈을 아끼려고 13킬로미터 떨어진 티멜캄 역까지 걸어갔다. 기차는 정시에 도착했다. 작별 인사는 짧았다. 어차피 이야기는 다 끝났고 이미 실행에 들어간 뒤였으니까. 어머니는 프란츠의 이마에 입을 맞추었다. 조금 부루퉁해진 프란츠는 어머니에게 고개를 끄덕이고 기차에 올라탔다. 구식 디젤 기관차가 출발하는 동안 프란츠는 창문 쪽으로 고개를 길게 빼고 어머니를 바라보았다. 승강장에서 손짓하는 어머니의 모습이 점점 작아지다가 마침내 완전히 사라지더니 여름의 아침 햇살 속에서 희미한 점으로 남았다. 프란츠는 자리에 털썩 주저앉아 눈을 감고 길게 숨을 내쉬었다. 곧 현기증이 났다. 지금까지 살면서 잘츠카머구트를 떠난 건 겨우 두 번뿐이었다. 한 번은 학교에 처음 입학하면서 옷을 사려고 린츠에 갔을 때였고, 또 한 번은 초등학교에서 잘츠부르크로 소풍을 갔을 때였다. 잘츠부르크에 갔을 때는 취주악단이 연주하는 따분한 음악을 듣고 나머지 시간에는 옛날 성벽들을 둘러보며 다녔다. 하지만 그건 그냥 소풍이지 그 이상은 아니었다. "이번엔 좀 다를 거야." 프란츠는 혼자 낮은 소리로 중얼거렸다. "아주 완전히 다를 거야!" 멀리 떨어진 해안선이 아침 안개를 뚫고 나타나듯이, 그의 마음속에서 미래의 모습이 솟아올랐다. 아직은 조금 희미하고 어렴풋하지만 희망으로 가득 찬 멋진 모습이었다. 갑자기 모든 게 왠지 홀가분하고 편안해졌다. 티멜캄 기차역 승강장에 서 있는 어머니의 모습이 흐릿해질 때 그곳에 자신의 체중을 거의 모두 내려놓고 온 기분이었다. 프란츠는 이제 거의 무중력 상태에 있는 것처럼 기차 객실에 앉아 있었다. 그리고 엉덩이 밑에서 달가닥대는 율동적인 소리를 몸으로 느끼며 시속 80킬로미터에 육박하는 엄청난 속도로 빈을 향해 달려갔다.

한 시간 반이 지나고 기차가 포어알펜 산맥을 벗어나자, 넓고 밝은 니더외스터라이히의 낮은 구릉지가 펼쳐졌다. 프란츠는 어머니가 싸준 꾸러미 속의 음식을 벌써 다 먹어치우고 아까처럼 마음이 또 무거워졌다.

여행은 이렇다 할 사건 없이 계속되었다. 도리어 지루한 느낌마저 들었다. 기차는 암슈테텐에서 뵈하임키르헨으로 가는 구간에서 딱 한 번 예정에 없이 정차했다. 객차가 거칠게 앞으로 밀렸다가 뒤로 빠지더니 금방 속도가 줄어들었다. 수하물을 넣어두는 망에서 짐이 굴러 떨어지고 귀를 찢는 끼익 소리가 났다. 사방에서 욕설과 비명이 터져 나왔다. 기차는 또 한 번, 아까보다 조금 더 격렬하게 덜커덕거리다가 멈춰 섰다. 기관사는 자신의 체중을 몽땅 실어 무쇠 제동 레버에 매달렸다. 조금 떨어진 앞쪽 선로에 큼지막하고 시커멓고 뭔가를 쌓아놓은 것 같은, 여하튼 수상쩍은 물체가 나타난 것이다. "이번에도 사회주의자겠지!" 검표원이 펄럭이는 차표 묶음을 들고 급히 객차를 지나 앞쪽으로 걸어가며 투덜댔다. "아니면 나치이거나! 누구든 간에 죄다 똑같은 하층민들이야!"

무슨 일이 일어났는지는 곧 밝혀졌다. 수상쩍은 물체는 늙은

암소였다. 하필이면 죽을 자리로 서부역 선로 구간을 택한 암소
는 악취를 풍기며 침목에 축 늘어져 있었다. 기차 승무원들이 승
객 몇 명의 도움을 받아 선로에서 암소의 사체를 끌어냈다. 프란
츠는 안전하게 떨어진 곳에 서서 여자애처럼 고운 두 손으로 뒷
짐을 지고 그 광경을 자세히 관찰했다. 거무스름한 암소의 두 눈
이 희미하게 빛나고 그 위를 파리들이 어지럽게 날아다녔다. 프
란츠는 어렸을 때 자주 호숫가에서 주워 모았던 반짝이는 돌이
떠올랐다. 바지 주머니가 불룩해지도록 돌을 한가득 집어넣어
집으로 가져왔지만, 오두막 바닥에 바지 주머니를 털어낼 때마
다 그는 살짝 실망했다. 돌들은 그 불가사의하던 광택을 잃어버
리고 물기도 윤기도 없이 마룻바닥을 굴러다녔다.

기차는 두 시간 늦게 마침내 빈 서부역으로 들어섰다. 프란츠
는 역 대합실을 벗어나 눈부신 정오의 햇빛 속으로 걸어 나왔다.
조금 우울했던 기분은 벌써 날아가고 없었다. 그런데 이제는 속
이 조금 메스꺼웠다. 프란츠는 옆에 있는 가스등 기둥을 붙잡았
다. 여기에 오자마자 사람들이 다 보는 데서 기절부터 한다면 정
말 창피할 거야. 이런 생각이 들자 프란츠는 짜증이 났다. 해마다
여름이면 찾아오는 창백한 얼굴의 피서객들도 그랬다. 그들은 호
수에 도착하자마자 하나씩 둘씩 더위를 먹고 풀밭에 쓰러졌다.
그러면 쾌활한 현지인들이 큰 통에 물을 담아 얼굴에 붓거나 몇
차례 뺨을 때려 의식을 되찾게 도와주었다. 프란츠는 가로등에
더 힘껏 매달려 눈을 감았다. 발밑의 도로 포장석이 다시 안전해

졌다고 느낄 때까지, 그리고 눈 감은 시야에서 천천히 고동치며 지나가는 빨간 점들이 사라질 때까지 그는 꼼짝도 하지 않았다. 다시 눈을 떴을 때는 겁에 질린 짧은 웃음이 터져 나왔다. 대단한 광경이 펼쳐졌다. 도시는 어머니의 아궁이에 올라가 있던 채소 냄비처럼 부글부글 끓었다. 모든 게 쉬지 않고 움직였다. 성벽과 도로도 살아 있는 것처럼 숨을 쉬고 팽창했다. 도로 포장석이 삐걱거리는 소리와 벽돌이 부드득 갈리는 소리까지 들리는 듯했다. 온통 소음 천지였다. 허공에서 끊임없이 윙윙 소리가 났다. 알아들을 수 없게 뒤섞인 온갖 소리와 울림과 리듬이 번갈아 들리다가 다시 한데 섞여 흐르고, 서로의 소리를 압도하며 고함을 치고 울부짖었다. 빛도 난무했다. 사방에서 뭔가가 깜박이고, 반짝이고, 번개처럼 번쩍거리고, 밝게 빛났다. 창문도, 거울도, 광고판도, 깃대도, 허리띠 버클도, 안경알도 빛났다. 자동차들이 굉음을 내며 지나갔다. 화물차도 지나갔다. 잠자리 색깔의 초록 오토바이도 지나갔다. 화물차가 또 한 대 지나갔다. 전차가 찌릉찌릉 종을 울리며 모퉁이를 돌았다. 상점 문은 활짝 열렸고 자동차 문은 쾅 닫혔다. 누가 유행가 첫 소절을 흥얼거리는가 싶더니 후렴구 중간에 이르러 중단했다. 목이 쉬도록 욕을 하는 사람도 있었다. 한 여자가 도살되는 닭처럼 날카롭게 소리를 질렀다. 그래, 이곳은 전혀 딴 세상이구나. 프란츠는 넋이 빠져 생각했다. 생판 다른 세상이었다. 그 순간 악취가 났다. 도로 포석 밑에서 뭔가가 발효되는 모양이었다. 그 위로 갖가지 수증기가 피어올랐다. 구정물, 오줌, 싸구려 향수, 오래된 비계, 타버린 고무, 디젤, 말똥, 담배 연기, 도로의 타르 냄새가 났다.

"젊은이, 어디가 안 좋아요?" 키가 작은 여자가 프란츠 앞에 서서 빨갛게 충혈된 눈으로 올려다보며 물었다. 정오의 열기가 한창인데도 여자는 무거운 모직 외투를 입고 머리에는 낡은 털모자를 쓰고 있었다.

"아니에요!" 프란츠가 얼른 대답했다. "그냥 이 도시가 너무 시끄러워서 그래요. 악취도 조금 나고요. 아마 배수로에서 나는 거겠죠."

키가 작은 여자는 마른 나뭇가지처럼 생긴 집게손가락을 프란츠에게 뻗었다.

"악취가 나는 곳은 배수로가 아니에요." 여자가 말했다. "세월이에요. 말하자면 부패한 세월이죠. 부패하고 타락하고 황폐해진 세월!"

맞은편 거리에서 맥주 통을 높이 쌓아올린 마차가 덜커덕거리며 지나갔다. 몸집이 큰 핀츠가우어 말 한 마리가 꼬리를 높이 감아올리고 똥 몇 덩이를 떨어뜨렸다. 그러자 이런 뒤치다꺼리를 하려고 잰걸음으로 따라가던 깡마른 소년이 맨손으로 똥을 주워 모아 어깨에 멘 자루에 넣었다.

"먼 데서 왔어요?" 키가 작은 여자가 물었다.

"집을 떠나 왔어요."

"아주 멀리 왔군요. 그러면 당장 되돌아가는 게 제일 좋아요!"

여자의 왼쪽 눈에서 핏줄이 터져 분홍색 삼각형으로 퍼져 나갔다. 속눈썹에는 작은 석탄 부스러기가 묻어 있었다.

"말도 안 돼요!" 프란츠가 대답했다. "돌아갈 수 없어요. 그리고 뭐든지 익숙해지기 마련이에요."

프란츠는 뒤돌아서서 걸어갔다. 차량이 많이 다니는 순환 도로를 건너다가 그는 난폭하게 달려오는 버스를 아슬아슬하게 피했다. 그리고 말 오줌이 괴어 있는 웅덩이를 민첩하게 뛰어넘고는 어머니가 알려준 대로 맞은편에 있는 마리아힐퍼 가로 꺾어 들어갔다. 뒤를 돌아보니 키가 작은 여자는 역 입구 가로등 옆에 그대로 서 있었다. 초록색 모직 천을 두른, 머리가 거대한 난쟁이 같았다. 머리에 쓴 모자의 미세한 털끝에서 햇빛이 반짝였다.

오토 트르스니에크가 운영하는 작은 담배 가게는 빈의 제9구역에 있는 베링거 가에 있었다. 파이트하머 설비업체와 로스후버 정육점 사이에 끼어 있었는데, 출입문 위에는 커다란 양철 간판이 붙어 있었다.

트르스니에크 담배 가게
신문
문구
담배
1919 설립

프란츠는 침을 조금 묻혀 머리카락을 반반하게 가다듬고 셔츠 단추를 맨 위까지 채웠다. 그렇게 해야 진중해 보일 것 같았다. 그는 크게 심호흡을 하고 가게로 들어섰다. 머리 위쪽 문틀에서 귀여운 작은 종이 딸랑딸랑 울렸다. 벽보와 전단지와 광고지로 거의 빈틈없이 뒤덮인 진열창으로 빛이 조금밖에 들어오지 않았다. 프란츠의 눈이 어둑어둑한 실내에 익숙해지기까지는 몇 초가 걸렸다. 물건을 파는 공간은 협소했다. 신문, 잡지, 노트, 책, 필기구, 담뱃갑, 담배 상자를 비롯해 각종 담배와 문구용품과 자잘한 물건들이 천장까지 빼곡히 들어차 있었다. 낮은 판매대 안쪽에는 양옆으로 높이 쌓아둔 신문지 더미 사이에 중년 남자가 앉아 있었다. 그는 서류철 위로 고개를 푹 숙인 채, 이런 일에 쓰려고 그려놓은 세로 단과 네모 칸 안에 숫자를 꼼꼼하고 주의 깊게 적어 넣었다. 펜촉에 종이가 긁히면서 나는 소리만 들릴 뿐, 실내는 숨 막히는 정적으로 가득했다. 서너 개의 좁다란 빛줄기 속에서 먼지가 어른어른 날아다녔고, 담배와 종이와 인쇄 잉크에서 나는 강렬한 냄새가 공기 중에 떠다녔다.

"어서 와라, 프란츨." 남자는 적고 있는 숫자에서 눈도 떼지 않고 말했다. 낮은 목소리였지만, 세 마디 말만큼은 그 답답한 공간에서 너무나 또렷하게 들렸다.

"제가 프란츨인지 어떻게 아셨어요?"

"잘츠카머구트의 절반이 네 두 발에 아직 붙어 있잖아!" 남자는 만년필로 프란츠의 신발을 가리켰다. 신발 끝의 바느질한 부분에 검은 흙덩이가 몇 개 달라붙어 있었다.

"아저씨가 오토 트르스니에크 씨군요."

"맞아." 오토 트르스니에크는 나른한 손놀림으로 서류철을 덮고 서랍에 넣었다. 그리고 앉아 있던 작은 의자에서 힘겹게 일어난 뒤 기묘한 몸짓으로 껑충 뛰어 신문지 더미 뒤로 사라졌다가 곧 목발 두 개를 겨드랑이에 끼고 나타났다. 프란츠가 본 바로는 그의 왼쪽 다리엔 넓적다리의 절반만 남아 있었다. 절단된 부위 아래쪽 바짓가랑이는 무릎 높이쯤까지 바짓단을 줄인 다음 맞붙여 꿰맸고 움직일 때마다 조금씩 흔들거렸다. 오토 트르스니에크는 목발 하나를 집어 들고 다정한 몸짓으로 둥그렇게 원을 그리며 가게에 있는 이런저런 물건들을 가리켰다.

"이게 다 내가 아는 사람들이야. 내 친구들이야. 내 가족이지. 마음 같아서는 이 사람들을 모두 데리고 있고 싶어." 그는 목발을 판매대에 걸쳐 놓았다. 그리고 한쪽 서가에서 화려하게 빛나는 잡지 표지들을 손등으로 부드럽게 쓰다듬었다. "그래도 내주어야 해. 매주, 매일, 언제라도 팔아야 해. 가게를 열 때부터 닫을 때까지. 왜 그런지 아니?"

프란츠는 알지 못했다.

"나는 담배 가게 주인이니까. 담배 가게 주인이 되고 싶으니까. 앞으로도 언제까지나 담배 가게 주인이고 싶으니까. 더는 하지 못할 때까지. 주님이 내 가게 셔터를 내리실 때까지. 아주 단순한 거란다!"

"아, 그렇군요." 프란츠가 대답했다.

"그렇고말고." 오토 트르스니에크가 말했다. "참, 어머니는 어떻게 지내시니?"

"여전하세요. 안부 인사 전해달라고 하셨어요!"

"고맙구나." 오토 트르스니에크가 말했다. 그는 견습생을 데리고 담배 가게 일상의 비밀 속으로 들어갔다.

출입문 옆에 놓인 작은 스툴●이 앞으로 프란츠의 주된 일터였다. 급한 일이 없으면 그는 거기에 조용히 앉아 지시를 기다려야 했다. 이야기도 하면 안 되었다. 그 외에는 두뇌를 갈고 닦고 시야를 넓히기 위해 뭔가를 해야 했다. 다시 말해 신문을 읽어야 했다. 왜냐하면 신문 읽기는 담배 판매인의 삶에서 유일하게 중요하고 유일하게 의미 있는 일이기 때문이라고 했다. 신문을 읽지 않으면 비록 사람이 아니라고는 할 수 없어도 담배 가게 주인은 아니라고 했다. 올바른 신문 읽기는 그저 형편없는 일간지 한두 종을 수박 겉 핥기식으로 뒤적이는 걸 뜻하지 않았다. 두뇌와 시야를 똑같이 확장하는 올바른 신문 읽기는 시장에 나와 있는, 그러니까 담배 가게에서 파는 모든 신문을 읽는 걸 의미했다. 그것도 처음부터 끝까지는 아니더라도 최소한 대부분의 내용을 읽어야 했다. 다시 말해 머리기사, 사설, 중요한 칼럼, 중

● 등받이와 팔걸이가 없는 작은 의자.

요한 논평, 중요한 국내외 정치 뉴스, 지역 뉴스, 경제 기사, 과학 기사, 스포츠와 문화와 사회 기사 등을 읽어야 한다고 했다. 신문 판매는 누구나 알다시피 모든 진지한 담배 가게의 핵심 영업이었다. 고객 또는 신문 구매자는 정신적·정서적·정치적인 이유에서 특정 출판물의 단골 독자가 아니라면, 가게 주인으로부터 적절한 조언과 정보를 얻기 원한다고 했다. 또한 필요에 따라서는 고객이자 독자이며 신문 구매자인 자신에게 그날, 그 시간, 그 분위기에서 딱 맞는 한 가지 신문을 부드러우면서도 단호하게 또는 단호하면서도 부드럽게 안내 해주기를 바란다고 했다. 오토 트르스니에크는 프란츠에게 지금까지 자기가 한 말을 다 이해했느냐고 물었다.

프란츠는 고개를 끄덕였다.

곧 흡연 제품에 대한 설명이 시작되었다. 담배 파는 일은 비교적 간단했다. 담배는 잘츠카머구트 출신이든 어디 다른 곳 출신이든 우연히 이곳 가게로 흘러든 시골뜨기라도 누구나 팔 수 있다고 했다. 빵집에서 파는 빵에 해당하는 게 담배 가게에서는 담배라고 했다. 다 알다시피 빵과 담배는 각각 맛이나 생김새가 아니라 오로지 배고픔 때문에 또는 습관적으로 사는 것이니까. 이 정도면 빵이나 담배 판매에 대해 말해둘 것은 이미 다 말한 셈이라고 했다. 하지만 시가는 전혀 달랐다. 정말 완전히 달랐다! 시가를 팔아야 비로소 진지한 담배 가게가 완벽한 담배 가게로 거듭나는 것이었다. 적절히 구비해놓은 시가에서 나는 향기와 냄새와 맛과 풍미가 비로소 신문과 담배를 파는 평범한 상점을 정신과 감각의 신전으로 탈바꿈시킨다고 했다. 오토 트르스니에크는 프란츠에게 이것도 웬만큼 알아들었느냐고 물었다.

프란츠는 고개를 끄덕이고 스툴에 가서 앉았다.

오토 트르스니에크는 천장 바로 밑까지 시가 상자들이 빽빽하게 들어찬 벽 선반을 슬픈 눈으로 올려다보며 말을 이어갔다. 시가를 팔 때는, 물론 다른 많은 것들도 그렇지만, 정치가 큰 골칫거리였다. 정치는 근본적으로 모든 걸 엉망으로 만들기 때문이라는 것이었다. 지금 누가 정부의 맨 꼭대기 자리에 엉덩이를 깔고 앉아 있는지, 사망한 황제인지, 짜리몽땅한 돌푸스●인지, 그의 후계자 슈슈니크●●인지, 아니면 저 위쪽에 있는 과대망상증 환자 히틀러인지는 별로 중요하지 않았다. 정치 때문에 모든 게 망가지고, 잘못되고, 더러워지고, 멍청해지고, 어떤 식으로든 완전히 파괴된다고 했다. 시가 장사가 하나의 사례였다. 하필이면 시가 장사! 요즘엔 시가를 구하기가 힘들어졌다고 했다. 공

● 엥겔베르트 돌푸스(Engelbert Dollfuss : 1892~1934) : 오스트리아 정치가. 오스트리아 연방공화국을 붕괴시키고 가톨릭과 파시즘을 지도 이념으로 하는 독재 정권을 수립했다. 그러나 쿠데타를 일으킨 오스트리아 나치 당원들에게 암살되었다.

●● 쿠르트 슈슈니크(Kurt Schuschnigg : 1897~1977) : 오스트리아 정치가. 전임자인 돌푸스의 뒤를 이어 총리가 되었다. 1938년 히틀러에게 독일과의 합병을 강요당했지만 저항하여 국민 투표로 독립을 유지하려 했다. 그러자 히틀러는 오스트리아를 침공하여 독일-오스트리아 합방을 선포했다.

급이 원활하지 않고, 믿을 수도 없으며, 앞으로 어떻게 될지 가늠하기도 어려워졌다는 것이다. 재고량도 크게 출렁이는 데다가 계속 줄어드는 추세였다. 어떤 시가는 벌써 몇 주나 몇 달 전에 다 팔리고 지금 여기엔 빈 상자만 장식품으로 남아 있는데, 사실상 좋았던 옛날에 대한 일종의 슬픈 기억이라고 했다!

"결국 사는 게 이런 거지. 딴게 아냐." 오토 트르스니에크는 이렇게 말하고 프란츠를 걱정스럽게 바라보았다. 그러곤 목발을 짚고 두어 번 껑충 뛰어 판매대 안쪽으로 들어간 뒤, 서랍에서 서류철을 꺼내 혀끝을 위아래 앞니 사이에 밀어 넣고 회계 장부를 계속 적어 나갔다.

그때부터 프란츠는 매일 아침 여섯 시 정각에 오토 트르스니에크의 담배 가게로 나왔다. 가게 바로 안쪽에 있는 작은 창고를 거실 겸 욕실 겸 침실로 쓰라고 했기 때문에 일터까지의 거리가 짧아서 편했다. 아침에 프란츠는 스스로도 놀랄 만큼 상쾌한 기분으로 매트리스에서 벌떡 일어나 옷을 입고, 양철 대야에서 이를 닦고, 손가락에 물을 묻혀 머리칼을 매만진 뒤 가게로 일하러 나갔다. 오전 시간은 대부분 출입문 옆에 놓인 작은 스툴에 앉아 신문을 읽으며 보냈다. 읽다가 도중에 중단되는 일은 별로 많지 않았다. 프란츠는 오토 트르스니에크가 지시한 대로 방금 배달된 조간신문 한 묶음을 똑바로 쌓아놓고 하나씩 차례로 읽었다. 처음엔 일이 고달팠다. 신문을 읽다가 피곤에 지쳐 바닥에 쓰러지지 않으려면 정신을 바짝 차려야 할 때가 많았다. 예전에 고향에는 시장 부인이 직접 써서 달마다 발행한 〈누스도르프 지역 소식지〉가 있었지만, 그것 말고는 신문다운 신문이 거의 없었다. 오두막 뒤편 딱총나무 덤불 옆에 있는 재래식 변소에만 늘 어머니가 적당한 크기로 잘라놓은 작은 신문 뭉치가 있을 뿐이었다. 프란츠는 밑을 닦기 전 이따금 기사 제목과 기사 몇 줄, 심지어 단락의 절반까지도 읽었다. 그렇다고 거기에서 무슨 특별하게 유익한 정보를 얻은 건 아니었다. 그 무렵 세상일들은 프란츠의 영혼에 도달하지 못한 채 그의 두 손을 지나 엉덩이 아래로 미끄러져 내려갔다. 그러나 이제는 달라질 것 같았다. 처음 며칠은 읽는 게 더디고 별 진전이 없었다. 신문 기사에는 상당히 격식을 차린 문체와 수많은 까다로운 표현이 반복해서 등장했지만, 금방 익숙해졌다. 덕분에 차츰 여러 기사를 읽고 거기에 담긴 각각의 의미를 짚어낼 수 있게 되었다. 몇 주가 지난 뒤에는 드디어 신문을 막힘없이 줄줄 읽을 정도가 되었다. 첫 장부터 마지막 장까지는 아니었지만 적어도 기사의 대부분은 읽었다. 서로 다른 입장, 때론 완전히 상반되는 입장과 시각 때문에 몹시 혼란스럽기도 했지만, 그래도 신문 읽기는 어떤 식으로든 상당한 즐거움을 안겨주었다. 그건 수많은 활자들 틈에서 바스락 소리를 내며 모습을 드러내던 예감, 이 세상의 가능성에 대한 자그마한 예감이었다.

프란츠는 때때로 신문을 옆으로 치워놓고 화려하게 채색된 나무 상자들 중 하나에서 시가를 한 개 꺼냈다. 그는 그걸 사방으로 돌려보고, 진열창으로 들어오는 가느다란 빛에 비춰보고, 연한 잎 껍질을 손끝으로 만져보고, 코 밑에 갖다 댄 뒤 눈을 감고 냄새를 맡아보았다. 시가는 종류마다 아주 독특한 냄새를 풍겼다. 그럼에도 그 모든 냄새에는 한 가지 공통된 향기가 있었다. 그건 담배 가게 너머에 있는 세상, 이 베링거 가와 빈이라는 도시 너머에 있는 세상, 나아가 이 나라와 드넓은 대륙 너머에 있는 세상의 향기였다. 거기에선 축축하고 검은 흙냄새가 났다. 조용히 부패해가는 거목의 냄새, 어두운 원시림을 가득 채우며 애타게 울부짖는 맹수의 냄새, 열기가 일렁대는 담배 농장에서 적도의 하늘로 솟아오르는 흑인 노예들의 한층 더 애타는 노래의 냄새가 났다.

"형편없는 시가에서는 말똥 맛이 나. 좋은 시가에서는 담배 맛이 나고. 아주 좋은 시가에서는 세상맛이 나지!"

그렇게 말하는 오토 트르스니에크는 흡연자가 아니었다.

처음 몇 주 동안 프란츠는 손님들 얼굴을 익히는 데 집중했다. 당연히 뜨내기손님도 많았고, 무엇에 쫓기듯 황급히 들어와 숨도 쉬지 않고 원하는 것을 달라고 하고는 다시 급하게 나간 뒤 이후로는 거의 오지 않거나 두 번 다시 모습을 드러내지 않는 사람도 있었다. 그러나 대부분은 단골손님이었다. 오토 트르스니에크는 전쟁이 끝난 이듬해에 상이군인 보상법에 따라 담배 가게를 운영하게 된 후부터 제9구역 알저그룬트에서 확고한 기반을 다졌다. 이 지역에서 젊은 날의 트르스니에크를 아는 사람은 아무도 없었다. 그는 어느 날 갑자기 나타나 목발을 짚고 베링거 가를 걸어 내려와 가게 바깥에 큼지막한 양철 간판을 만들어 붙이고, 안에는 출입문 위에 종을 매단 후 판매대 안쪽에 들어가 앉았다. 그날부터 그는 보티브 성당이나 파이트하며 설비업체처럼 그 지역의 일원으로 자리 잡았다.

"고객들을 잘 기억해둬라. 사람들의 습관과 취향도 알아두고. 기억력은 담배 파는 사람의 자본이야!" 오토 트르스니에크가 프란츠에게 말했다. 프란츠는 그가 말한 대로 하려고 노력했다. 처음에는 손님들과 그들이 가진 개인적인 버릇이나 요구 사항을 서로 연결하는 게 힘들었지만, 하루하루 지날수록 분명하게 파악되었다. 형체 없이 뒤섞여 있던 손님들의 무리에서 차츰 개개인의 윤곽이 고유의 특성과 함께 드러나기 시작했다. 마침내 프란츠는 손님이 들어오면 이름을 부를 수 있게 되었고, 빈에서는 무척 중요하게 여기는, 이름에 따라붙는 칭호까지 붙여 인사할 수 있게 되었다. 예를 들어 하인츨 박사 박사라는 여자가 있었다. 그녀는 대학에 들어가 공부해 보기는커녕 대학 건물도 본적이 없는 사람이었다. 결혼은 두 번 했는데, 첫 번째 남편은 유대인 치과의사였고 두 번째 남편은 이미 결혼할 때부터 나이가 무척 많았던 변호사였다. 두 남자는 대부분의 빈 사람들처럼 중앙공동묘지에 묻혔지만 박사 칭호만큼은 남았다. 그때부터 미망인 하인츨은 그 지역에서 자랑스럽게 박사 칭호를 달고 다녔다. 게다가 푸르스름한 가발을 착용하고, 겨울에도 훈제 연어 색깔의 비단 장갑 두 짝으로 계속 얼굴에 부채질을 했으며, 날마다 살짝 콧소리가 나는 귀족들의 말투로 〈빈 신문〉과 〈제국 신문〉을 달라고 했다. 하지만 그날의 첫 손님은 퇴직한 국회 공무원인 상업 고문관 루스코베츠였다. 루스코베츠는 매일 아침 가게 문을 열자마자 대소변을 못 가리는 닥스훈트를 데리고 와서 〈빈 저널〉과 '글로리에테' 한 갑을 사 갔다. 그는 이따금 가게 주인과 형편없는 날씨나 멍청한 정부에 대해 몇 마디 말을 주고받았다. 그러는 동안 닥스훈트가 바닥에 노르스름한 오줌 방울을 떨어뜨리면 프란츠는 곧장 젖은 걸레로 그걸 닦아야 했다. 오전에는 노동자들이 쿵쾅거리며 들어와 〈민중 신문〉이나 〈클라이네 신문〉을 사고 개비 담배를 달라고 했다. 그러면 오토 트르스니에크는 병조림 병에서 담배를 꺼내 굳은살이 박인 그들 손에 하나씩 나눠주었다. 노동자들 중에는 아침부터 맥주 냄새를 풍기는 사람도 있었고 투박한 신발에 꽤 많은 오물을 묻혀 오는 이도 있었다. 그래도 프란츠는 그 노동자들이 좋았다. 그들은 말을 많이 하지 않았다. 얼굴은 골격이 뚜렷하고 각이 져 있었다. 전체적으로 풍기는 인상이 고향에서 보았던 먼지를 뒤집어쓴 벌목꾼들 같았다. 정오경에는 연금 생활자들과 대학생들이 들어왔다. 연금 생활자들은 〈금주의 오스트리아〉가 있느냐고 물었고, 대학생들은 이집트 담배 두어 갑과 〈빈 신문〉과 필기용지와 풍자 잡지 최신 호를 사 갔다. 오후에는 뢰벤슈타인이라는 이름의 노신사가 나타나 '글로리에테' 한두 갑을 사 갔다. 그다음은 가정주부들 시간이었다. 가정주부들은 세제 냄새나 체리 술 냄새를 풍겼다. 이야기도 많이 하고 묻는 것도 많았는데, 이따금 〈클라이네 여성 신문〉이나 현대 여성이 읽기에 재미있는 잡지들을 달라고 했다. 근시가 심한 법무부 관리 콜러러도 들러 날마다 피우는 가늘고 긴 담배 '랑거 하인리히'와 〈농업인 동맹〉과 〈빈 삼림 소식〉을 한 부씩 사 갔다. '붉은 에곤'은 정해진 시간 없이 아무 때나 왔다. 그는 그 지역에서 유명한 알코올 중독자였으며, 사회민주당이 불법화됐는데도 아랑곳하지 않고 기회가 될 때마다 공공연하게 자신이 사회민주당 당원이라고 큰 소리로 밝히고 다녔다. 몸은 여위고 안색은 어두웠으나, 휜칠한 이마 안쪽 어딘가에서는 결코 식지 않을 것 같은 불꽃이 타올랐다. 그는 문을 밀고 들어오기가 무섭게 혁명과 봉기와 변혁과 전복에 대해 이야기하기 시작했다. 이런 것들은 이미 오래전부터 어딘가에서 진행 중이라고 했다. 자본주의 세상은 지치고 망가지고 학대당한 노동자 계급의 뼛가루 산 위에 세워졌지만, 혁명과 봉기가 그 자본주의를 당연히 박살낼 거라고 했다. 그러고는 여느 때처럼 침울한 표정으로 선반을 한참 응시하다가 결국 필터 없는 담배 한 갑을 사기로 결정한 뒤 돈을 내고 나갔다. 초등학교 아이들은 구르듯이 들어와 색연필이나 수집용 작은 그림을 찾았다. 나이 든 숙녀들은 수다를 떨려고 했고, 나이 든 신사들은 말없이 조용히 서서 잡지 표지를 구경하고 싶어 했다. 언젠가는 남자 단골손님 한 명이 쉰 목소리로 '서랍'을 들여다보아도 좋으냐고 물었다. 판매대 아래쪽에 있어서 눈에 잘 안 띄는 그 서랍은 오토 트르스니에크가 늘 꼼꼼하게 잠가두고 고객이 특별히 원할 때만 열어주었다. 거기엔 몇 년 전부터 엄격히 금지된 이른바 '애정 잡지'가 들어 있었다. 담배 가게 주인이 프란츠에게 이야기할 때는 '자위 잡지' 또는 '포르노 잡지'라고 부르곤 했다. 남자들은 그 잡지를 조금 들춰 보면서 될 수 있는 대로 관심 없다는 표정을 지으려고 애썼다. 그러곤 프란츠가 남들 눈에 띄지 않게 갈색 종이로 포장해준 잡지 한두 권을 사 가지고 나갔다.

"유능한 담배 판매인이라면 담배와 신문만 팔아서는 안 돼." 오토 트르스니에크는 이렇게 말하고 만년필 한쪽 끝으로 절단된 다리 부분을 긁었다. "유능한 담배 판매인은 즐거움과 쾌락도 팔아야 해. 가끔은 악습까지도!"

더도 말고 덜도 말고 일주일에 엽서 한 장씩 주고받자는 것, 이것이 어머니와 약속한 내용이었다. "프란츨, 일주일에 한 번씩 집으로 엽서를 보내야 해. 엄마는 자식이 어떻게 지내는지 알아야 하니까!" 후헬 부인은 프란츠가 집을 떠나기 전날 밤 이렇게 말하고 집게손가락 등으로 아들의 뺨을 가볍게 어루만졌다.

"그럴게요." 프란츠가 대답했다.

"하지만 제대로 된 그림엽서라야 해. 앞면에 예쁜 그림이 있는 걸로. 침대 위에 생긴 곰팡이 자국에 그걸 붙여서 가릴 거야. 엽서를 바라볼 때마다 늘 네가 어디에 있는지 그려볼 수 있겠지!"

진열창 옆 구석에 폭이 좁은 진열대가 있었다. 거기엔 다양하게 구비된 안부 엽서들과 그림엽서들이 비스듬히 겹쳐져서 배열되어 있었다. 금요일 오후가 되면 프란츠는 진열대 앞에 서서 엽서를 하나 골랐다. 엽서에는 대부분 빈의 유명 관광 명소 사진이 박혀 있었다. 분홍빛 아침 햇살을 받는 슈테판 대성당, 별빛 아래에서 돌아가는 대회전 관람차, 화려한 조명으로 빛나는 국립오페라극장 같은 것들이었다. 프란츠는 늘 공원이나 화단 그림을 골랐다. 그게 안 되면 적어도 주택 창문 앞에 화분이 놓여 있는 그림을 선택했다. 비가 내리는 쓸쓸한 시간에는 초록색 사물과 색깔이 어머니의 기분을 상쾌하게 해줄 거라고 믿었다. 더욱이 곰팡이 자국에는 그런 엽서가 더 어울렸다. 프란츠가 엽서에 몇 줄을 써 보내면 어머니도 몇 줄을 적어 보냈다. 두 사람은 차라리 함께 이야기를 나누거나 하다못해 말없이 나란히 앉아 갈대 소리라도 듣고 싶었다. '사랑하는 프란츨, 어떻게 지내니?', '사랑하는 어머니, 고마워요. 저는 잘 지내고 있어요.', '나도 잘 있단다.', '이곳 도시엔 볼 게 많아요.', '누스도르프에는 볼만한 게 없어. 그래도 괜찮아.', '하는 일이 재미있어요.', '오두막에서 다시 이끼를 긁어내야겠어. 사랑한다, 엄마가.', '저도 사랑해요, 프란츨.' 그건 고향에서 낯선 곳으로 나갔다가 다시 돌아온 외침이었다. 외침은 짧은 접촉처럼 순식간에 일어났지만 따뜻했다. 프란츠는 어머니가 보낸 엽서를 침대 옆 탁자 서랍에 넣어두고 한 주가 지날 때마다 엽서가 쌓여가는 모습을 지켜보았다. 엽서는 모두 반짝거리는 아터제 호수 사진이었다. 고요한 밤이면 가끔 잠들기 직전에 서랍에서 부드럽게 꾸르륵 하는 물소리가 들렸다. 하지만 그건 프란츠의 상상일지도 몰랐다.

10월 초, 처음 불어온 가을바람이 거리에서 열기를 몰아내고 행인들의 머리에서 모자를 날려버렸다. 프란츠는 이따금 모자 하나가 담배 가게 앞을 굴러가고 곧 모자 주인이 그 뒤를 뒤뚱거리며 따라가는 모습을 보았다. 날씨가 쌀쌀해졌다. 오토 트르스니에크가 머잖아 석탄 난로를 피우겠다고 이미 언질을 준 상태였다. 프란츠는 모양이 조금 일그러진 갈색 털 조끼를 꺼내 입기 시작했다. 그건 몇 년 전 눈이 많이 내리던 겨울날에 어머니가 아궁이 불빛을 받으며 떠준 옷이었다. 앞을 내다볼 수 없는 혼란한 상황과 그로 말미암아 더 혼란한 정치적 전망에도 불구하고 장사는 잘되었다. "사람들이 그 히틀러라는 사람한테 미쳐있어. 나쁜 소식에도 혹해 있지. 결국엔 그게 그거지만." 오토 트르스니에크가 말했다. "여하튼 신문 장사에는 좋은 일이야. 담배야 어차피 사람들이 늘 피우는 거고!"

잿빛으로 흐린 어느 월요일 오전이었다. 출입문 위의 종이 머뭇거리듯 울리면서 한 노신사가 가게로 들어섰다. 키는 별로 크지 않았고 몸은 상당히 가냘팠다. 아니, 앙상했다. 모자와 양복은 흠잡을 데 없이 자리 잡고 있었지만 아주 오랜 옛날의 유물 같은 인상을 주었다. 푸르스름한 혈관으로 뒤덮인 오른손은 지 팡이 손잡이를 움켜쥐고 있었고, 왼손은 짧게 인사하려고 잠시 올라갔다가 다시 재킷 주머니 속으로 사라졌다. 등은 조금 구부 정했고 고개는 앞으로 뺀 모습이었다. 하얀 수염은 단정하게 손 질되어 있었고 동그란 검은 테 안경을 쓰고 있었다. 유리알 너머 에서 빛나는 갈색 눈은 계속 조심스럽게 주위를 둘러보았다. 노 신사가 나타날 때 정말 이색적이었던 건 오토 트르스니에크의 반응이었다. 그는 노신사가 들어오자마자 자리에서 일어나더니 목발도 없이 한 손으로 판매대를 짚고 될 수 있는 대로 꼿꼿하 고 바르게 서 있으려고 노력했다. 그가 단 한 번 짧게 곁눈질을 하자 프란츠도 벌떡 일어났다. 두 사람은 그렇게 서서 앙상한 노 신사를 뻣뻣한 자세로 맞는 영접 위원이 되었다.

"안녕하세요, 교수님?" 오토 트르스니에크는 이렇게 인사하 고 재빨리 한쪽 다리를 끌어당겨 똑바로 섰다. "평소처럼 '버지 니아'죠?"

일을 배우면서 프란츠가 오래전에 터득한 게 하나 있었다. 그 건 빈에는 이른바 교수라는 사람들이 도나우 강변의 조약돌만 큼이나 많다는 거였다. 어느 구역에서는 심지어 말고기 도축업 자와 맥주를 운반하는 짐 마차꾼까지 서로 '교수님'이라고 불렀 다. 그러나 이번에는 조금 달랐다. 가게 주인이 신사에게 인사하 는 모습을 보고 프란츠는 이내 이 사람이 진짜 교수라는 걸 알 았다. 다시 말해, 기어이 교수로서 인정받으려고 교수 칭호를 소방울처럼 앞에서 흔들고 다닐 필요가 없는, 정말 신뢰할 만한 교수라는 걸 알아차렸다.

"네." 노신사가 고개를 짧게 끄덕이며 대답했다. 그러면서 모자를 벗어 앞에 있는 판매대에 신중하게 올려놓았다. "스무 개짜리로. 그리고 〈신 자유 신문〉도 주시오."

노신사는 느릿느릿 작은 소리로 말했다. 그래서 그의 말을 알아듣기가 어려웠다. 말을 하면서 입도 거의 벌리지 않았다. 마치 낱말 하나하나를 아주 힘들게 치아 사이로 쥐어짜내는 것 같았다.

"물론이죠, 교수님!" 오토 트르스니에크는 이렇게 말하고 견습생 프란츠에게 고개를 끄덕여 보였다. 프란츠는 시가 스무 개가 든 '버지니아' 한 갑과 신문을 선반에서 꺼내 판매대에 올려놓고 포장지로 쌌다. 그는 노신사의 시선이 자기에게 와 있는 걸 느꼈다. 노신사는 프란츠의 일거수일투족을 주시하는 것 같았다.

"아, 여기 이 소년은 프란츨입니다. 잘츠카머구트에서 왔지요. 아직 배워야 할 게 많습니다." 오토 트르스니에크가 설명했다.

노신사는 고개를 앞으로 좀 더 뺐다. 프란츠가 곁눈으로 힐끔 보니 종잇장처럼 얇은 신사의 피부 주름이 셔츠 깃 바깥으로 삐져나와 있었다.

"잘츠카머구트라……. 무척 아름다운 곳이죠." 노신사는 입을 묘하게 일그러뜨리며 말했는데, 그게 미소인 듯했다.

"아터제 호수에서 왔어요!" 프란츠가 고개를 끄덕이며 말했다. 무슨 이유에서인지 그는 비가 많이 오고 재미있는 그곳, 고향이라고 불리는 그곳이 생전 처음 자랑스러웠다.

"무척 아름다운 곳이지." 교수는 같은 말을 반복했다. 그러곤 동전 몇 개를 판매대에 올려놓은 뒤 포장이 끝난 물건을 겨드랑이에 끼고 뒤돌아서서 나가려 했다. 프란츠는 한걸음에 달려가 문을 열었다. 노신사는 프란츠에게 고개를 끄덕이고 길거리로 나갔다. 그러자 당장 바람이 불어와 그의 수염을 마구 헤집어놓았다. 저 늙은 양반한테서는 묘하게 비누 냄새가 나네. 양파 냄새, 시가 냄새, 그리고 흥미롭게도 왠지 톱밥 냄새도 조금 나는데. 프란츠가 생각했다.

"누구예요?" 문을 밀어 닫은 뒤 프란츠가 물었다. 그는 저도 모르게 취했던 조금 구부정한 자세를 다시 풀기 위해 힘을 주어 몸을 바로 세웠다.

"지그문트 프로이트 교수야." 오토 트르스니에크는 이렇게 말하고 끙 하는 소리와 함께 의자에 털썩 주저앉았다.

"멍청이들의 의사요?" 프란츠는 무심결에 조금 놀란 목소리로 물었다. 지그문트 프로이트에 대해서는 당연히 들은 적이 있었다. 프로이트 교수의 명성은 어느새 지구의 아주 멀리 떨어진 곳은 물론이고 잘츠카머구트까지 도달해 그곳 주민들의 둔감에 가까운 상상력을 자극했다. 사람들은 온갖 이상한 욕구와 저급한 농담, 늑대처럼 운다는 여자 환자들, 개인 진료실에서 끝없이 폭로되는 사건 등에 관해 이야기했다.

"맞아, 그 사람." 오토 트르스니에크가 대답했다. "하지만 프로이트 교수는 부자 멍청이들의 두뇌를 교정하는 것 말고도 더 많은 걸 할 줄 알아."

"그게 뭔데요?"

"품위 있는 생활이 어떤 건지 가르쳐 준다는군. 물론 모든 사람한테 알려주는 건 아니고 상담료를 낼 수 있는 사람에게만 그렇게 하지. 들리는 얘기로는, 그의 진료실에서 받는 한 시간 상담료가 주말농장 땅값의 절반이라더구나. 조금 과장된 말일지도 몰라. 여하튼 그 교수는 다른 의사들과 같은 방식으로 환자들을 건드리지 않는다는구나. 뭐 어떤 식으로든 건드리기는 건드리는데, 손을 대지는 않는대."

"그럼 뭘로 건드리죠?"

"그걸 내가 어떻게 알겠어!" 오토 트르스니에크는 차츰 초조해지기 시작했다. "생각이나 정신이나 그 밖에 무슨 허튼소리로 건드리겠지. 어쨌든 그게 효과가 있나 봐. 중요한 건 그거지. 자, 이제 성가시게 하지 말고 넌 신문이나 읽어라."

담배 가게 주인은 서랍에서 꺼낸 종이 더미 위로 고개를 숙이고 만년필과 기다란 나무 자로 종이에 줄을 긋기 시작했다.

프란츠는 이마를 진열창에 대고 빛이 스며드는 좁은 틈새로 밖을 내다보았다. 저만치 앞에서 프로이트 교수가 포장한 물건을 겨드랑이에 끼고 베링거 가를 걸어 내려갔다. 그는 고개를 약간 숙이고 천천히 조심스럽게 잰걸음으로 걸었다.

"저 교수님은 정말 상냥해 보여요!" 프란츠가 생각에 잠겨 말했다. 오토 트르스니에크는 한숨을 쉰 뒤 고개 숙여 줄을 긋던 종이에서 다시 눈을 떼고 위를 올려다보았다.

"첫인상은 상냥해 보일 수 있어. 하지만 내 개인적인 생각으로는, 머릿속을 치료한다고는 하지만 상당히 무미건조한 노인네야. 게다가 그 사람한테는 아주 심각한 문제가 있어."

"어떤 문제요?"

"유대인이야."

"아하." 프란츠가 말했다. "그런데 그게 무슨 문제가 되죠?"

"조금 지나면 알게 될 거다. 그것도 금방!" 오토 트르스니에크가 대답했다.

한동안 오토 트르스니에크의 시선은 어디 안전하게 머물 곳을 찾기라도 하듯이 실내 여기저기를 멍하니 배회했다. 그러다가 그는 눈길을 멈추고 혼자 짧게 미소 지었다. 그러곤 다시 고개를 숙여 하던 일을 계속했다. 그는 줄 사이에 번져 있던 잉크 자국을 작은 스펀지 끝으로 꼼꼼하게 닦아냈다.

프란츠는 여전히 진열창 밖을 내다보았다. 그는 그 유대인에 관한 문제를 아직도 납득하지 못했다. 신문에서는 유대인에 관해 한 번도 좋은 말을 한 적이 없었고, 사진과 만평에 나온 유대인은 우스꽝스럽거나 교활하게 묘사됐으며, 대부분은 두 가지 특성을 동시에 가진 모습으로 그려졌다. 프란츠는 최소한 이 도시에는 살과 피로 만들어진 유대인, 유대식 이름을 가지고 유대식 모자를 쓰고 코도 유대인처럼 생긴 진짜 유대인들이 더러 있다고 생각했다. 그러나 고향 누스도르프에는 유대인이 단 한 명도 없었다. 기껏해야 전설에나 나오는 끔찍하고 비열하고 멍청한 인물로, 여하튼 뭔가 선하지 않은 모습으로 현지인들의 뇌리에 박혀 있었다. 저 앞에서 걷는 교수가 막 베르크가세●로 접어들려는 참이었다. 거센 바람이 그의 머리카락으로 덤벼들었다. 머리카락은 깃털처럼 가벼운 형상으로 부풀어 올랐다가 몇 초 동안 머리 위에서 나부꼈다.

"아, 모자! 저분 모자가 어디로 간 거지!" 프란츠는 놀라서 소리를 질렀다. 그의 시선이 판매대로 가서 멈췄다. 거기에 교수의 회색 모자가 그대로 놓여 있었다. 프란츠는 앞으로 껑충 뛰어 모자를 집어 들고 길거리로 달려 나갔다.

"잠깐, 괜찮으시면 거기 서보세요!" 프란츠는 크게 소리를 지르고 팔을 휘휘 저으며 모퉁이를 돌아 베르크가세로 꺾어 들어갔다. 그는 몇 걸음 만에 교수를 따라잡고 숨을 헐떡이며 모자를 내밀었다. 지그문트 프로이트는 조금 찌그러진 모자를 잠깐 살펴보았다. 이윽고 모자를 받아 든 그는 답례를 하려고 재킷 주머니에서 지갑을 꺼냈다.

● 베르크가세(Berggasse). 가세(Gasse)는 슈트라세(Straße)보다 좁고 작은 길을 뜻한다. 이 책에서는 '가세'는 소리 나는 대로 쓰고, '슈트라세'는 '가(街)'로 번역했다.

"교수님, 아니에요. 이건 제가 당연히 해야 하는 일인데요!" 프란츠는 손사래를 치며 힘주어 말했다. 그 거절하는 손짓은 프란츠 자신이 생각해도 너무 장황하고 수선스러웠다.

"요즘엔 당연한 일이라는 게 없지!" 프로이트는 이렇게 말하고 엄지로 모자챙을 꾹 눌러 움푹 들어가게 만들었다. 그는 아까처럼 아래턱을 거의 움직이지 않은 채 낮게 쥐어짜내는 소리로 말했다. 프란츠는 그의 말을 전부 똑똑하게 알아들으려고 고개를 약간 앞으로 내밀었다. 무슨 일이 있어도 이 유명한 남자가 하는 말을 한 마디도 놓치고 싶지 않았다.

"제가 도와드려도 될까요?" 프란츠는 이렇게 묻고 포장한 물건과 신문을 프로이트의 겨드랑이에서 잡아 빼어 단호하게 제 품에 안았다. 프로이트는 사양해 보았으나 미처 재빨리 뒤로 물러서지 못하는 바람에 프란츠의 행동을 막지 못했다.

"정 그렇다면." 프로이트는 중얼거리며 모자를 쓰고 다시 걸었다. 교수와 함께 가파른 베르크가세를 내려가기 시작할 때 프란츠는 복부 근처에서 이상한 느낌이 들었다. 어떤 무거운 힘 같은 것이 그에게 이 순간의 의미를 알려주려는 것 같았다. 그러나 몇 걸음을 걸어가자 배에서 느꼈던 그 이상하고 무거운 느낌은 사라졌다. 두 사람이 그린들베르거 부인이 운영하는 향내 나는 '앙커' 빵집 앞을 지날 때, 프란츠는 밀가루로 뒤덮인 빵집 진열창에 비친 제 모습을 보았다. 그는 포장된 물건을 겨드랑이에 끼고 몸을 꼿꼿이 똑바로 세운 채, 교수가 발산하는 명성의 빛을 따사롭게 받으며 걸어가고 있었다. 그 순간 프란츠는 갑자기 마음이 뿌듯해지고 가벼워졌다.

"교수님, 질문 하나 드려도 될까요?"

"어떤 질문이냐에 따라 다르지."

"교수님이 사람들의 머리를 교정한다는 게 정말인가요? 그러고 나서 품위 있는 생활이 어떤 건지도 알려주시나요?"

프로이트는 다시 모자를 벗고 가늘고 새하얀 머리 몇 가닥을 세심하게 귀 뒤로 넘긴 뒤 다시 모자를 쓰고 프란츠를 옆에서 바라보았다.

"담배 가게에서 사람들이 그런 얘기를 하던? 아니면 고향 잘츠카머구트에서 하던?"

"잘 모르겠어요." 프란츠는 어깨를 들썩였다.

"우리는 아무것도 교정하지 않아. 그러나 적어도 뭔가를 부러뜨리지도 않지. 그건 요즘의 진료실에서는 당연한 일이 아니야. 우리는 어떤 일탈은 설명할 수 있단다. 영감이 가득한 순간에는 방금 설명한 일탈에 영향까지 줄 수 있고. 그게 전부야." 프로이트는 이를 악물고 말했다. 단어를 하나씩 말할 때마다 고통스러운 것처럼 들렸다. "하지만 그것도 실제론 확실하지 않아." 그는 짧게 한숨을 내쉬며 덧붙였다.

"그걸 다 어떻게 하시는 거예요?"

"사람들이 내 카우치에 누워서 이야기를 시작한단다."

"편안할 것 같네요."

"진실은 좀처럼 편안하지 않아." 프로이트는 부인했다. 그리고 바지 주머니에서 꺼낸 검푸른 손수건에 대고 잔기침을 했다.

"흠. 거기에 대해선 생각해 봐야겠어요." 프란츠가 말했다. 그는 걸음을 멈추고 비스듬히 위를 올려다보면서 어지럽게 날뛰는 생각들을 도시의 지붕과 자신의 상상력 너머 한 점으로 모아보려고 애썼다.

"그래서?" 교수는 이 희한하고 조금 성가신 담배 가게 소년이 다시 자신을 따라잡자 물었다. "어떤 결론이 나왔니?"

"지금은 아무 결론도 없어요. 하지만 상관없어요. 시간을 두고 더 찬찬히 생각해볼게요. 참, 제가 교수님의 책을 사서 읽어보려고 해요. 하나도 빼놓지 않고 전부 사서 처음부터 끝까지 읽을 거예요!"

프로이트는 또 한숨을 쉬었다. 사실 아무리 생각해봐도 자신은 예전엔 이렇게 짧은 시간에 이토록 자주 한숨을 쉬었던 적이 없었다.

"늙은이들이 쓴 먼지 묻은 두꺼운 책을 읽는 것 말고 더 나은 일을 하지 그러니?" 프로이트가 물었다.

"예를 들면 어떤 거요, 교수님?"

"그걸 나한테 묻는 거니? 너는 젊잖아. 상쾌한 공기를 마시러 나가봐. 교외로 나가도 좋고. 즐기면서 살아. 여자도 사귀고."

프란츠는 눈을 크게 뜨고 프로이트를 쳐다보았다. 온몸에 전율이 흘렀다. 그래! 프란츠는 생각했다. 그래, 그래, 그래! 잠시 후 그의 입에서 이런 말이 터져 나왔다. "여자!" 너무 날카롭게 쉿소리를 지르는 바람에 맞은편 인도에서 잠시 수다를 떨려고 모였던 나이 든 여자 세 명이 겁을 집어먹고 공들여 파마한 머리를 프로이트와 프란츠가 있는 쪽으로 돌렸다. "네, 그게 그렇게 간단한 거라면……!"

드디어 프란츠는 벌써 오래전부터, 사실은 음모가 처음 수줍게 나기 시작하던 날부터 그의 머리와 가슴을 휘저었던 문제를 입 밖에 꺼냈다.

"지금까지 대부분의 사람들이 다 해본 일이야." 프로이트는 이렇게 말하고 인도에 있는 조약돌을 지팡이를 이용해 정확하게 길 바깥으로 밀어냈다.

"그렇다고 저도 할 수 있는 건 아니죠!"

"왜 하필 네가 할 수 없다고 생각하니?"

"저의 고향 사람들은 목재 산업에 대해서는 조금 알아요. 여름 피서객들이 호주머니에서 돈을 꺼내 쓰게 만드는 법도 알고요. 하지만 사랑에 대해서는 정말 아무것도 몰라요!"

"그건 이상한 일이 아니야. 사랑에 대해 뭔가를 아는 사람은 아무도 없단다."

"교수님도 모르세요?"

"나야말로 모르지!"

"그럼 사람들은 왜 모두 끊임없이 어디서나 사랑에 빠지나요?"

"이보게 젊은이. 물에 풍덩 뛰어들기 위해 물을 이해해야 하는 건 아니잖아!" 프로이트는 걸음을 멈추고 말했다.

"아하!" 프란츠는 깊이를 알 수 없는 자신의 불운을 표현할 적당한 말이 생각나지 않아 이렇게 대답했다. 그리고 곧 같은 말을 다시 한 번 되풀이했다. "아하!"

"어쨌든, 이제 다 왔다. 내 시가하고 신문을 주겠니?" 프로이트가 말했다.

"네, 교수님!" 프란츠는 풀이 죽어 대답하고 포장한 물건을 프로이트에게 건넸다. 건물 출입구 위에 달린 작은 문패에 '베르크가세 19번지'라고 쓰여 있었다. 프로이트는 더듬더듬 열쇠 꾸러미를 꺼내 문을 열면서 앙상한 몸을 육중한 나무 문에 기댔다.

"제가 부축해드려도……."

"아니, 그러지 마라." 교수는 으르렁대듯 말하며 재빨리 문틈을 비집고 안으로 들어갔다.

그러더니 다시 문을 밀어 연 뒤 머리를 밖으로 내밀고 말했다. "명심해라. 여자들은 시가와 같아. 너무 힘껏 빨아들이면 너한테 즐거움을 주지 않는단다. 잘 지내라!" 이 말과 함께 그는 어두운 건물 복도로 사라졌다. 출입문이 약하게 삐걱 소리를 내며 닫히고 프란츠는 혼자 바람 속에 서 있었다.

그림엽서. 봄꽃이 활짝 핀 도시 공원을 배경으로 앞에는 라일락으로 장식한 마차가 서 있다.

사랑하는 어머니,

제가 어제 누구를 만났는지 알아맞혀 보세요. 지그문트 프로이트 교수님을 만났어요! 어머니는 그분이 유대인인 걸 아셨어요? 담배 가게 옆 모퉁이를 돌아 바로 근처에 산다는 것도요? 제가 교수님과 함께 걸으면서 이야기를 조금 나누었어요. 아주 재미있었어요! 앞으로 자주 만나게 될 것 같아요. 어머니는 어떻게 지내세요? 저는 잘 있어요.

프란츠 올림

그림엽서. 황금빛 아침 햇살이 쏟아지는 아터제 호수와 백조가 그려져 있다.

사랑하는 프란츨,

프로이트 교수를 만났다는 건 거짓말이지? 거짓말이 아니라면, 우리가 여기서 듣는 말들이 전부 맞는지 그분에게 한번 물어보렴. 그 욕구라는 것하고 그 밖의 다른 것들도. 아니다, 차라리 안 묻는 게 좋겠어. 그렇게 물어보면 그게 어떤 인상을 줄지 누가 알겠니. 그 사람이 유대인이라는 건 몰랐어. 호감 가는 일은 아니지만, 그건 앞으로 두고 봐야 알겠지. 여기엔 벌써 눈이 한 차례 왔단다. 오늘은 숲에 가서 땔감을 한 바구니 해올 생각이야. 사랑한다.

엄마가

교수가 한 말은 프란츠의 영혼에 낙인을 찍듯이 깊게 새겨졌다. 특히 여자를 사귀어보라는 말이 그랬다. 그건 지금까지 대부분의 사람들이 다 해본 일이라고 교수는 말했다. 프란츠가 이 문제에서 품고 있던 온갖 의심과 달리, 교수의 그 말은 듣기에 결코 나쁘지 않았다. 왠지 믿을 만하고 반박할 수 없는 말 같았다. 그 교수라는 사람은 노년에 뒤따르는 허약함과 노쇠함을 드러냈지만, 그래도 바위처럼 움직일 수 없는 뭔가가 있었다. 좋아, 그렇다면 이제 그 문제에 부딪쳐보는 거야! 프란츠는 생각했다.

그 주 토요일, 기분을 들뜨게 하는 담배 가게의 마지막 종소리가 주말을 알려주기 직전, 프란츠는 세수를 하고, 목과 손은 특별이 이럴 때 쓰려고 사놓은 비싼 염석 비누로 씻고, 일요일에 입는 양복을 입고, 머리엔 돼지기름을 한 움큼 바르고, 화려한 작약 몇 송이의 꽃잎을 찢어 겨드랑이에 문질렀다. 그 꽃은 밤길을 거닐다 보티브 성당 주변에 말쑥하게 단장되어 있던 화단에서 꺾은 거였다. 그는 그렇게 온갖 광을 내고 향을 풍기며 온화한 가을빛이 도로 포석을 따뜻하게 데우는 거리로 나갔다. 그는 프라터●로 가는 전차에 올라탔다. 거기에서 적당한 여자를 만나 행복을 찾기 위해서였다.

벌써 저 멀리 대회전 관람차가 눈에 들어왔다. 그러나 프란츠

● 프라터(Prater) : 빈에 있는 도시 공원. 놀이공원 및 카페, 레스토랑 등이 들어서 있어 빈 시민들이 즐겨 찾는 휴식처이다.

는 관람차 바로 밑에 가서 선 뒤에야 그 놀라운 강철 괴물의 실제 크기가 어느 정도인지 짐작할 수 있었다. 관람차는 그냥 큰 게 아니라 거인과도 같았다. 구름도 가장 높이 솟은 강철 빔보다 낮게 떠 있는 것처럼 보였다. 꼭대기 객차에 탄 승객들은 곤충처럼 작았고, 승객의 팔과 머플러는 손짓을 하거나 펄럭거리는 작은 형상으로만 알아볼 수 있었다.

프란츠는 '철인'이라는 식당에 들어가 맥주 한 조끼를 사 마셨다. 차갑고 톡 쏘는 맛이 났다. 맥주 거품을 가볍게 훅 불자 거품이 새하얀 작은 구름이 되어 날아올랐다. 실내에는 움푹 들어간 슬픈 눈의 나이 든 여종업원을 빼면 여자라곤 한 명도 없었다. 프란츠는 술값을 내고 거울 방이 있는 곳으로 향했다. 유리로 된 미로 속을 한참 헤매면서 출구를 찾지 못하고 있었는데, 짧은 바지를 입은 남자가 밖으로 나가는 길을 알려주었다. 다음엔 한동안 회전 비행기 앞에 서서 쌩쌩 돌아가는 비행기를 바라보았다. 조금 어지러워진 프란츠는 '고래'라는 식당에 가서 정원에 자리를 잡고 앉아 생크림 커피를 주문했다. 커피는 무척 진했다. 위에 얹은 생크림은 바트 이슐에 있는 에스플라나데 카페에서 먹은 것만큼이나 달았다. 커다란 밤나무에서 살랑살랑 소리가 나고, 나뭇잎 사이로 해가 반짝거리고, 자갈 위에서는 참새들이 깡충깡충 뛰어다녔다. 테이블에는 벌써 재미난 시간을 보낸 사람들이 앉아 있었다. 어디를 둘러봐도 다정하고 환한 얼굴들이었다. 뒤섞여 웅성거리는 목소리들이 보이지 않는 새 떼처

럼 정원에서 흩어졌다가 이따금 한 사람의 밝은 웃음소리가 나
풀거리며 튀어 올랐다. 프란츠에겐 이 유쾌하고 떠들썩한 분위기
가 조금 쓰라렸다. 그는 돈을 내고 조랑말 타는 곳으로 갔다. 고
개를 숙인 말들이 아이들을 태우고 빠른 걸음으로 원을 그리며
빙빙 돌았다. 큰 사진기를 든 남자가 나중에 부모들에게 팔려고
아이들 사진을 찍었다. 많은 사람들이 웃고 서로 껴안고 입을 맞
추었다. 젊은 엄마들은 아이들보다 더 예뻤고, 젊은 아빠들은 뿌
듯한 심정으로 몸을 곧게 펴고 서서 안내원에게 봉사료를 주었
다. 조랑말 하나가 거친 숨을 내쉬며 꼬리를 들어 올리고 똥 몇
덩이를 모래 위에 떨어뜨렸다. 조랑말의 두 눈에 파란 가을 하늘
이 비쳤다. 그 너머에선 아이들의 엉덩이와 회전 놀이가 없는 곳
의 자유에 대한 그리움이 어른거렸다. 프란츠는 옆에 있는 노점
으로 가서 기름이 뚝뚝 떨어지는 헝가리 미트볼 두 개를 사 먹
고, 강한 마늘 냄새를 없애려고 커다란 분홍색 솜사탕도 사 먹었
다. 곧바로 속에서 욕지기가 올라왔다. 그는 맥주 한 조끼를 더
마시며 메스꺼움을 씻어 내렸다. 그러곤 동굴 속 동화 나라를 여
행하는 '동굴 열차'가 있는 곳으로 갔다. 거기에서 하늘색 꼬마
열차에 몸을 구겨 넣는 어른은 프란츠밖에 없었다. 꼬마 열차는
두터운 먼지가 층층이 덮인 환상 세계를 조금 덜커덩거리며 여
행했다. 가는 곳마다 동화 속 인물이 서 있거나 앉아 있거나 걸
어 다녔다. 빨간 모자 소녀는 숲속을 터벅터벅 걸어 다녔고, 개
구리 왕자는 우물가에 웅크리고 있었다. 룸펠슈틸츠헨은 불 주

위를 뛰어다녔고, 그 뒤에서는 라푼첼이 자신의 금빛 머리카락을 탑의 창문을 통해 아래로 드리우고 있었다. 프란츠는 고향 집이 생각났다. 전에는 어머니가 다 해진 책에 나오는 이 동화들을 소리 내어 읽어주곤 했다. 그때 아직 어린아이였던 프란츠는 어머니 품에서 편안히 웅크리고 앉아 부드럽고 따뜻한 물방울처럼 떨어지는 어머니의 이야기에 귀를 기울였다. 열차가 천천히 신데렐라가 있는 곳을 덜거덕대며 지나갈 때 프란츠는 처음으로 눈물이 났다. 생강과자 집 주변을 돌 때는 두 손에 얼굴을 파묻고 흐느꼈다. 안에서 뜨거운 물결이 하나둘씩 차례로 솟구치며 온몸을 뒤흔들었다. 프란츠는 오두막과, 아궁이와, 호수와, 어머니를 생각했다. 눈물이 만든 짙은 베일 너머에서 동화의 세계가 흐릿한 한 가지 색깔의 물결을 타고 지나갔다.

젊은 안내원이 나른하고 무관심한 표정으로 출구에 기대어서 있었다. 그는 프란츠가 덜거덕대는 열차에 앉아 눈물에 젖은 얼굴로 몸을 웅크린 채 어둑어둑한 동굴에서 밝은 햇살 속으로 나오는 모습을 보았다. 그는 직접 말아 피우는 담배를 손가락으로 튕겨 높이 던져버리고 자신의 감성을 총동원해 위로의 말을 건넸다. "이봐요, 친구. 인생은 원래 동화가 아니에요. 하지만 때가 되면 어차피 다 지나갈 거예요!"

밖으로 나온 프란츠는 소매로 얼굴을 몇 번 훔치고 손수건에 코를 풀었다. 원래 그 손수건은 혹시 여자가 나타나면 그녀가 의자에 앉거나 이마에 땀이 나거나 그 비슷한 일이 있을 때 닦아주

려는 목적 하나로 가져온 것이었다. 프란츠는 갖가지 놀이 기구 옆을 느릿느릿 걸었다. 사격장, 노점 식당, 범퍼카 놀이장, 완력을 시험하는 '뺨 맞는 사나이'와 '디케 베르타', 화려한 회진 관람차, 대형 유령 열차가 있었다. 마음 깊은 곳 어딘가에서 다시 한 번 작고 희미한 슬픔의 파도가 찰랑찰랑 소리를 내다가 사라졌다.

그런데 나머지 오후 시간을 맥주와 음료를 실컷 마시며 보내겠다고 굳게 결심하고 그늘이 드리워진 '조용한 술꾼'이라는 식당에 들어서려는 순간, 조금 전과는 아주 다른, 훨씬 크고 뜨겁고 거센 물결이 프란츠를 덮쳐 넘어뜨리고 온몸을 뒤흔들었다. 바로 앞, 10여 미터 떨어진 곳에서 동그란 여자 얼굴 하나가 하늘로 솟아올랐다. 연한 금발이 웃음 띤 밝은 얼굴을 찬란한 후광처럼 감싸고 있었다. 프란츠가 지금까지 살면서 보아온 얼굴 중에서 가장 아름다웠다. 오토 트르스니에크가 구비해놓은 잡지 표지에 화려하게 화장하고 등장한 얼굴들까지 모두 포함시켜도 가장 아름다웠다. 여자의 얼굴은 현기증 나는 저 위 높은 곳에서 잠시 그대로 멈춰 섰다. 드넓은 파란 하늘에 찍힌 그 발그레한 점은 낭랑한 환호성을 터뜨리고는 곧 머리카락을 휘날리며 다시 아래로 급강하했다가 1초 후에 또 위로 솟아올랐다. 바로 그 1초의 순간에 프란츠는 자신이 그네 앞에 서 있다는 걸 깨달았다. 거대한 그네가 거친 바다를 항해하는 배처럼 위아래로 요동쳤다. 출입구 위에 달린 나무 간판에는 구불구불한 붓글씨로 이렇게 적혀 있었다. '강력한 돌격 보트! 신나고 재미있다! 남녀

노소 누구나! 모두가 즐긴다! 어서 올라타자!' 프란츠는 거기에서 한 발자국도 움직이지 않겠다고 마음먹었다. 그는 위아래로 오르내리는 여자 얼굴에 시선을 고정했다. 그리고 놀이 보트가 멈춘 뒤 승객들이 웃거나 꽥꽥 소리 지르며 비틀비틀 걸어 나올 때까지 꼼짝도 하지 않았다. 마침내 여자가 양옆에 여자 친구 두 명을 끼고 프란츠가 있는 쪽으로 다가왔다. 그에게 그 여자 친구 두 명은 형체도 없고 얼굴도 없고 의미도 없는 그림자로밖에 보이지 않았다. 프란츠는 스스로 자초했던 경직된 몸을 있는 힘을 다해 풀었다. 그리고 바지 주머니에서 두 주먹을 꽉 쥐고 여자 앞을 결연히 막아섰다. 어딘지 모를 저 깊은 곳에서 느닷없이 확 타오른 그 결연함은 그가 하는 말에 환하면서도 단호한 느낌을 주었다. 적어도 프란츠에겐 그 순간 그런 생각이 들었다. "안녕하세요, 저는 프란츠 후헬이라고 해요. 원래 잘츠카머구트가 고향이에요. 같이 대회전 관람차를 타고 싶어요!"

흥미롭게도 여자는 동행한 친구들처럼 웃음을 터뜨리지 않았다. 오히려 동물원에서 멸종 위기의 동물을 구경하는 관람객처럼 한동안 프란츠를 관찰하다가 그의 타오르는 눈에 시선을 고정했다. 프란츠의 눈에서 결연함은 이미 사라지고 없었다. 여자가 말했다. "대회전 관람차는 싫고, 총을 쏘고 싶은데, 거기로 가죠!"

정확히 따지면 여자는 "총을 쏘고 싶은데"가 아니라 "청을 써고 싶은데"라고 말했다. 빈에서 살고 있는 많은 보헤미아● 사람들이 특정 모음을 제대로 발음하지 못하는데, 그게 살짝 드러난 거였다. 아하, 보헤미아 여자구나. 프란츠는 이렇게 생각했지만, 거기에서 어떤 도움이 되는 결론을 이끌어내지는 못했다. 그는 여자를 대형 사격장으로 안내해주려고 여자에게 말없이 팔을 내밀었다. 다행히 두 여자 친구는 즉시 작별 인사를 하고 곧장 오스트리아 연방군 장교 두 명의 옆으로 가서 달라붙었다. 꽤나 얼큰하게 취한 두 장교의 넓은 어깨에는 화려한 훈장들이 인상적으로 줄지어 붙어 있었다.

사격장에서는 머리가 반쯤 벗겨지고 흉터가 있는 남자가 흐리멍덩한 눈빛으로 규칙을 설명했다. 목표물은 과녁이나 풍선이나 알록달록한 터키 인형의 머리 중에서 선택할 수 있었다. 터키 인형 얼굴에 구멍을 내면 몇 점을 더 받았다. 터키 인형 이마의 특정 부위를 맞히면 투박한 소리와 함께 터번이 앞으로 벗겨지면서 한 차례 공짜로 쏠 수 있는 기회를 얻었다. 상품으로는 막대사탕, 종이 장미, 작은 생화 라벤더 꽃다발을 주었다. 프란츠가 곁눈으로 힐끔 보니 보헤미아 여자는 몸을 앞으로 굽히고, 총을 뺨에 붙이고, 손가락을 방아쇠에 걸었다. 손가락은 짧고 발그레하고 통통했다. 그녀는 모든 게 통통했다. 작은 귀도, 코도, 도톰

● 체코의 서부 지역.

한 이마도, 초승달 같은 눈썹도, 커다란 갈색 눈도 통통했다. 여자의 눈이 조용히 과녁 한가운데의 검은 점을 주시했다. 프란츠는 그 눈길, 그 두 눈 속에 몸을 담그고 행복 한가운데로 뛰어들고 싶었다. 고향의 오두막 입구 바로 옆에 있던 목재 빗물 통이 떠올랐다. 통 안의 물은 호숫물과 달리 갈색을 띠고 탁했다. 게다가 조금 희한한 냄새까지 났다. 프란츠가 어렸을 적의 일이었다. 그는 호기심에 더는 참고 있기가 힘들었다. 더구나 때는 한창 더운 8월 중순에다 여름휴가가 끝나갈 무렵이었다. 그는 다리가 가는 소금쟁이를 수면에서 하나씩 살살 손가락으로 튕겨서 치우고 세 번 심호흡을 한 뒤 머리와 상체 절반을 빗물 통에 처박았다. 통 안은 기분 좋게 시원했다. 물속에서는 마치 검은 눈이 내리듯이 작은 입자들이 떠다녔다. 바닥은 반쯤 썩은 두꺼운 나뭇잎들로 층층이 덮여 있었다. 프란츠는 두 팔을 뻗어 손가락으로 나뭇잎 더미를 휘저었다. 그 순간 소름이 끼쳤다. 촉감이 끈적거리고 차가웠지만, 왠지 기분이 좋기도 했다. 손끝에 뭔가 부드럽고 포동포동한 털 같은 게 닿았을 때는 약간 몸서리가 쳐졌다. 둥둥 떠다니는 짙은 부유물 뒤에서 죽은 쥐의 사체가 나타났다. 쥐는 얼마 전에 통으로 미끄러져 들어갔다가 이끼 낀 통의 벽을 제 힘으로 기어오르지 못한 게 분명했다. 쥐는 모로 누워 있었다. 왼쪽 눈이 있던 자리에만 검은 구멍이 깊게 파였을 뿐, 사체는 거의 완벽하게 보존되어 있었다. 프란츠는 소리를 지르기 시작했다. 쥐는 프란츠가 숨을 쉴 때 생긴 큰 기포 뒤쪽으로 사라졌다. 수면으로 올라온 프란츠는 통에서 기어 나와 뛰기 시작했다. 계속 소리를 지르며 집 주위를 돌다가 들판을 지나 호숫가까지 뛰어 내려갔다. 양쪽 배나무 사이에 걸어놓은 줄에 어머니가 큼지막한 빨래를 널고 있었다. 프란츠는 어머니의 치마 밑으로 기어 들어가 어머니 무릎을 껴안았다. 그는 남은 평생을, 아니 적어도 여름휴가가 끝날 때까지만이라도 이곳 아래에서, 어머니의 호리호리한 넓적다리 사이에서, 안전하게 지낼 거라고 생각했다.

"픽." 소리가 들렸다. 여자가 총을 쏴 검은 점을 맞혔다. 그녀는 까치발을 하고 깡충깡충 뛰면서 신이 나 꺄악 소리를 지르고는 총을 다시 원래 위치에 갖다 놓았다. 프란츠는 마른침을 꼴깍 삼켰다. 그는 여자의 혀끝이 앞니 사이로 살짝 나와 있는 걸지금 처음 보았다. 그 발그스름한 동물은 살금살금 밖으로 나와 윗입술에 잠깐 침을 묻혔다가 재빨리 동굴 속으로 되돌아갔다. 그러곤 금방 다시 나타나 중간에서 어두운 틈새가 끊어놓은, 진주 목걸이처럼 반짝이는 치열을 더듬었다. 프란츠는 어느 날 보헤미아 여자의 치아 틈새가 이토록 자신을 휘저어 놓으리라고는 꿈에도 생각한 적이 없었다. 몸속에서 체액이 용솟음치며 끓어 올랐다. 한순간 마음을 주체하지 못하고 텅 빈 자루처럼 여자의 발 앞에 주저앉을까 봐 두려웠다. 또 "픽." 소리가 났다. 터키 인형 한 개의 터번이 벗겨졌다. "탕, 죽었다!" 여자가 소리쳤다. 프란츠는 그녀의 윗입술이 앞쪽으로 조금 볼록해지는 모습을 속

절없이 지켜보아야 했다. 여자는 프란츠를 엉덩이로 살짝 밀며 총을 쏴보라고 권했다. 그는 하라는 대로 했지만 손이 덜덜 떨렸다. 게다가 고통스러운 발기에 신경이 쓰이는 바람에 허리를 될 수 있는 대로 사격대에 딱 붙여서 그걸 숨기려고 애썼다. 프란츠가 쏜 총에서도 "픽." 소리가 났으나 총알은 빗나갔다. 여자가 웃었다. 사격장 직원도 웃었다. 터키 인형들도 그를 보고 금빛 이빨을 드러내며 웃는 것 같았다. 어느덧 해는 놀이 기구 지붕 너머로 사라졌지만 프란츠는 땀이 났다. 땀은 실개천이 되어 등을 타고 흐르다가 팬티 고무줄로 모여들었다. 그는 한쪽 눈을 살짝 감고 다시 한 번 총을 쐈다. "픽." 또 빗나갔다. 그는 거기에서 멀리 달아나 담배 가게 안쪽에 있는 자신의 방이나 고향 호숫가 집에 있는 침대로 도망치고 싶었다. 아니면 그냥 동굴 열차로 돌아가 죽는 날까지 먼지 쌓인 어두운 동화 나라를 혼자 돌고 싶었다. 그때 갑자기 엉덩이에 와 닿는 여자의 손이 느껴졌다. 그녀는 총을 내려놓고 프란츠를 보며 미소 지었다. "총을 못 쏘는구나. 그래도 엉덩이는 근사해!" 여자가 말했다. 순간 프란츠는 이제 자신은 끝났다는 걸 알았다.

두 사람은 '슈바이처하우스'로 갔다. 넓은 정원에서 악단이 음악을 연주하고 알록달록한 종이 등불이 나무 꼭대기에서 은은한 빛을 발했다. 프란츠와 여자는 콧수염을 기른 종업원에게 버드와이저 두 조끼와 감자튀김 두 개를 시켰다. 감자튀김을 베어

물자 부드럽게 바스락 소리가 나면서 뜨거운 기름이 뿜어져 나와 식탁보에 뚝뚝 떨어졌다. 여자는 종업원과 체코어로 이야기를 나누었다. 프란츠는 묘하게 어두운 체코어 억양에 귀를 기울이며 여자의 봉긋한 윗입술을 꿈을 꾸듯 넋 나간 눈으로 바라보았다. 여자가 웃었다. 콧수염 난 종업원도 웃었다. 프란츠가 종업원에게 맥주 두 조끼를 더 시키면서 그를 쫓아버리기도 전에, 여자는 테이블 위로 몸을 굽혀 프란츠에게 다가가 그의 뺨에 손을 얹고 이마 한가운데에 입을 맞추었다. "이제 춤추자!" 여자가 소리쳤다. 프란츠의 얼굴이 위쪽 밤나무에 달린 종이 등불처럼 환하게 빛나기 시작했다.

두 사람은 팔짱을 끼고 죽 늘어선 테이블 사이를 지나 무도장으로 걸어갔다. 발밑의 나무판이 리듬을 타고 진동했다. 그 순간 여자는 프란츠에게 몸을 돌려 한 손을 그의 어깨에 얹고 다른 손으로는 허리를 감싸 안은 뒤 음악의 리듬에 맞춰 몸을 흔들기 시작했다. 프란츠는 춤을 출 줄 몰랐고 춤추는 것을 좋아하지도 않았다. 고향에 있을 때 그는 통통한 농가 소녀들과 손을 잡고 원을 그리며 빙빙 도는 게 싫어서 매번 춤추는 걸 거절했다. 입고 있는 디른들●에서 젖가슴이 터져 나올 것만 같던 그 소녀들은 프란츠를 보고 달덩이 같은 환한 얼굴로 활짝 웃었다.

● 디른들(Dirndl) : 독일의 바이에른 지방과 오스트리아의 여자들이 입는 전통 의상. 허리와 상의는 꽉 조이고 치마폭은 넓다.

일요일 아침에 음식점 '황금 레오폴트'에서 열리는 모임에도 그는 가지 않았다. 여름에 호수 축제가 열릴 때도 늘 구석에 꼼짝도 하지 않고 조용히 앉아 호수 수면 위로 멀리 날아가는 생각에 잠겨 있었다. 그런 그가 지금 춤을 추고 있었다. 처음엔 몸놀림이 조금 뻣뻣해서 머뭇거렸지만, 곧 부드럽고 유연하고 대담해지면서 마침내 아무 생각도 없는 행복의 순간으로 들어가 그 통통한 보헤미아 여왕의 팔에 안겨 떠다니고 흔들거렸다. 여자의 손이 천천히 그의 허리 주변을 맴돌다가 엉덩이에 와서 멈췄다. 그는 여자의 눈을 바라보고, 그녀의 미소를 바라보고, 봉긋하게 솟은 그녀의 작은 윗입술을 바라보고, 그녀의 치아 틈새를 바라보았다. 여자의 가슴이 배에 와 닿았다. 그 순간 프란츠는 어느덧 발기하여 거대하게 부풀어 오른 아랫도리를 감추려던 시도를 완전히 포기했다.

두 사람은 발바닥에서 불이 날 때까지 춤을 추었다. 새로 흘러나오는 노래는 늘 앞선 곡보다 감상적이고 더 가슴을 찢었다. '당신은 내 행운의 별', '메르시 몬 아미(Merci Mon Ami)', '매일 밤 당신 꿈을 꿀 거야', '세상에서 가장 아름다운 도시 파리', '마리타, 내 마음은 늘 당신만을 불러요'가 연주되었다. 대략 열 곡이 연주된 뒤 악사들은 맥주를 마시며 휴식하려고 무대에서 내려와 바가 있는 곳으로 갔다. 여자는 뜨겁게 달아오른 프란츠의 몸에 그대로 달라붙어 있었다. 그때 프란츠는 갑자기 여자의 입술이 귀에 와 닿는 것을 느꼈다. "술도 마셨고, 춤도 추었고, 이제 뭘 하지?" 그녀가 속삭였다. 프란츠는 굳이 거울을 보지 않아도 자신이 행복한 바보처럼 선홍색 얼굴로 미소 짓고 있다는 걸 알았다. "나한테 아직 2실링 50그로셴이 있어요." 그는 조금 갈라지는 목소리로 말했다. "그걸로 맥주 네 조끼를 마셔도 되고, 사격장에서 총을 몇 번 더 쏴도 되고, 대회전 관람차를 두 번 탈 수도 있어요."

여자는 한 걸음 뒤로 물러나 프란츠를 바라보았다. 못 믿겠다는 듯이 놀라는 표정이 두 눈에 어려 있었다. 아주 짧은 순간 프란츠는 그녀의 따뜻한 갈색 눈이 굳어버렸다는 느낌을 받았다. 언젠가 1학년 때 바트 이슐에서 열린 지역 전시회에서 보았던 두 개의 호박, 꼭 그 호박 같았다. 호박 속에 갇혔던 곤충만 없을 뿐, 그녀의 눈이 더 진하고 더 컸다. 하지만 그 두 눈은 이내 다시 반짝이기 시작했다. 굳었던 얼굴 표정도 풀어지면서 그녀는 소리 내어 웃기 시작했다. 낭랑하고 날카로운 짧은 웃음이었다. 그녀가 돌격 보트를 타고 높이 치솟았을 때 질렀던 환호성과 비슷했다. 여자는 프란츠를 껴안고 뺨에 쪽 소리가 나도록 입을 맞추었다. "꼬마야, 금방 다시 올게!" 그녀는 이렇게 말하고 뒤돌아서서 걸어갔다. 프란츠는 그녀의 엉덩이가 걸음걸이 박자에 맞춰 흔들리는 모습을 넋을 놓고 바라보았다. 방금 전 '메르시 몬 아미'의 리듬에 맞춰 춤을 췄을 때와 똑같았다. 작은 고기잡이배가 잔잔하게 흔들리는 것 같다는 생각이 들었다. 여자가 화장실이 있는 나무 막사 안으로 사라지는 게 보였다. 프란츠는 테이블로 돌아와서 자리에 앉아 맥주 두 조끼를 새로 주문했다.

여자가 자기를 놔두고 가버렸다는 걸 프란츠가 깨닫기까지는 얼추 반 시간이 걸렸다. 그녀는 쉴 새 없이 혼잡하게 드나드는 수많은 손님들에게 막혀 정원을 가로질러 지나갔는지도 모른다. 아니면 주방 옆에 있는 뒤쪽 출구를 통해 몰래 달아났을 수도 있다. 어쨌든 그녀는 아무 데도 없었다. 프란츠는 죽 늘어선 테이블 사이를 다니며 살펴보고, 종업원마다 붙잡고 물어보고, 비어 있는 안쪽 홀에 가서도 찾아보고, 심지어 여자들의 화난 비명 소리를 들으며 여자 화장실까지 들어가보았다. 하지만 보헤미아 여자는 사라졌다.

프란츠는 그새 미지근해진 맥주를 죽 들이켜고 혀 꼬부라진 소리로 계산서를 달라고 한 뒤 술집을 나왔다. 정원에서는 벌써 음악이 다시 연주되기 시작했고 남녀는 쌍쌍이 꼭 부둥켜안고 '당신 가슴에서 무엇이 이토록 부드럽게 두근거리나요?'에 맞춰 몸을 흔들었다. 프란츠는 고개를 푹 숙이고 두 손은 바지 주머니에 깊게 찔러 넣은 채 이젠 확연히 줄어든 프라터 방문객 인파 사이를 걸었다. 다시 눈을 들어보니 바로 위에 대회전 관람차가 있었다. 그는 남은 동전으로 입장권을 사서 그날 저녁 마지막으로 운행하는 마지막 객차에 유일한 승객으로 올라탔다. 객차가 둔탁하게 덜컹 소리를 내며 출발한 뒤 서서히 높은 곳으로 올라갔다. 밑에 빛이 점점이 박힌 도시가 펼쳐졌다. 저 멀리 아래로 번잡한 프라터가 보였다. 슈테판 대성당도 보였다. 보티브 성당도 보였다. 뒤쪽으로는 칼렌베르크 산이 밤하늘에 어두운 실루엣을 드리웠다. 프란츠는 다 닳은 나무 창틀에 뺨을 대고 눈을 감았다. 객차가 맨 꼭대기에 도달하자 관람차가 잠시 멈춰 섰다. 발밑이 가볍게 흔들렸다. 밖에서는 바람이 휙휙 불었다. 그는 주먹을 쥐고 팔을 뒤로 뻗었다가 판자벽을 세게 내려쳤다. 그 바람에 아까부터 객차 지붕 위에 쪼그리고 앉아 쉬던 비둘기 두 마리가 놀라서 푸드득거리며 날아올라 저 멀리 밤하늘로 사라졌다.

다음 날 아침, 방에 있던 프란츠는 심상치 않은 소리에 잠에서 깨어났다. 밖에서 종이 요란하게 울리면서 가게 문이 여러 번 열렸다가 다시 쾅 닫혔다. 성난 고함 소리가 들렸다. 프란츠는 그게 오토 트르스니에크의 화난 목소리라는 걸 알았다. 그의 말소리는 정육점 주인 로스후버의 쉰 저음의 목소리에 끊겼다가 몰려든 사람들이 웅성대는 소리에 계속 묻혔다. 프란츠는 한심한 몰골이나마 추스를 수 있는 대로 추스르고 재빨리 침대에서 나와 옷을 입었다. 머리는 아프고 오른손 손가락 마디는 고통스럽게 부어올랐다. 거울에선 지난밤의 기억이 창백하고 뺨이 푹 꺼진 그의 모습을 빤히 바라보았다. 프란츠는 대야에 담긴 물을 요란하게 튀기며 세수하고, 비눗물로 양치하고, 얼굴을 닦은 뒤 밖으로 나갔다. 담배 가게 주위에 많지는 않았지만 사람들이 모여 있었다. 그 한가운데에서 오토 트르스니에크와 정육점 주인이 드잡이하려고 벼르는 장터의 레슬링 선수들처럼 서로 마주 보고 있었다.

"아, 너도 기어 나왔냐?" 오토 트르스니에크가 프란츠를 보고 소리를 질렀다.

"무슨 일이에요?" 프란츠가 더듬더듬 물었다.

"눈은 뒀다 뭐하냐!" 오토 트르스니에크의 얼굴이 시뻘겠다. 관자놀이에 푸르스름한 벌레들이 몰려 있는 것처럼 핏줄 몇 가닥이 비틀려 있었다. 그는 분노로 몸을 떨면서 목발 한 개로 담배 가게를 가리켰다. 인도와 가게 정면에 적갈색 액체가 발라져 있었다. 누가 페인트 여러 통을 뿌렸거나 오물을 끼얹은 모양이었다. 진열창에는 커다란 흘림체로 이런 글자가 적혀 있었다. '유대인 비호자, 꺼져!' 출입문 옆 담벼락에 그려진 둥그런 형상이 확 눈에 들어왔다. 어설픈 솜씨로 급하게 휘갈긴 그림이었지만, 그래도 거대한 사람 엉덩이와 기본적인 얼굴 윤곽은 뚜렷이 알아볼 수 있었다. 그건 이른바 '귀 달린 엉덩이'● 그림이었다.

프란츠는 진열창으로 한 걸음 다가가 손가락으로 조심스럽게 '유대인'의 첫 글자 'ㅇ'을 만져보았다. 거친 붓으로 쓴 것 같았는데, 촉감이 소름 끼치게 역겨웠다. 가장자리는 말라서 딱지가 앉

● 아르슈 미트 오렌(Arsch mit Ohren) : 경멸스러운 사람을 풍자적으로 표현한 그림.

았고, 조금 두꺼운 부분은 아직 끈끈하고 축축했다. 게다가 불쾌한 악취까지 났다. 부패한 듯 들척지근하면서 조금 시큼한 냄새였다.

"이게 뭐죠?" 프란츠가 낮은 소리로 물었다.

"피!" 오토 트르스니에크가 소리 질렀다. "돼지 피! 우리의 친애하는 이웃 로스후버가 친히 처발라 놓으셨지!"

"증거 있으면 대보슈." 정육점 주인이 조용히 말했다. "그리고 저건 돼지 피가 아니라 닭 피야. 그건 누가 봐도 알겠네!"

"그래, 그러면 닭 피라고 해두지!" 오토 트르스니에크가 분통을 터뜨렸다. "하루 종일 동물을 다루는 사람이 과연 누굴까? 제 자화상을 내 가게 문 옆에 그리는 무뇌아가 누굴까? 반평생을 옷깃 뒤에 하켄크로이츠●를 달고 다니다가 그걸 뒤집어 보여줄 기회만 노리는 사람이 누굴까?"

"내가 내 옷깃 뒤에 뭘 달고 다니든 당신이 무슨 상관이야." 로스후버는 이렇게 말하고 큼지막한 두 팔로 팔짱을 꼈다. "그리고 저 그림이야말로 임자를 찾은 거야!"

"그럼 당신 손은?" 오토 트르스니에크가 으르렁거렸다.

"손이 뭐 어쨌다고?"

"아직 피가 묻어 있잖아!"

● 나치를 상징하는 갈고리 십자가 모양의 표식.

"피가 아니면 그럼 뭐가 묻겠어? 어쨌든 난 정육업잔데!"

오토 트르스니에크는 화를 삼켰다. 잠시 그는 목발을 떨어뜨리고 정육점 주인의 멱살을 잡으러 가려는 자세를 취하더니 돌연 빙 둘러선 사람들을 향해 몸을 돌렸다. 소동이 벌어진 곳으로 점점 바짝 다가가던 사람들은 어느새 수가 꽤 많이 늘어났다.

"이 인간이!" 오토 트르스니에크가 이야기를 시작했다. "소위 도살업자라고 하는 이 인간이 말이야, 아니지, 가짜 소시지 제조업자라고 해야 훨씬 정확하지. 왜냐하면 자기가 만드는 소시지에 오래된 지방과 톱밥을 넣거든. 어쨌든 이 인간의 손에, 소시지에 장난치는 이 가짜 소시지 제조업자의 손에 피가 묻었어. 게다가 머리에는 똥이 들었고 가슴에는 시커먼 심술이 들어앉았지. 그런데 둘러보면 이 인간 혼자만 그런 게 아니야. 지금까지는 돼지만 죽었어. 아니, 저 인간 말대로 닭 몇 마리만 죽었어. 지금까지는 담배 가게만 이렇게 더러워졌어. 그런데 지금 여기 있는 당신들한테 한번 물어봅시다. 다음번에는 누구 차례일까? 다음 목표물은 뭘까?"

아무도 말을 하지 않았다. 몇 명은 활짝 웃었고, 어떤 이들은 고개를 절레절레 흔들었다. 떠나는 사람도 있었다. 새로 합류하는 사람들은 구경꾼들을 밀치고 들어왔다.

"한 사람의 손에 피가 묻었는데 다른 사람들은 꿀 먹은 벙어리처럼 그냥 서 있기만 해. 늘 이런 식이지!" 오토 트르스니에크가 이야기를 계속했다. 로스후버는 그 옆에 서서 삐딱한 미소를 지었다. "늘 이런 식이야. 늘 이런 식이었어. 앞으로도 늘 이런 식이겠지. 왜냐하면 어딘가에 그렇게 적혀 있을 테니까. 한없이 우둔한 인류의 머릿속에 그렇게 주입되었으니까. 하지만 여러분, 내 머릿속에는 아니야! 내 머리는 아직 스스로 생각할 줄 알거든. 난 당신들이 깔아놓은 멍석에서 춤추지 않아. 난 옷깃 뒤에 하켄크로이츠를 달고 다니지 않아. 난 가짜 소지서를 만들지 않아. 난 어둠 속에서 인도를 얼쩡거리다가 아무 잘못도 없는 건물에 엉덩이 얼굴을 잔뜩 처바르지 않아. 나는 침묵하지 않을 거야. 내 손에는 피가 아니라 고작 인쇄기 잉크가 묻어 있을 뿐이야!"

그는 갑자기 힘이 빠진 것 같았다. 고개가 아래로 축 늘어졌다. 그는 인도를 빤히 내려다보았다. 잠시 담배 가게 앞이 잠잠해졌다. 그가 손가락으로 움켜쥔 목발 손잡이에서만 조용히 삐걱대는 소리가 났다. 마침내 오토 트르스니에크는 기운을 차리고 마음을 다잡았다. 그는 길게 숨을 들이마시고 다시 몸을 쭉 편 다음 정육점 주인에게 몸을 돌리더니 침을 튀겨가며 마지막 말을 토해냈다. "로스후버, 한마디만 더 할게. 1917년에 나는 우리나라를 위해 다리 하나를 진흙 구덩이에 두고 왔어. 남은 건 여기 이거 하나야. 다 낡고, 아주 뻣뻣하고, 가끔 외로움도 느끼지만, 비상시에 누구를 제대로 한 방 먹이는 데는 아직 쓸 만해!"

이런 말과 함께 오토 트르스니에크는 정육점 주인과 주변 사람들을 내버려두고 지팡이를 두 번 힘차게 휘두르며 담배 가게 안으로 사라졌다. 그의 뒤에서 문이 쾅 소리를 내며 세게 닫혔다. 그 바람에 진열창이 덜커덩거렸고, 쨍그랑 울리던 종소리는 그야말로 돌풍 같은 포르티시모로 바뀌었다.

그 소동이 일어난 뒤 몇 주 동안 프란츠는 툭 하면 프라터로 가서 보헤미아 여자를 찾아보았다. 몇 시간이나 거리와 골목을 헤매고 다니고 술집에도 가 앉아 있었다. 연한 금발의 얼굴이 솟아오르는 걸 보겠다는 희망으로 돌격 보트 앞에서도 어슬렁거렸다. 그러나 허사였다. 더욱이 요 얼마 전부터는 그렇게 다니는 것도 불편해졌다. 올해는 겨울이 예년보다 일찍 찾아오면서 차가운 보슬비와 첫눈이 섞여 내렸다. 놀이 기구들이 곧 두꺼운 눈 이불을 덮으면서 하나둘씩 영업을 중단했다. 노점 몇 군데와 술집과 조랑말 타는 곳만 추위와 눈에도 아랑곳하지 않고 꿋꿋이 버텼다. 프란츠는 언 몸으로 조랑말이 있는 작은 원형 놀이장 앞에 가서 섰다. 말들이 부러웠다. 어느덧 몽실몽실하게 겨울털이 자란 말들은 사랑이나 일탈 같은 것에 괴로워하지 않고 차가운 모래를 밟으며 빙빙 돌고 있었다.

밤이면 프란츠는 몇 시간이나 잠을 못 이루고 누워서 보헤미아 여자의 치아 틈새를 생각하며 달아오른 몸을 뒤척였다. 마침내 고대하던 잠에 빠져들어도 곧 뒤숭숭한 꿈에 시달렸다. 돼지 피가 천장에서 곧장 둥그런 통 안으로 떨어졌다. 그 통은 그의 두개골이었다. 침대가 흔들거리며 점점 위로 올라가더니 태양처럼 찬란한 여자의 환호성 안으로 들어가 커다란 검은 틈새를 통과

한 뒤, 하늘색 꼬마 열차를 타고 어두운 영원의 동굴 속으로 들어갔다. 어머니가 나타나 손등으로 오토 트르스니에크의 다리를 쓰다듬었다. 그걸 본 지그문트 프로이트가 호탕하게 웃었다. 그 바람에 그의 모자가 머리에서 벗겨져 날아다니다가 날개를 펴고 보티브 성당 꼭대기를 넘어 저무는 해를 뒤쫓아 항해했다.

마음이 너무 괴로워지면 프란츠는 작은 뒷마당 문을 통해 담배 가게를 빠져나왔다. 그러곤 우유 배달 마차에서 딸가닥딸가닥 말발굽 소리가 들리고 겨울의 얼어버린 지붕 위로 동이 틀 때까지 길거리를 정처 없이 쏘다녔다. 그렇게 조용한 새벽길을 걸으면 마음이 차분해졌다. 발밑에서 눈이 뽀드득거리는 소리가 났다. 연약한 작은 깃발처럼 입김이 얼굴 앞에서 나부꼈다. 가로등 점등원이 사다리를 올라가 가스등을 끄고, 제일 먼저 나온 노동자들이 그늘진 얼굴로 아침 교대를 하러 가는 새벽의 여명 속에서 프란츠는 흐릿하고 어중간한 상태로 꿈과 현실 사이를 오갔다. 그런 다음 피곤해져서 천천히 담배 가게로 돌아오는 동안 곳곳에서 보헤미아 여자와 맞닥뜨렸다. 가로등 밑에 보헤미아 여자가 있다. 울타리 뒤에 보헤미아 여자가 있다. 건물 입구에도 보헤미아 여자가 있다. 얼굴이 담뱃불에 비쳐 환하다. 쇼윈도에도 프란츠에게 팔을 뻗고 미소 짓는 보헤미아 여자가 있다.

그림엽서. 등불이 켜진 쇤브룬 궁전의 정원. 눈이 가루 설탕처럼 소복이 쌓여 있다.

사랑하는 어머니,

이 도시에 온 지 벌써 많은 시간이 흘렀어요. 솔직하게 말씀 드리면 모든 게 갈수록 더 낯설게 느껴져요. 어쩌면 사는 내내 그렇겠죠. 태어난 후부터 하루하루가 지날 때마다 저 자신에게서 조금씩 멀어지다가 언젠가는 어찌할 바를 모르는 날이 오겠죠. 정말 그런 걸까요? 안녕히 계세요.

프란츠 올림

그림엽서. 초록빛으로 보석처럼 반짝이는 아터제 호수. 비행기나 체펠린 비행선에서 촬영한 것으로 보인다.

사랑하는 프란츨,

너 혹시 사랑에 빠졌니? 그게 지금 너의 상태를 설명해주는 단서가 될 것 같아서 하는 말이다. 다 알다시피 사랑에 빠진다는 건 어쩔 줄 모른다는 뜻이야. 네 질문에는 이렇게 답하마. 인생은 헤어짐의 연속이란다. 나는 엄마니까 그런 건 잘 알고 있어. 하지만 사는 건 원래 그런 거고, 거기에 익숙해지기 마련이야. 그건 그렇고, 네가 잘 지냈으면 해. 오토 트르스니에크 씨에게 누가 되지 않기를 바란다. 이곳 호수에는 지금으로서는 별다른 일은 없어. 사실은 그 때문에 아주 편안하지. 너를 꼭 안아주마.

엄마가

"몸이 안 좋아 보이는구나." 오토 트르스니에크가 회계 장부에서 눈도 떼지 않고 말했다.

"네?" 프란츠는 당황해서 되묻고는 조금 전 또 가슴께로 흘러내려갔던 고개를 쳐들었다. 프라터에서 행복을 찾자마자 다시 잃어버린 지 어느덧 두 달이 지났다. 낮에는 우울하고 밤에는 잠 못 이룬 두 달이었다.

"너 몸이 안 좋아 보인다고!" 오토 트르스니에크가 다시 말했다. "정확히 말하면, 몰골이 말이 아니야. 죽음의 할아버지가 찾아왔나 봐. 핏기도 없고, 수척하고, 피곤해 보이는 게 못해도 10년은 더 늙어 보여. 계속 그렇게 가다가는 내년에 연금도 신청할 수 있겠어."

"아뇨. 전 괜찮아요." 프란츠는 재빨리 말하고 축 늘어진 손에서 미끄러져 내려간 신문을 주우려고 몸을 굽혔다. "아마 날씨 때문에 힘들어서 그럴 거예요. 그것 말고는 아무렇지도 않아요."

"날씨가 뭐 잘못됐어?"

"날씨가…… 조금 춥잖아요."

"겨울이잖아."

"네." 프란츠는 낮게 한숨을 쉬었다. "겨울이죠."

담배 가게 주인은 막 경제면에 얼굴을 파묻으려는 견습생 프란츠를 안경테 너머로 바라보았다.

"지금이 12월인데 올해 벌써 겨울이 들이닥친 건 상당히 드문 일이야. 그런데 그것 말고 너를 괴롭히는 게 또 뭐가 있지?"

얼마 지나지 않아 프란츠는 버티는 걸 포기했다. 결국 그는 신문이 바닥으로 미끄러져 내려가는 것도 내버려두고 스툴에서 일어나 먼지 쌓인 천장을 보며 절망적으로 외쳤다. "제가 사랑에 빠졌어요!"

아주 짧은 순간에, 그러니까 신문 표제를 슬쩍 훑어보는 시간의 절반 정도의 순간에 오토 트르스니에크는 이 문제의 심각성을 깨달았다. "예수, 마리아, 요셉이시여, 큰일 났군!" 그의 입에서 불쑥 이 말이 튀어나왔다.

"큰일도 보통 큰일이 아니에요!" 프란츠가 소리쳤다. "이건 참사예요! 이제 전 어떡하면 좋죠?"

오토 트르스니에크는 생각에 잠겼다가 어깨를 들썩였다. "나도 모르겠다. 수영장에 가서 몇 바퀴 돌고 와. 그렇게 하면 뼈에도 좋고 머리도 맑아지니까!"

프란츠는 두 손을 내려뜨리고 담배 가게 주인을 바라보았다. 그의 키가 얼마나 작은지 프란츠는 지금 처음 알았다. 지난 며칠 새 몸이 더 쪼그라든 것처럼 보였다. 얼마 안 있으면 쌓아놓은 잡지 더미의 먼지 앉은 그림자 속으로 완전히 사라질 것만 같았다.

"수영장에요?"

오토 트르스니에크는 오른쪽 귀 뒤를 긁었다. 그의 시선이 천천히 판매대 위를 지나 모서리를 넘어 바닥으로 미끄러져 내려간 뒤 작은 반원을 그리며 마루 위를 살금살금 기어가다가 마침내 프란츠의 구두코 바로 앞 어딘가에서 멈춰 섰다.

"잘 들어. 난 이제 그런 건 잘 몰라. 옛날이라면 모를까. 그땐 나한테도 그런 시절이 있었지. 네 어머니한테 물어봐라. 아마 기억하고 있을 거다. 하지만 그것도 벌써 오래전 일이야. 반평생이 흘렀으니까. 진실을 말해줄게. 참호에 내 다리를 두고 왔을 때 난 내 청춘도 거기 두고 왔어. 세상살이가 원래 그런 거야. 딴거 없어. 가끔씩 가슴이 아프지만 따지고 보면 편한 점도 있어. 이제 나는 사랑에 아무런 감흥이 없어. 그런 점에서 난 평온해. 뭔가에 흥분하고 싶으면 난 신문을 읽는단다. 세상에서는 말도 안 되는 일이 차고 넘치도록 벌어지거든. 그러니 내가 담배 가게에서까지 그런 것에 신경 쓸 필요가 없어. 서투른 견습생, 내가 너한테 대단찮은 조언을 하나 하지. 그런 미묘한 일이라면 나를 성가시게 할 게 아니라 다른 의논 상대를 찾아봐."

오토 트르스니에크는 조금 멋쩍게 웃고 조심스럽게 입김을 불어 펜촉을 말린 뒤 책 위로 몸을 깊숙이 굽혔다. 잠시 뒤 프란츠도 다시 자리에 가 앉았다. 두 사람은 그날 내내 아무 말도 하지 않았다.

베르크가세 19번지에서는 아직도 굉장한 향내가 공기 중에 감돌았다. 오믈렛을 썰어 넣은 쇠고기 수프, 양파를 곁들인 쇠고기구이와 파슬리를 뿌린 찐 감자, 뜨겁고 쌉싸래한 초콜릿 크림을 얹고 그 위에 갓 볶은 아몬드 조각을 뿌린 바닐라 푸딩 냄새가 났다. 지그문트 프로이트 교수는 냅킨을 치운 뒤 바지 맨 위 단추를 눈에 안 띄게 끄르고 만족스러운 신음 소리와 함께 두 손을 깍지 껴서 배에 올려놓았다. 교수의 부인 마르타는 살짝 열이 오르고 마른기침으로 괴로워하는 터라 방 두 개를 지나야 있는 침실 침대에 누워 있었다. 그래서 오늘 일요일만큼은 예외적으로 딸 안나가 부엌에서 음식을 준비했다. 안나는 지난 몇 년 새 대단히 창의적이고 공감 능력이 뛰어난 정신분석학자로 발돋움하여 아버지의 유일한 적법 후계자이자 그가 지은 저술의 충실한 대변자가 되었다. 뿐만 아니라 프로이트가 내심으로는 더 높이 사는, 재능과 실력을 갖춘 요리사로도 발전했다. 특히 그녀가 차려내는 양파를 곁들인 쇠고기구이는 빈에서 거의 따라올 사람이 없을 정도였다. 고기는 육즙이 풍부하게 적당히 구웠고, 양파는 밀가루와 버터를 섞어 금빛이 돌도록 볶았으며, 감자에는 잘게 다진 싱싱한 파슬리 조각을 뿌렸다. 프로이트는 딸을 곁눈으로 슬쩍 쳐다보았다. 그녀는 작은 은수저로 푸딩을 께적거리며 아르투어 쇼펜하우어의 책 중에서 가장 두꺼운 책을 뒤적였다. 머리는 뒤에서 양쪽으로 달팽이처럼 묶어 틀어 올렸다. 겨울 햇살이 한낮에 잠깐 베르크가세의 주택가 협곡에서 길을 잃고 헤매다가 이곳 프로이트 가족의 식당에까지 들어온 뒤 그녀의 머리에 비쳐 반짝거렸다. 프로이트에게는 저런 머리 모양을 만드는 여자들의 손재주와 인내심이 어디에서 나오는지가 늘 수수께끼였다. 침실에서 낮게 꺽꺽거리는 듯한 숨소

리가 흘러나왔다. 뒤이어 나른하게 끙 하는 소리가 들리고, 딱
히 이거라고 꼬집어 말할 수 없는 소리가 침대에서 났다. 아, 마
누라. 왜 저러는 거지? 도대체 뭐가 문제일까? 프로이트는 의아
하게 여기며 조용히 생각했다. 그 순간 안나의 눈길이 자신에
게 와 있는 게 느껴졌다. 그가 살면서 세상 무엇보다도 사랑하
는 딸의 눈길이었다. "제가 한 번 더 들여다볼게요!" 안나가 말
했다. 그녀는 숟가락과 쇼펜하우어의 책을 치우고 창가로 가서
거리를 내려다보았다.

"저 사람 아직도 있어요!"

프로이트는 잔기침을 했다. "거기 아래에 얼마나 앉아 있었
던 거야?"

"세 시간쯤 됐을걸요."

"이 추위에?"

"목도리를 했어요."

프로이트는 혀끝으로 보철물 가장자리를 조심스럽게 훑어보
았다. 저 안쪽에 있는 날카로운 모서리는 조금 매끄럽게 다듬고
옆쪽 귀퉁이는 약간 갈아내야 할 것 같았다. 식사 중에는 입안
의 통증이 참을 만했지만 지금은 다시 서서히 심해지고 있었다.
사실을 말하자면 저명 의사들은 모두 아무짝에도 쓸모가 없었
다. 다음번에는 목수를 찾아가는 게 좋을 것 같았다. 아니면 당
장 묘비 조각가를 물색하든가. 그는 한동안 무표정한 눈으로 멍
하니 앞을 응시했다. 빵 그릇 옆에 작은 아몬드 조각 한 개가 식

탁보에 떨어져 있었다. 그는 아몬드 조각을 손끝으로 콕 찍어서 입에 넣었다. 그러곤 인류 전체의 고통이 담긴 듯한 한숨을 쉬며 일어나서 말했다. "오늘은 밖에서 피워야겠다!"

　건너편에서 육중한 문이 열리고 교수가 밖으로 나오자 프란츠는 벌떡 일어났다. 갑자기 일어나는 바람에 그 반동으로 하마터면 다시 주저앉을 뻔했다. 다리가 나무판처럼 뻣뻣했고, 차가운 나무 벤치에 몇 시간이나 앉아 있었던 탓에 엉덩이가 아팠다. 그래도 프란츠는 일어서서 교수가 구부정한 자세와 흔들거리는 다리로 도로를 건너 곧장 자신에게 다가오는 모습을 바라보았다.

　"앉아도 되겠니?" 이렇게 물은 프로이트는 대답도 기다리지 않고 벤치에 앉았다. 그는 야윈 손가락으로 외투 주머니에서 무광택 은색의 작은 갑을 꺼내고 거기에서 '버지니아' 한 대를 꺼냈다. 그러나 시가를 입에 물기도 전에 프란츠가 벌써 옆에 앉아 길고 가느다란 시가를 프로이트의 얼굴에 갖다 댔다. 프로이트는 마른침을 꼴깍 삼켰다. "오요 데 몬테레이구나." 그가 조금 잠긴 목소리로 말했다. 프란츠는 고개를 끄덕였다. "해가 잘 들고 비옥한 산 후안 이 마르티네스 강변에서 씩씩한 남자들이 수확하고 예쁜 아내들이 섬세한 손으로 만 거예요."

　프로이트는 시가를 위에서 아래까지 살살 만져본 뒤 엄지와 검지로 잡고 가볍게 눌렀다.

"향이 좋은 아바노●예요. 맛은 순하지만 멋진 우아함과 복잡함으로 만족감을 줘요." 프란츠가 천연덕스럽게 말했다. 그 말투만 들어서는 시가 상자에 적힌 설명을 외우느라 그가 밤마다 얼마나 많은 고된 시간을 보냈는지 알 수 없었다. 프란츠는 바지 주머니에서 은도금된 시가 절단기를 꺼내 프로이트 교수에게 건넸다. "아바노는 바로 이 선에서 잘라야 해요. 여기, 캡●●과 래퍼●●●가 만나는 곳요!"

프로이트는 시가의 캡 부분을 잘라내고 끝부분에 손가락 길이만 한 성냥으로 불을 붙였다. 그는 끝에서 1센티미터 떨어진 곳에 성냥불을 대고 불꽃이 끝부분에 닿을 때까지 시가를 빨아들였다. 그러곤 손가락으로 시가를 잡고 천천히 돌리며 살짝 불어서 남은 불을 껐다. 프로이트는 가볍게 미소 지으며 뒤로 등을 기댔다. 그리고 청명한 겨울 공기 속에서 동글게 말려 올라가는 푸르스름한 연기를 바라보았다.

"자, 이제 얘기해봐. 찾아온 이유가 뭐니?"

프란츠는 수선스럽게 헛기침을 하고, 엉덩이를 들썩여 자세를 바로잡고, 또 한 번 헛기침을 하고, 마침내 물에 빠진 사람처럼

● 아바노(Habano) : 쿠바산 시가.

●● 캡(Cap) : 래퍼가 풀어지는 걸 방지하기 위해 시가의 상단부를 밀봉한 곳. 흡연할 때 잘라낸다.

●●● 래퍼(Wrapper) : 시가의 겉면을 감싸는 잎.

절망적인 표정으로 옆에 앉은 프로이트에게 몸을 돌렸다.

"교수님, 제가 사랑에 빠졌어요!"

프로이트는 시가를 들어 햇빛에 비추면서 생각에 잠겨 바라보았다.

"축하한다!" 프로이트가 말했다. "우물쭈물하면서 때를 놓치고 싶지 않은 거겠지, 그렇지?"

"네, 교수님. 그런데 놓치고 말았어요."

"뭐를?"

"여자를요!"

"사랑에 빠졌다면서?"

"네, 그런데 행복하지 않아요!" 마구 흔든 샴페인 병에서 코르크 마개가 튀어나오듯 프란츠의 입에서 불쑥 이 말이 튀어나왔다. 보철물 때문에 다시 고통스러워진 프로이트는 고개를 비스듬히 옆으로 기울이고 벤치와 자신의 집 출입문 사이의 빈 공간을 한동안 응시했다. "우트 데진트 비레스, 타멘 에스트 라우단다 볼룬타스.● 프로이트가 말했다. 단어 하나하나를 이 사이에서 짓이기는 것처럼 들렸다.

"뭐라고 하셨어요, 교수님?"

● 우트 데진트 비레스, 타멘 에스트 라우단다 볼룬타스(Ut desint vires, tamen est laudanda voluntas.). : "힘은 모자랐으나 의지만은 칭찬해야 마땅하다."라는 뜻으로, 로마의 시인 오비디우스의 『흑해에서 보낸 편지 III, 4, 79』에 나오는 구절이다.

"'고개를 들어!'라는 뜻이야."

"문장이 그렇게 긴데 의미는 어떻게 그렇게 짧을 수가 있죠?"

"그런 문장들이 가끔 있어. 말을 많이 하는 사람은 대개 알맹이가 별로 없는 말을 하지." 프로이트는 언짢은 듯 말했다. "그건 그렇고, 네 문제하고 나하고 대체 무슨 상관이냐?"

"교수님 때문이에요!" 프란츠가 소리쳤다. "인생을 즐기고 여자를 사귀라고 하셨잖아요!"

"그러니까 네가 의사를 병원균으로 만들고 있구나?"

"무슨 그런 말씀을!" 프란츠는 자리에서 일어나 벤치 앞에서 큰 걸음으로 왔다 갔다 했다. "저는 의사나 병원균에 대해서는 아무것도 몰라요. 그저 제가 흥분했다는 것만 알죠! 그것도 끊임없이 계속해서요. 일을 거의 할 수가 없어요. 잠도 못 자요. 얼빠진 꿈만 꿔요. 동이 틀 때까지 시내를 쏘다녀요. 어떤 땐 덥고 어떤 때는 추워요. 속도 메스꺼워요. 배도 아프고, 머리도 아프고, 마음도 아파요. 모두 한꺼번에 그래요. 얼마 전까지만 해도 전 호숫가에 앉아 오리를 구경했어요. 그런데 이 도시에 오자마자 모든 게 뒤죽박죽이에요. 저만 그런 게 아니라 사방이 다 엉망이에요. 신문을 읽어보면 알 수 있어요. 어느 날엔 모두 그 슈슈니크를 열렬히 지지하다가 다음 날이 되면 모두 히틀러에게 열광해요. 그럼 저는 담배 가게에 웅크리고 앉아 혼자 이런 생각을 해요. 저 두 사람은 대체 누구일까? 저는 진열창에서 돼지 피를 닦아내고 동굴 열차에 앉아 고함을 질렀어요. 세상에서 제일 예쁜 여자와 춤을 췄어요. 그런데 그 여자가 금방 사라졌어요. 가버린 거예요. 어디에도 없어요. 그래서 지금 교수님께 여쭤보고 싶어요. 제가 미친 건가요? 아니면 세상 전체가 미친 건가요?"

프로이트 교수는 집게손가락으로 오요의 재를 털고 입으로 조심스럽게 시가 불을 끈 후 조용히 말했다. "첫째, 다시 앉아라. 둘째, 맞아. 세상이 미쳤어. 그리고 셋째, 환상에 빠지지 마라. 세상은 더 미쳐갈 거야!"

프란츠는 벤치에 털썩 주저앉아 불길한 표정으로 멍하니 앞을 바라보았다. "솔직히 말하면 저는 세상이 미쳐 돌아가든 말든 상관하지 않아요. 제가 관심 있는 건 오직 그 여자 하나뿐이에요."

"여자 이름이 뭔데?"

"몰라요."

"이름도 모른다고?"

"사실 그 여자에 대해 아는 게 하나도 없어요. 보헤미아 여자라는 것만 빼고요. 그리고 세상에서 가장 아름다운 치아 틈새가 있는 여자라는 것도요."

"세상에서 가장 아름다운 치아 틈새? 정말 그 여자한테 푹 빠진 모양이구나."

"아까 말씀드렸잖아요."

"그래, 나한테 무슨 말을 듣고 싶은 거지?"

"교수님은 의사잖아요! 그리고 교수이고."

"그렇지. 그래서?"

"교수님은 책을 쓰셨잖아요. 아주 많이! 거기에 저한테 도움이 될 만한 게 하나도 없나요?"

"솔직히 말하면, 그런 거 같아."

"그럼 그 책들은 전부 어디에 쓰는 거예요?"

"그건 나도 궁금하게 여기던 거란다." 프로이트는 두 발을 당겨 모으고 모자를 깊숙이 이마까지 눌러쓰고 한 손으로 옷깃을 세웠다. 프로이트가 시가를 몇 모금 빠는 동안 두 사람은 말없이 나란히 앉아 있었다. 해가 지붕 위로 사라지고 어느새 벤치가 추워졌다. 프란츠는 교수가 시가를 입으로 가져갈 때 손이 약간 떨리는 걸 보았다. 반점이 있는 그의 피부는 힘줄 위로 종잇장처럼 얇게 늘어났고, 푸르스름한 핏줄이 모인 미세한 혈관 조직이 가득 퍼져 있었다. 프란츠는 이제야 프로이트가 많이 늙었고 허약하다는 생각이 들었다. 그는 목에 두르고 있던 목도리를 풀어 교수에게 건넸다.

"이걸로 뭘 하라고?" 노쇠한 프로이트가 으르렁거리듯 물었다.

"겨울이에요. 건강을 우습게 생각하시면 안 돼요!"

"하!" 씁쓸함과 쾌활함이 깃든 목소리로 프로이트의 입에서 불쑥 이 말이 튀어나왔다. "난 너무 늙어서 모든 게 우습게 보인단다!"

"저희 어머니가 직접 뜬 털목도리를 두르는데 늙었는지 아닌

지가 무슨 상관이에요!" 프란츠는 단호하게 대꾸하고 우아하게 손을 놀려 목도리를 교수의 앙상한 목에 둘러주었다. 프로이트는 의심스러운 듯 잠깐 경직되어 있다가 두툼한 털목도리에서 턱을 쭉 빼고 그새 절반으로 줄어든 시가를 다시 피웠다.

"그러니까 그 젊은 여성이 널 바람맞힌 거로군." 프로이트가 혼자 중얼거렸다. "일단 거기까지는 사실이겠지. 내가 보기에 지금 너한텐 딱 두 가지 방법밖에 없어. 하나는 그 여자를 다시 만나는 거! 다른 하나는 그 여자를 잊는 거!"

"그게 전부예요?"

"그게 전부야."

"교수님, 정말 죄송한데요, 교수님의 조언이 모두 이런 식이라면, 왜 사람들이 교수님 카우치에 누워보려고 그렇게 많은 돈을 내는지 저는 이해를 못 하겠어요!"

프로이트는 한숨을 쉬었다. 그는 마음속 깊은 곳에서 솟아오르는 분노에 굴복하고 이 버릇없는 촌뜨기의 이마에 자신의 오요를 비벼 꺼버릴까 아주 잠깐 생각했다. 하지만 그러지 않기로 결심하고 푸르스름한 고리 모양의 연기를 허공으로 내뿜었다.

"사람들이 많은 돈을 내는 이유는 나한테서 조언을 얻어가지 않기 때문이야. 혹시 네가 잊었을까 봐 상기시켜 주는데, 주일에 세 시간이나 내 집 문 앞에서 얼쩡대다가 나를 시가로 매수하고 —— 훌륭한 시가라는 건 내가 인정하지. —— 내 조언을 들으려고 한 사람은 바로 너야!"

"제가 낙담해서 그런 거예요!"

"그래, 그래. 여자에게 갈 때는 최고의 남자들조차 암초에 부딪쳐 산산조각이 나지!" 프로이트가 한숨을 쉬며 말했다.

"저는 분명히 최고에는 들지 않겠죠."

"그건 두고 봐야 알아." 교수는 이렇게 말하고 주방 창문을 올려다보았다. 안나가 창문에 나타나 프로이트에게 위협하듯 검지를 들어 올리며 지금, 당장, 바로 따뜻한 집으로 들어오라고 분명하게 의사 표시를 했다.

"저분이 따님이세요?"

교수는 고개를 끄덕였다. 프란츠는 안나를 올려다보며 얼어붙은 뺨으로나마 할 수 있는 한 크게 함박웃음을 지어 인사했다. 그녀는 즉시 손을 들어 잠깐 흔들다가 곧 몇 번 안 되는 빠른 동작으로 커튼을 치고 안으로 사라졌다.

"저희 어머니와 조금 비슷하게 생겼어요. 제 얘기는, 멀리서 보면 그렇다는 말이에요."

"너는 내가 구약 성경에 나오는 늙은이처럼 나이가 들었다는 걸 구태여 그렇게 말해야 하겠니?" 프로이트가 투덜댔다. 그는 눈을 감고 집중해서 오요를 마지막으로 한 모금 빨았다. 그러나 이미 끝이었다. 이제는 시가의 맛이 입안의 통증을 상쇄하지 못했다. 그는 남은 시가를 조심스럽게 벤치 팔걸이에 내려놓고 불이 서서히 꺼져가는 모습을 바라보았다.

"기품 있게 스러지는구나……." 불이 꺼지자 프로이트가 중얼거렸다. 프란츠도 고개를 끄덕였다. 두 사람은 서로 얼굴을 마주 보았다.

"이제 뭘 하죠?" 프란츠가 물었다.

"지금 너한테 처방전을 써줄게." 프로이트가 대답했다. "그것도 세 개를. 조금 모순처럼 들릴지 모르겠다만, 처방전을 입으로 써주마. 잘 듣고 꼭 명심해라! 첫째 처방은 두통에 관한 거야. 사랑에 대해 이젠 그만 생각해. 둘째 처방은 복통과 어수선한 꿈에 관한 거야. 침대 옆에 종이와 펜을 갖다 놓고 깨어나자마자 꿈 내용을 모두 기록해. 셋째 처방은 심적 고통에 관한 거야. 그 여자를 다시 찾아봐. 아니면 잊어버려!"

해는 벌써 저문 지 오래였다. 찬 바람이 불어와 신문지 조각들을 베르크가세 아래쪽으로 날려 보냈다. 누가 자기 집 창문을 열었다. 음악이 잠시 바깥으로 흘러나왔다. 금관 악기로 연주하는 무슨 행진곡이었다. 그러다가 다시 조용해졌다. 교수가 간신히 몸을 추스른 뒤 두 사람은 일어났다.

"행운을 빈다, 프란츠!" 프로이트는 이렇게 말하고 프란츠에게 손을 내밀었다. 프란츠의 손에서 느껴지는 늙은 교수의 손가락이 마른 나뭇가지 묶음처럼 메마르고 가벼웠다.

"행운이야말로 제게 필요한 거예요!"

프로이트는 이미 차도를 건너서 집 열쇠를 외투 주머니에서 꺼내고 있었다. 그때 추위로 덜덜 떨리는 프란츠의 목소리가 다시 프로이트를 붙잡았다. "저도 언젠가 카우치에 누워도 될까요, 교수님?"

프로이트가 몸을 돌렸다.

"카우치에서 뭘 하려고?"

"저도 몰라요. 하지만 일단 거기에 누우면 알게 되겠죠!"

프로이트는 의심의 눈초리로 프란츠를 빤히 바라보았다. 그는 이마로 내려온 모자를 밀어 올리고 손가락 두 개로 수염을 뱅글뱅글 돌렸다.

"일단 처방전대로 해. 그러고 나서 어떻게 되는지 한번 보자. 알았니?"

"네."

두 사람은 잠시 아무 말이 없었다. 마침내 프로이트가 입을 비죽여 쓴웃음을 지으며 열쇠를 자물쇠에 꽂았다.

"메리 크리스마스, 프란츠!"

"메리 크리스마스, 교수님!"

담배 가게는 성탄절 연휴에 문을 닫았다. 오토 트르스니에크는 가게 열쇠를 프란츠에게 믿고 맡기고 빈 가게를 책임지게 했다. 그는 부르겐란트 주의 포츠노이지들로 떠났다. "그곳의 권태로운 분위기 속에서 영혼과 다리에 작은 안식을 주기" 위해서라고 했다. 프란츠는 대부분의 시간을 자신이 머무는 작은 방에서 보냈다. 한편으로는 곧 다가올 재정복을 위해 힘을 모으기 위해서였고, 다른 한편으로는 나무 벤치에 앉아 있었던 일요일 오후부터 지독한 감기에 시달렸기 때문이다. 밖에서는 며칠 전부터 쉬지 않고 눈이 내렸다. 몸이 수척한 실직자들 그리고 농촌 소년들처럼 얼굴이 앳된 오스트리아 연방군으로 구성된 도시 제설 작업단이 어느새 가게 진열창의 절반 높이까지 눈을 쌓아 올렸다. 담배 가게 안은 어둑어둑하고 고요해서 프란츠는 조용히 휴식을 누렸다. 대개는 침대에 누워 석탄 난로에서 불꽃이 나지막하게 탁 하고 터지는 소리를 들으며 보헤미아 여자의 치아 틈새를 생각하면서 시간을 보냈다. 성탄 전야에는 촛불을 켜고 어머니가 소포로 보내준 음식을 전부 먹어치웠다. 소포에는 초승달 모양의 바닐라 과자, 도넛, 잼 페이스트리, 그 밖에 고향과 어린 시절의 냄새가 나는 과자들이 뚜껑 바로 밑까지 가득했다. 프란츠는 상자 바닥에서 작은 사진 한 장을 발견했다. 눈에 덮인 얼어버린 아터제 호수에 어머니가 서 있었다. 어머니는 직접 뜬 방울 달린 털모자를 쓰고, 털 재킷과 겨울 치마를 입고, 안에 토끼털을 두둑이 댄 낡은 산악 신발을 신고 카메라를 똑바로 쳐다보며 웃었다. 쭉 뻗은 한쪽 팔로는 어딘가를 가리키는 것 같았다. 오두막이든가 아니면 그 너머에 안개로 뒤덮인 샤프베르크 산꼭대기인 듯했다. 사진은 지글마이어 교구 신부가 찍어준 게 거의 확실했다. 지글마이어 신부는 누스도르프에서 카메라를 소유한 몇 안 되는 사람 중의 한 명이었다. 아마 어머니가 매콤한 생선 수프와 신선한 파이를 대접하여 매수했거나, 규칙적으로 성당에 나가겠다고 약속하고 부탁했을 것이다. 그 순간 눈물 한 방울이 사진에 떨어져 축축하고 둥그런 자국을 남겼다. 어머니의 팔이 하늘로 솟아 있는 부분이었다. 프란츠는 얼른 엄지로 눈물 자국을 문지르고 사진을 뒤집어 보았다. 뒷면에는 하늘색 색연 필로 이렇게 적혀 있었다.

사랑하는 나의 프란츨,
즐거운 크리스마스와 행복한 새해를 맞기를 진심으로 바란다.

엄마가

추신: 아직도 사랑에 빠져 있니?
추추신: 바지가 더러워졌거든 집으로 보내라.
추추추신: 나한테 '어머니'라고 쓰지 마. 난 너의 엄마니까. 더는 군말 없기야.

프란츠는 진열대에서 특히 인상적인 카드를 골랐다. 머리에 눈이 소복이 내려앉은 요한 슈트라우스의 동상과 그 주변에 소년 합창단이 둘러서 있는 카드였다. 프란츠는 가장 예쁜 만년필 글씨체로 이렇게 적었다.

사랑하는 엄마,
성탄절은 이제 거의 지나간 거나 다름없어요. 보내주신 소포의 음식은 전부 먹었어요. 얼마 전까지는 조금 힘들었지만 새해에는 분명히 모든 게 다시 옛날로 돌아갈 거예요.

프란츨 올림

추신: 아직도 사랑에 빠져 있어요.

추추신: 바지는 더럽지 않아요.

추추추신: 네, 그럴게요.

마침내 프란츠는 정확히 12월 31일에 열 감기에서 회복되었다. 그는 도심에 있는 안나가세로 갔다. 각종 신문에 교묘하게 배치된 광고에서 '세계적으로 유명하고 대단한 찬사를 받는 무도장'이라고 선전한 곳에서 그는 수많은 빈 남녀들 틈에 끼어 새해를 맞았다. 프란츠는 셔츠 속에 몰래 숨겨 가지고 들어간 신맛이 나는 2리터짜리 백포도주 '바이스부르군더'를 다 비우고 뚱뚱한 여자와 왈츠를 추었다. 희망에 가득 찬 1938년 새해의 첫날인 다음 날, 아침 일찍 곧장 전차에 올라탄 그는 눈보라를 뚫고 프라터로 향했다. 대회전 관람차가 꼼짝도 하지 않고 하늘로 어슴푸레 솟아 있었고, 놀이 기구들은 두꺼운 눈 이불 아래 죽은 듯이 파묻혀 있었다. 놀이공원 골목에는 인적이 드물었다. 간간이 길 잃은 보행자들이 노점 사이를 이리저리 걸어 다닐 뿐이었다. 대형 돌격 보트에는 반짝이는 고드름이 달려 있었고, 꼭대기에 있는 보트에서는 까마귀가 웅크리고 앉아 부리로 눈을 쪼았다. 프란츠는 '슈바이처하우스'로 가보았다. 거기엔 벌써 불빛이 환했다. 새해 아침 첫 영업을 준비하려고 출입문 앞의 눈은 다 치워놓았다. 실내로 들어간 프란츠는 곧장 콧수염을 기른 종업원에게 다가갔다. 그는 계산대 안쪽에 서서 피곤한 눈을 껌벅이며 이제 막 닦은 유리잔을 희뿌연 천장 조명에 비춰보았다.

젊은 양반, 뭘 도와드릴까요? 종업원은 프란츠를 쳐다보지도 않고 물었다. 프란츠는 심드렁한 표정으로 실내를 죽 둘러보면서 무심한 듯 지폐 한 장을 계산대 위로 밀었다. 물어볼 게 있어요. 사실은 별거 아니에요. 질문은 빨랐고 대답은 더 빠르게 나왔다.

정말로 별거 아니네요. 적어도 이 종이 조각의 가치로 본다면. 종업원이 말했다. 프란츠는 말없이 재킷 주머니에서 지폐 한 장을 더 꺼내 먼저 것 옆에 놓았다. 종업원은 유리잔을 다시 선반에 올려놓고 돈을 얼른 앞치마에 넣었다.

따라오세요. 종업원이 말했다.

밖에서는 눈이 아까보다 더 많이 펑펑 내렸다. 두툼하고 부드러운 눈송이가 소리 없이 하늘에서 내려와 머리카락에 걸리고 속눈썹에 달라붙었다. 프란츠와 종업원은 큰 밤나무 밑으로 몸을 피했다.

별거 아니라니, 정확히 무슨 일인데 그래요? 종업원이 궁금해하며 물었다.

아저씨네 나라 사람에 관한 거예요. 보헤미아 여자요. 프란츠가 말했다.

분명히 말하지만, 내가 체코어를 썼다는 이유만으로 보헤미아 사람인 건 아니죠. 종업원이 말했다. 머리 위 나무 꼭대기에서 부드럽게 바스락대는 소리가 나면서 눈이 한 움큼 땅으로 소록소록 떨어졌다.

어쨌든 선생님께서 저하고 그 보헤미아 여자가 얼마 전 여기 이 밤나무 밑에서 맥주를 좀 마시고 춤춘 걸 분명히 기억하고 계실 거 아니에요. 아주 예쁜 여자였어요. 꽤 통통하고, 연한 금발에, 윗입술은 부드럽게 봉긋 솟았고, 치아 틈새는 신의 손길로 조각한 것 같았어요. 프란츠가 말했다.

종업원은 어깨를 들썩였다. 기억한다는 게 만만한 일은 아니죠. 그는 이렇게 말하고 자신의 구두코에 소복이 쌓인 눈을 슬프게 내려다보았다. 프란츠는 한숨을 쉬고 외투 주머니에서 다시 지폐를 꺼냈다.

아, 맞다. 희한하게 지금은 생각이 나요. 그때 뚱뚱한 보헤미아 여자였잖아요. 종업원이 말했다.

통통했어요. 통통한 여자였어요. 뚱뚱한 게 아니고. 프란츠가 말했다.

뭐 그렇다고 해두죠. 그런데요? 종업원이 말했다.

주소요. 선생님이 혹시 그 여자 주소를 알고 있나요? 아니면 이름이라도. 아니면 다른 거 아무 거라도. 여하튼 선생님은 그 여자를 아시잖아요. 분명히 아실 거예요. 프란츠가 대답했다.

프라터 종업원이면 아는 사람이 정말로 많죠. 그러나 그건 말하기 힘들어요. 종업원이 대꾸했다.

프란츠는 마지막 남은 지폐를 종업원의 앞치마에 찔러 넣었다. 이렇게 하면 말하기가 조금 쉬워지겠죠?

종업원은 미소 지었다. 왜 하필 그런 뚱뚱한 시골 여자예요? 어차피 프라터에는 다른 사람을 만날 기회가 많아요. 내가 주선할 수도 있어요. 종업원이 궁금해하며 말했다.

뚱뚱이 아니고 통통이에요, 통통. 프란츠가 종업원을 뚫어져라 쳐다보며 말했다.

통통이든 뚱뚱이든 그건 정의하기 나름이죠. 어느 쪽이든, 싸구려는 싸구려예요. 종업원이 말했다.

그 순간 프란츠는 폭발했다. 그는 터져 나오려는 고함을 억누르고 종업원을 두들겨 패기 위해 달려들었다. 콧수염 난 종업원은 고개를 살짝 숙이고 경중경중 몸을 흔들며 옆으로 두 걸음 피했다가 뒤로 한 걸음 물러서고 다시 앞으로 한 걸음 다가서면서 전광석화처럼 잽싸게 한 방을 날렸다. 그의 주먹은 정확히 프란츠의 콧날에 가서 꽂혔다. 속이 텅 빈 소리가 났다. 그림자가 프란츠의 몸 위로 내려앉으면서 고요한 어둠 속에서 모든 것을 덮어버렸다.

프란츠는 2초 뒤에 다시 정신이 들었다. 그는 반듯이 누운 채 위에 있는 콧수염 난 종업원의 얼굴을 잔뜩 노려보았다.

요새 내가 운동을 좀 안 하긴 했지만, 그래도 어디서 굴러왔는지도 모르는 당신 같은 촌뜨기를 상대하는 데는 아무 문제 없어.

손 잡아줄 테니 일어날래? 종업원이 온순하게 말했다.

아뇨, 괜찮아요. 프란츠는 이렇게 대답하고 그대로 누워 있었다.

여자 문제라고 해서 그렇게 미쳐 날뛸 필요는 없어. 종업원이 말했다.

그렇죠. 그럴 필요는 없겠죠. 프란츠가 대답했다.

종업원은 프란츠를 아버지같이 엄한 눈으로 바라보았다. 이런 바보 멍청이!

프란츠는 고개를 끄덕이며 물었다. 이제 제발 그 여자 주소나 이름 좀 알 수 있을까요?

슈타이어마르크● 황소처럼 똥고집이네. 종업원은 고개를 절레절레 저으며 말했다.

오버외스터라이히●● 황소 같죠. 이렇게 말하는 프란츠의 입에서 들척지근한 피 맛이 퍼져나갔다.

하는 수 없지. 종업원이 말했다. 숱이 많은 그의 머리 위로 어느새 눈이 소복이 쌓여 그는 마치 모자를 쓴 할아버지처럼 보였다. 식당 안쪽에서 동료 종업원들이 떠드는 소리가 흘러나왔다. 큰 웃음소리가 들렸다. 누가 노래를 부르기 시작했다. 그러다가 다시 조용해졌다. 종업원은 한숨을 쉬었다.

● 오스트리아 동남부의 주.
●● 프란츠의 고향이 속한 주.

여기에서 멀지 않은 제2구역이야. 로텐슈테른가세에 있는 노란색 건물. 그냥 계속 쥐 떼를 따라가. 왼쪽에도 쓰레기 더미, 오른쪽에도 쓰레기 더미가 있어. 필요하면 한번 가서 확인해봐, 젊은 양반. 종업원이 말했다.

고마워요. 프란츠가 말했다.

천만에. 종업원이 말했다. 그는 몇 번 위아래로 껑충껑충 뛰면서 어깨에서 눈을 툭툭 털어내고 손가락으로 콧수염을 훑으며 매만졌다.

날씨가 형편없지만, 곧 나아졌으면 좋겠네. 계속 이런 식이면 곤란하니까. 종업원이 말했다.

프란츠는 고개를 끄덕였다.

자, 이젠 정말 들어가 봐야 해. 일요일 내내 눈 덮인 밤나무 밑에서 서성거려봐야 쓸데없는 짓이야. 종업원이 말했다.

맞아요. 안녕히 계세요. 프란츠가 말했다.

잘 가요.

종업원이 식당 안으로 사라진 뒤에도 프란츠는 한동안 그대로 누워 휘날리는 눈을 올려다보았다. 그러자 곧 눈송이가 자신에게 내려오는 게 아니라 자신의 몸이 바닥에서 붕 떠서 점점 빠른 속도로 돌진하며 갈수록 더 높이, 넓고 고요한 하늘로 올라가는 느낌이 들었다.

로텐슈테른가세에 있는 노란색 건물은 곧 철거를 앞둔 폐허였다. 종업원이 말한 대로 출입구 양옆엔 쓰레기가 몇 미터 높이로 쌓여 있었다. 곳곳에 회칠한 곳이 잘게 부서져 나갔고, 창문은 먼지가 쌓여 회색이거나 판자를 대고 못질을 해 막아놓았다. 지붕의 빗물받이 홈통에는 누르스름한 고드름이 매달려 있었다. 지하실 창문에는 초록색 페인트로 '슈슈니크, 유대인 개자식!'이라는 문구가 휘갈겨 적혀 있었다. 건물 출입문이 활짝 열려 있는데도 복도는 어둑어둑했다. 축축한 벽 냄새와 오줌 냄새가 났다. 그리고 또 다른 뭔가가 공기 중에 감돌았다. 먼 고향 집의 기억처럼 달콤하고 매콤한 냄새가 프란츠가 있는 곳으로 퍼져 나왔다. 돼지우리 냄새도 났다. 프란츠는 혼자 빙긋 웃으며 조심스럽게 나무 계단을 올라갔다. 발밑에서 석회 조각들이 부스럭거렸다. 계단을 하나씩 올라갈 때마다 악취가 심해졌다. 고향이었다면 이런 것엔 아무도 신경 쓰지 않았을 거란 생각이 들었다. 자신이야말로 이런 냄새에는 무심했다. 솔직히 말하면 돼지보다는 예를 들어 교대 근무를 끝낸 벌목꾼이나 체조 수업을 마친 초등학생들한테서 더 심한 냄새가 났다. 프란츠는 옛날에 이따금 이웃 농부의 돼지우리로 기어 들어가 새끼 돼지를 분홍빛이 나는 어린 동생인 양 껴안고 함께 짚 더미에서 뒹군 적이 있었다. 하지만 이곳, 잿빛 도시의 담벼락 안에서 그런 냄새는 무례하고 역겨웠다. 중이층●에 있는 어느 집 문이 문틀에서 떨어져

● 다른 층들보다 작게 두 층 사이에 지은 층.

나와 있었다. 집 안에 돼지가 있는 게 보였다. 거대한 돼지는 짚을 깔아놓은 타일 바닥에 꼼짝도 하지 않고 둔한 모습으로 누워 조용히 코를 쿵쿵거렸다. 옆에 놓인 과일 상자 위에는 노파가 앉아 있었다. 그녀는 무릎에 냄비를 올려놓고 천천히 밀가루를 고르게 반죽했다.

"실례합니다만, 혹시 여기에 젊은 여자가 살고 있나요? 보헤미아 여잔데요." 프란츠가 물었다. 노파는 잠시 프란츠를 빤히 쳐다보았다. 그러곤 말없이 숟가락으로 천장을 가리켰다. 끈적끈적한 반죽 덩어리가 흘러내려 노파의 무릎으로 뚝뚝 떨어졌다. 돼지는 몸을 굴려 반대쪽으로 눕더니 고개를 들고 흐릿한 눈으로 벽을 바라보았다.

3층에 있는 집들은 거의 비어 있는 듯했다. 대부분 문이 열려 있거나 아예 문이 없는 집도 있었다. 복도 맨 끝에 있는 마지막 집만 문이 멀쩡했다. 안에서 또렷하지는 않아도 웅성거리는 소리가 들렸다. 프란츠는 문을 두 번 두드렸다. 당장 안쪽이 조용해졌다. 잠시 귓속말하는 소리가 들리더니 이내 낭랑하게 "들어오세요!" 하는 소리가 났다.

프란츠는 옷깃에 남아 있던 눈을 털어내고 숨을 크게 들이마신 뒤 문을 열었다. 언뜻 보니 실내엔 여자들이 서른 명 남짓 있었다. 그들은 작은 탁자를 앞에 두고 의자와 나무 상자와 통을 깔고 앉아 있었다. 세 명은 나뭇가지에 앉은 새처럼 창턱에 나란히 옹기종기 앉아 있었다. 몇 명은 벽을 따라 펴놓은 낡은 매트리스에 누워 있었다. 젊은 여자 두 명은 책상다리를 하고 나지막한 석탄 난로 앞에 앉아 카드놀이를 했다. 한 명은 벽에 걸린 깨진 거울 조각 앞에 서서 목탄으로 눈 화장을 했다. 또 한 명은 빨래 바구니를 뒤집어놓고 그 위에 웅크리고 앉아 아주 작은 아기를 가슴에 꼭 안고 있었다.

"실례합니다." 프란츠가 머뭇거리며 말했다. "여기에 혹시 젊은 여자가 살고 있나요? 보헤미아 여자예요." 여자 한 명이 킥킥 웃었다. 눈이 파란 다른 여자는 손으로 입을 가리고 터져 나오는 웃음을 참았다. 나머지 여자들은 그냥 앉아서 프란츠를 쳐다보았다.

"아, 그 엉덩이가 근사한 꼬마!"

프란츠는 즉각 그녀의 목소리를 알아챘다. 그녀는 얇은 털 담요로 몸을 말고 무릎을 감싸 안은 채 매트리스 위에 앉아 있었다. 머리카락은 머릿수건 속에 숨어 보이지 않았고, 얼굴은 거의 전체가 담요 그늘에 가려져 있었다. 하지만 프란츠는 그녀가 미소 짓는다는 걸 알았다. 그도 미소를 지었다. "이봐요, 나한테 음식과 포도주 한 잔 사줘도 돼!" 털 담요를 덮고 있는 보헤미아 여자가 행복에 겨워 몸이 굳어버린 프란츠를 이 말로 구해주지 않았다면, 아마 그는 그날 오후 내내, 어쩌면 그 이후에도 마냥 문턱에 서서 온 세상을 껴안을 듯한, 아니 적어도 이 허물어져 가는 축축한 집의 여자들 서른 명을 다 안아줄 듯한 미소를 짓고 있었을지 모른다.

여자의 이름은 아네스카였다. 프란츠보다 세 살 많았다. '신비로운 연인 같은 비니치니 언덕에 착 달라붙어 있는 아름다운 마을' 출신이었다. 그곳은 플라다 볼레슬라프 지역에 있는 도브로비체였다. 때에 따라 보모와 요리사와 가정부로 일하지만, 그 노란색 건물에 있던 다른 여자들과 마찬가지로 정식 허가를 받고 하는 건 아니라고 했다. "모두 보헤미아 여자야. 예쁘고 착해. 전부 다!"

여자와 프란츠는 눈 쌓인 거리를 뽀드득 소리를 내며 나란히 걸었다. 프란츠는 계절마다 호수 색깔이 변하는 고향 이야기를 들려주었다. 봄에는 호수가 짙은 초록색이었다가 여름이면 은빛으로 반짝이고, 가을에는 진한 파란색으로 바뀐 뒤 겨울에는 악마의 심장처럼 검게 변한다고 했다. 암소 얘기도 했다. 쇠똥이 너무 커서 어린아이들은 그 안에 들어가면 무릎까지 잠겼다. 물고기 얘기도 들려주었다. 프란츠가 어렸을 때 호수에서 건져낸 물고기는 아주 살이 찌고 두툼해서 한 마리만 있어도 벌목 작업대 전원을 배불리 먹일 수 있었다. 여름이면 날마다 갑판에 다채로운 관광객을 소란스럽게 태우고 물 위를 쿵쾅대며 나아가는 증기 유람선에 대해서도 이야기했다. 유람선이 출발하면 아이들은 그 뒤를 따라 헤엄치며 배와 경쟁을 벌였다. 프란츠는 잘츠카머구트 전역에서 유명한 어머니의 감자 파이에 대해서도 자세히 설명했다. 겨울이 되면 어머니는 밀가루 반죽을 식탁에 올려놓고 치대다가 커다란 프라이팬에 넣고 거위 기름으로 튀겨서 노릇노

릇한 파이를 만들었다. 산처럼 쌓아놓은 파이에서 김이 피어오르면 향긋한 냄새가 났다. 이외에 프란츠는 다른 이야기도 많이 들려주었다. 그의 입에서 말이 폭포수처럼 쏟아져 나와 두 사람 앞에 멋진 파노라마를 펼쳐놓았다. 밤이 찾아오고 가스 공장 직원이 사다리를 올라가 가로등 위에 쌓인 눈을 치우자 가로등 불빛이 눈보라를 뚫고 사방에서 빛나기 시작했다. 그때까지 두 사람은 인적이 끊기다시피 한 거리를 계속 산책했다.

아네스카는 어느 작은 식당 앞에서 멈춰 섰다. "이제 뭘 좀 먹어야지!" 그녀는 이렇게 말하고 안으로 들어갔다. 프란츠는 굴라시 2인분과 외국산 포도주 한 병을 시켰다. 종업원조차 포도주 이름을 발음하지 못할 정도로 좋은 술이었다. 굴라시는 뜨겁고 양념이 강했다. 오이는 아삭아삭했고 빵은 바삭거렸다. 프란츠는 이토록 열심히 음식을 먹는 사람을 여태껏 본 적이 없었다. 또한 그 자신도 다른 사람이 음식을 먹는 모습을 이토록 기분 좋게 바라본 적이 없었다. 그는 1인분을 또 주문하고 다시 1인분을 더 주문했다. 다 먹은 뒤에는 초콜릿을 넣고 가루 설탕을 켜켜이 뿌린 팔라칭케●와 포도주를 한 병 더 주문했다. 드디어 마지막 팔라칭케 조각을 남은 포도주 한 모금과 함께 다 먹은 뒤 아네스카는 길게 한숨을 내뿜으며 상체를 뒤로 젖혔다. 그러곤 두

● 과일 잼이나 고기를 넣은 팬케이크.

손을 깍지 껴서 배에 얹고 나른한 눈길로 프란츠를 바라보았다.

"꼬마야, 이젠 널 갖고 싶어!" 그녀가 말했다.

담배 가게 안은 조용했다. 포스터로 뒤덮인 진열창의 몇 군데 빈틈으로 눈에 반사된 푸르스름한 빛이 흘러 들어왔다. 프란츠가 문을 잡아당겨 닫자 아네스카는 코를 안쪽에 대고 킁킁거리며 담배와 종이 냄새를 깊게 들이마셨다. 프란츠가 정중하면서도 한편으론 세련되고 차분한 몸짓으로 자신이 묵고 있는 작은 방으로 아네스카를 안내하려는 순간, 그는 엉덩이에 와 있는 그녀의 손길을 느꼈다. 아주 오래전 '슈바이처하우스'에서 함께 춤출 때 그녀가 한 번 만졌던 바로 그곳이었다. 프란츠의 심장이 곧 미친 듯이 쿵쾅거리기 시작했고 속에서 뜨거운 열기가 솟구쳤다. 그는 뭔가를 물어보려고 했다. 아주 시급한 것, 뭔가 말할 수 없이 중요한 것, 뭔가 혀에서 간질거리는 것을 물어보려 했다. 하지만 그때 벌써 아네스카의 나머지 손까지 그의 엉덩이로 올라오고 그녀의 허리가 프란츠의 허리를 밀어붙였다. 그가 하려던 말들은 뜨거운 아궁이에 떨어진 물방울처럼 머릿속에서 증발했다. 아네스카는 프란츠의 눈을 바라보았다. 그녀의 얼굴이 아주 천천히 다가왔다. 프란츠가 입에서 여자의 숨결을 느끼고 그녀의 봉긋한 윗입술이 섬세하게 떨리는 걸 본 순간, 돌풍 같은 희열이 그의 몸을 세차게 뚫고 지나갔다. 만일 아네스카가 마지막 순간에 그를 붙잡아 꽉 끌어안지 않았다면 그는 십중팔구 시가 선반이 있는 뒤쪽으로 넘어졌을 것이다. 프란츠는 눈을 감고 자신이 구르륵 구르륵 소리를 내는 걸 들었다. 바지가 다리에서 흘러 내려갈 때는 지금까지 인생에서 짊어졌던 모든 짐까지 떨어져 나가는 기분이었다. 고개를 뒤로 젖히고 천장 밑의 어둠을 올려다보는 그 행복한 순간에 그는 헤아릴 수 없이 아름다운 세상의 모든 것들을 이해할 것 같은 느낌이 들었다. 참 이상도 하지. 삶이란 것도, 이 모든 것들도. 프란츠는 생각했다. 그는 곧 앞에 있는 아네스카가 바닥으로 미끄러져 내려가 두 손으로 그의 벌거벗은 엉덩이를 움켜쥐고 그녀 쪽으로 끌어당기는 걸 느꼈다. "이리 와!" 프란츠는 그녀가 속삭이는 소리를 듣고 빙긋 웃으며 그녀의 말을 따랐다.

몇 시간 뒤 그 차가운 밤에 누가 무슨 이유에서건 바깥에서 어슬렁거리고 있었다면, 그는 오래된 트르스니에크의 담배 가게 문이 열리고 마른 청년과 통통한 젊은 여자가 벌거벗은 몸으로 시끌벅적하게 밖으로 뛰어나와 한동안 소리를 꽥꽥 질러가며 서로 눈을 던지고 놀다가 베링거 가를 조금 달려 내려간 후, 늙은 슈테르니츠 부인의 모피 가게가 있는 곳쯤에서 두 팔과 두 다리를 대자로 뻗고 커다란 눈 더미 위에 뒤로 벌렁 눕는 광경을 목격했을 것이다. 물론 그 시간에, 그 궂은 날씨에 길거리엔 아무도 없었다. 아무도 프란츠와 아네스카가 숨을 헐떡이며 나란히 누워 하늘을 올려다보는 모습을 보지 못했다. 아무도 그들의 짧은 대화를 엿듣지 못했다. 프란츠는 열기가 서서히 가시는 머릿속에서 몇 분 전부터 맴돌았던 질문으로 대화를 열었다. "그 때 '슈바이처하우스'에서 왜 도망갔어?"

아네스카는 한 팔을 위로 뻗어 손가락으로 주변에 있는 지붕들의 윤곽을 따라 그렸다. 어느덧 눈이 완전히 그치고 하늘에선 검은 조각구름이 흘러갔다. 굴뚝 뒤에서 달빛이 희미하게 빛났다.

"도망가야 할 때도 있고, 머물러야 할 때도 있어. 인생이 그런 거야." 그녀가 말했다.

"그럴 수도 있겠지만……." 프란츠가 약하게 저항하려고 말을 시작하던 차에 그녀의 손이 공중에서 우아하게 동그라미를 그리다가 곧 쏜살같이 아래로 내려와 그의 성기를 정확히 움켜쥐었다. "너무 말 많이 하지 마." 그녀가 말했다. "차라리 한 번 더 해." 프란츠는 그녀의 말뜻을 알아들었다.

프란츠가 성적으로 구원받았다고 해서 곧장 그의 전반적인 상황이 나아진 건 아니었다. 그의 넓적다리 사이에 점화된 불꽃은 맹렬하게 활활 타올라 다시는 꺼질 것 같지 않았다. 프란츠도 그 정도는 알고 있었다. 그럼에도 아직은 배울 게 아주 많았다. 이것 역시 프란츠는 고통스러웠지만 잘 알고 있었다. 그날 밤은 너무 짧았다. 한평생을 산다 해도 여자라는 신비로운 존재와 그 지독한 아름다움을 이해하기에는 모자랄 것 같았다. 여자에게 갈 때는 최고의 남자들조차 암초에 부딪쳐 산산조각이 난다고 프로이트 교수는 말했다. 그럴지도 모른다고, 그렇다면 뭐 어쩔 수 없다고 프란츠는 생각했다. 그 일이 아네스카가 있는 멋진 해안에서 일어난다면야 산산조각이 나든 말든 상관없었다. 이제 되돌아가는 건 불가능했다. 그는 계속 하고 싶었다. 계속 연습하고 계속 배우고 싶었다. 무슨 일이 있어도 다시 그녀 옆에 누워 코로 그녀의 황홀한 향기를 맡고, 열심히 배우고픈 엉덩이에서 그녀의 손길을 느껴보고 싶었다.

그래서 그는 다음 날 저녁 로텐슈테른가세에 있는 노란색 건물을 찾아갔다. 악취 나는 복도를 지나고, 부서져가는 계단을 올라가고, 낮은 소리로 쿵쿵대는 돼지와 노파가 사는 곳을 지나고, 또 올라가 이번에는 보헤미아 여자들로 미어터지는 집으로 들어갔다. 그러나 아네스카는 없었다. 다음 날에도 없었다. 그다음 주말에도 없었다. 그다음다음 주말에도 없었다. 아네스카 없어요. 아네스카는 떠났어요. 아네스카는 갔어요. 아네스카는 어디 갔어요. 아네스카는 일하러 갔어요. 마침 그 집에 있던 여자들, 매번 동일 인물이 아닌 것 같던 그 여자들이 말했다. 어디에서 누구를 위해 일하는지는 말할 수 없다고 했다. 아니, 모른다고 했다. 알고 싶지 않다고 했다. 프란츠는 기름을 발라 반들반들하게 가르마를 타고 시내에 있는 전문 제과점에서 비싸게 주고 산 초콜릿 한 갑을 겨드랑이에 끼고 다시 그 집을 나왔다. 그는 온종일 창백한 얼굴로 스툴에 앉아 신문을 읽는 척했다. 밤에는 침대에 누워 뒤척이다가 얼마 전까지만 해도 그녀의 머리카락이 햇살처럼 퍼져 있던 베개에 얼굴을 파묻었다. 수면 시간은 짧아졌고 자는 내내 뒤숭숭한 꿈이 끊이질 않았다. 이따금 프로이트 교수의 조언에 따라 잠에서 깨는 즉시 꿈 내용을 기록하면서 걷잡을 수 없이 사나워진 자신의 정신 상태를 다스려보려 했다. 그러나 허사였다. 소용이 없었다. 전부 아무짝에도 쓸모가 없었다. 아네스카가 그의 가슴에서 심장을 꺼내 들고 다니는 것 같았다. 그의 가슴에서 여전히 두방망이질하는 건 이미 그녀의 소유가 되어버린 심장에 대한 기억뿐이었다. 그 심장은 이제 그녀의 활짝 벌린 손에 들려 있었고, 그녀의 앞치마 주머니에 들어가 있었고, 그녀가 누운 침대 틀의 버팀목 사이에 눌려 있었고, 그녀 앞에서 뜨겁게 고동치며 식탁 위에 놓여 있었다.

결국 올 것이 오고야 말았다. 담배 가게에서 처음으로 천지가 진동하는 전율을 느끼고 번민에 찬 몇 주가 지난 뒤였다. 한밤중에 프란츠는 누군가 조용히 문 두드리는 소리에 선잠에서 깼다. 밖에 아네스카가 짧은 외투 차림으로 떨면서 서 있었다. 그녀는 아무 말도 하지 않았다. 아네스카는 말없이 프란츠 옆을 지나 침대에 가서 누웠다. 옷은 프란츠가 벗기게 내버려두었다. 그의 두 손이 덜덜 떨린 탓에 옷을 벗기는 데 영겁의 시간이 걸렸다. 그녀의 몸이 아주 조금씩 속살을 드러내다가 마침내 그의 앞에 부드럽고 통통한 알몸이 은은한 달빛을 받으며 누워 있었다. 얼마 뒤, 한 조각 작은 행복을 느끼며 아네스카와 나란히 위를 보고 누워 있다가 그는 다음 날 아침 일어나자마자 그녀에게 어떻게 청혼할까 생각해보았다. 하지만 그가 깨어났을 때 아네스카는 사라진 뒤였다.

프란츠는 이제 프로이트 교수가 제시한 둘째 해결책에 따라 아네스카를 잊기로 결심했다. 그러나 온 힘을 다해 노력해도 그녀가 작은 손으로 눌렀던 자신의 엉덩이는 3주가 훨씬 지난 뒤에도 여전히 화끈거렸고, 신문을 읽을 때면 한 줄 건너 한 번씩 그녀의 이름이 유령처럼 나타나 번쩍거렸으며, 상업 고문관 루스코베츠의 닥스훈트가 흘린 오줌 방울을 닦다가 바닥 무늬목에 처음엔 그녀의 봉긋한 윗입술이, 다음엔 얼굴 윤곽이, 마지막으로 그녀의 몸매가 아주 선명하게 드러났을 때는 그녀를 잊으려던 계획을 접었다. 그는 걸레를 구석에 내팽개치고 오토 트르스니에크 앞에 가서 다리를 벌리고 양팔로는 결연하게 허리를 받치고 섰다. 죄송해요. 하지만 더는 못 참겠어요. 몇 시간이나 스툴에 앉아 있었더니 척추가 약해지고 전체적으로 비틀리고 너무 아파서 지금 당장 병원에 가야겠어요. 그는 커다란 목소리로 힘차게 말했다. 담배 가게 주인은 만년필 뚜껑을 돌려 닫았다. 그리고 세월과 더불어 조금 기름때가 묻은 가죽집에 펜을 조심스럽게 넣었다. 그는 방금 급하게 처리한 주문 내역을 가득 적은 종이 위로 고개를 숙이고 잉크로 쓴 글자를 호호 불어 말렸다. 그러곤 여전히 같은 자세로 다리를 벌린 채 앞에 버티고 선

견습생을 안경테 너머로 바라보다가, 땅이 꺼지는 한숨과 함께 이런 말로 그의 조퇴를 허락했다. "정 그러면 지금 얼른 가봐!"

프란츠는 당연히 병원에 가지 않고 곧장 로텐슈테른가세에 있는 노란색 건물로 갔다. 한쪽 쓰레기 더미 뒤쪽에 부서진 벽돌 조각들을 낮게 쌓아둔 곳이 있었다. 그는 거기에 앉아 기다렸다. 오후가 다 가도록 아무 일도 일어나지 않았다. 물론 여자들이 계속 건물을 드나들기는 했지만 그중에 아네스카는 없었다. 몇 시간이 흘렀다. 햇살이 잠깐 쓰레기 더미를 비추고 지나가고 빗방울이 조금 떨어지더니 날이 쌀쌀해지면서 저녁 어둠이 몰려왔다. 프란츠는 벽돌에서 나오는 습기가 서서히 바지 속으로 스며드는 걸 느끼고 혼자 조용히 투덜댔다. 어쩌다 그는 나이도 많고 사실 중요하지도 않은 데다가 톱밥 냄새까지 풍기는 교수의 말을 듣고 사랑이라는 어리석은 짓거리에 뛰어들겠다는 멍청한 생각을 했을까? 얼마 후 가스 점검원이 와서 아직은 작동하는 거리의 마지막 가로등 세 개에 불을 붙일 때, 결국 프란츠는 포기했다. 그는 쩝 입맛을 다시며 축축해진 엉덩이를 벽돌 더미에서 들어 올리고 담배 가게로 돌아가려 했다. 바로 그 순간, 아네스카가 건물에서 나왔다. 그녀는 외투 깃을 세우고 고개를 살짝 숙인 채 종종걸음을 치며 반대 방향으로 걸어갔다. 프란츠는 쓰레기 더미 뒤에서 나와 적당한 거리를 두고 그녀를 따라갔다. 몇 년 전 어머니와 함께 성 게오르겐에 가서 사람들이 많이 몰렸던 영화를 본 적이 있었다. 남자들이 무자비하고 험악한 표정 또는 꿈꾸듯이 동경하는 표정을 지었던 그 미국 범죄 영화에서처럼, 프란츠도 도시의 번잡함을 이용해 몸을 숨기기로 했다. 그는 건물 입구로 몸을 피하고, 광고 기둥 뒤로 뛰어가 숨었다. 길을 건너 반대편에서 걷다가, 증기를 내뿜는 타르가 실린 디젤 화물차와 나란히 걸었다. 넓적다리까지 올라오는 무거운 장화를 신고 피곤하게 집으로 터덜터덜 걸어가는 배수로 청소부의 떡 벌어진 어깨 뒤에 숨기도 했다. 아네스카는 바인트라우벤가세를 가로질러 프라터 가에 이른 뒤, 교통이 혼잡한 곳을 빠르고 안전하게 지나 대회전 관람차가 있는 곳으로 갔다. 그런 다음 대형 범퍼카 놀이장 뒤에서 갑자기 오른쪽으로 방향을 틀더니 어두운 골목으로 사라졌다. 프란츠는 몇 초 기다렸다가 골목으로 들어갔다. 골목은 비좁았다. 양옆에는 울타리가 쳐져 있었는데, 울타리 판자가 비정상적으로 높이 솟아 있어서 위를 보면 별빛 하나 없는 좁고 기다란 밤하늘만 보였다. 스무 걸음쯤 걸어가자 통로가 넓어지고 지저분한 담으로 둘러싸인 안마당이 나왔다. 구석에 쓰레기통 몇 개가 잠자는 소들처럼 옹기종기 모여 있었다. 백열전구가 피복이 벗겨진 전선에 매달려 때 묻은 누리끼리한 빛을 발산했다. 곁눈으로 보니 담장의 움푹 들어간 어스름한 곳에서 뭔가가 굼뜨게 손짓하듯이 슬그머니 소리 없이 움직였다. 바람에 흔들린 커튼 주름이었다. 그 위에 현수막이 붙어 있었는데, '동굴'이라는 글자가 무광택 금색으로 박혀 있었다. 그 아래엔 거의 알아보기 힘들게 이런 글이 적혀 있었다. '가까이 오세요! 안으로 들어오세요! 비밀과 쾌락과 기쁨이 있는 곳——혼자 또는 둘이서!(입장료 1실링)'

프란츠는 커튼을 젖히고 안으로 들어갔다. 조그마한 실내는 온통 진녹색 불빛에 잠겨 있었다. 고향의 호수가 생각났다. 그곳에서 어릴 적에 자주 다이빙했던 일이 떠올랐다. 뜨거운 여름날이면 숲과 태양 냄새가 나는, 어부들의 나무 선창에 발가벗고 누워 갈대가 바스락거리는 소리와 밑에서 물이 정답게 찰랑대는 소리를 수도 없이 들었다. 그러다 더는 참을 수 없어지면 머리부터 들이밀거나 두 다리를 끌어안고 물에 뛰어들었다. 자신이 일으킨 기포의 소용돌이를 타고 몸이 서서히 가라앉는 대로 내버려두면 주변이 차츰 조용해지고 어두워졌다. 선창 말뚝에는 해초들과 조개들이 다닥다닥 붙어 있었고 그 뒤에는 갈대 줄기들이 위로 뻗어 있었다. 이따금 덤불에서 물고기 한 마리가 내다보았는데 대개 잉어나 곤들매기였다. 때론 진줏빛 잉어도 나타났다. 녀석은 몇 초 동안 물속에서 꼼짝도 하지 않다가 지느러미를 딱 한 번 펄럭거리고 다시 어둠 속으로 사라졌다. 그때 어린 소년이었던 프란츠는 조용히 물 밑바닥에 앉아 호수에서 나는 소리에 귀를 기울였다. 깊은 물이 쏼쏼 흐르는 소리, 수면에 이는 물결이 꿀렁거리는 소리, 이따금 갈대가 바스락대는 소리, 멀리 떨어진 곳에서 연락선이 둔탁하게 쿵쿵거리는 소리가 들렸다. 엉덩이 밑에서 풀밭처럼 부드러운 해초의 감촉이 전해졌고,

위를 보면 아주 작은 부유물들이 햇살을 받아 어른거렸다. 몇 시간 뒤 호숫가에 난 길을 따라 집으로 달려갈 때 석양이 얼굴을 비추면, 그는 그 조용한 초록빛 세상까지 함께 짊어지고 가면서 작은 그리움에 젖었다.

"거기 붙박이처럼 서 있으려면 차라리 밖에 나가요!"

갈라지고 날카로운 늙은이의 목소리였다. 프란츠 바로 앞에, 대략 그의 가슴께에 목소리의 임자가 나타났다. 머리가 완전히 벗겨지고 눈썹도 없는 모습이 초록빛 조명 아래에서 보니 꼭 도마뱀 같았다.

"쇼를 보고 싶으면 1실링을 내요. 아니면, 출구는 저쪽에 있어요. 방금 입구가 있던 곳!"

그때 비로소 돈을 받는 칸막이가 눈에 들어왔다. 벽에 작은 사각형 구멍이 나 있었고, 안쪽 어둑어둑한 곳에 도마뱀이 앉아 프란츠를 내다보았다.

"한 사람요!" 프란츠가 1실링을 계산대에 올려놓으며 말했다. 도마뱀은 돈을 받은 뒤 프란츠에게 입장권을 건넸다. "자유석이고, 휴식 시간은 없어요. 재미있게 보세요!"

문이 열렸다. 벽면과 똑같은 벽지를 발라놓은 탓에 눈에 띄지 않았던 문이었다. 프란츠는 안으로 들어갔다. 실내는 예상보다 아주 넓었는데 방 전체가 붉은색이었다. 천장, 전등갓, 다 해진 양탄자, 벽지가 모두 은은한 진홍색에 잠겨 있었다. 수많은 촛불이 만드는 그림자놀이에 진홍색이 깜박거렸다. 거울을 붙여놓은 바 안쪽에서 한 소녀가 술병과 유리잔을 정리하고 있었다. 많아야 열여섯 살 정도였는데, 오른쪽 뺨에 손가락 길이만 한 흉터가 있고 코는 권투 선수처럼 납작했다. 실내에는 작은 원형 테이블이 스무 개 남짓 배열되어 있었다. 프란츠가 확인한 바로는 그중 겨우 몇 군데에만 사람이 앉아 있었고 그마저도 전부 혼자 온 남자들뿐이었다. 깜박거리는 촛불에 털이 난 목덜미, 주름진 이마, 손등에 진흙이 묻었다가 말라버린 노동자의 손, 노인의 닳아 해진 상의 깃이 모습을 드러냈다.

프란츠가 빈 테이블에 가서 앉자 소녀가 다가왔다. 그는 맥주 한 조끼를 시켰다. 맥주를 가져온 소녀는 땅콩이 든 그릇까지 말없이 프란츠 앞에 놓고 다시 바 안쪽으로 사라졌다. 몇 분이 지난 뒤 갑자기 스포트라이트가 켜지면서 실내 다른 쪽 끝에 있는 작은 나무 무대를 비추었다. 문이 열리고 턱시도를 입은 키 작은 남자가 조명 아래로 다가왔다. 마르고 주름살투성이였지만 나이에 비해 혈기가 넘쳐흘렀다. 그는 웃음 띤 얼굴로 허리를 숙여 인사한 뒤 곧장 앞으로 몸을 내던지면서 위험천만한 공중제비를 넘더니 다시 꼿꼿하게 서서 이야기를 시작했다. 그는 사랑하는 도시 빈의 상황에 대해 이야기했다. 소년 슈슈니크와 그의 놀이 친구들이 마음껏 뛰어놀려고 하지만 그렇게 하지 못한 지 오래된 이 거대한 유치원에 대해 이야기했다. 모래밭에서 시시한 사회주의자들과 치고받고 싸우기 좋아하는 천박한 나치들에 대해서도 이야기했다. 그리고 그 옆에 가만히 서서 기저귀에 똥을 싼 뒤 위대한 독일의 유치원 보모들에게 가서 모든 것을 고해하는 하찮은 가톨릭 신자들에 대해 이야기했다. 남자는 빠르고 맹렬한 스타카토로 숨도 안 쉬고 말했지만 한 번도 미소를 잃지 않았다. 그때 갑자기 그의 몸이 덜컥 하고 거칠게 움직이는가 싶더니 무릎을 꿇었다. 그는 연극을 하듯 천천히 두 손을 모으고 스포트라이트 불빛을 올려다보며 기도하기 시작했다.

"사랑의 주여, 저를 벙어리로 만드시어
다하우 수용소●에 가지 않게 하소서.
사랑의 주여, 저를 귀머거리로 만드시어
우리에게 미래가 있다고 믿게 하소서.
사랑의 주여, 저를 장님으로 만드시어
모든 것을 아름답게 보게 하소서.
제가 귀머거리가 되고, 벙어리가 되고, 장님이 된다면
저는 아돌프의 귀염둥이 자식이 되겠나이다……."

남자들이 소리 내어 웃었다. 더러는 박수를 쳤고, 여종업원에게 손짓하는 사람, 그녀의 뒤에 대고 몇 마디 악의 없는 음담패

● 1933년 6월에 정치범을 수용하기 위해 세워진 최초의 강제 수용소. 이후 다른 강제 수용소의 본보기가 되었으며, 제2차 세계대전 때 아우슈비츠 강제수용소와 함께 나치 강제 수용소의 상징이 되었다.

설을 하는 사람도 있었다. 프란츠도 웃었다. 물론 그 모든 이야기를 정말 정확히 이해했는지 내심 자신은 없었다. 하지만 저 앞쪽 무대에 있는 키 작은 남자가 무릎을 꿇고 아주 겸손하게 천장을 바라보던 광경은 무척 재미있었다. 검은 머릿수건을 쓰고 묵주와 기도서를 갖고 누스도르프 예배당 제단 앞에 있던 늙은 여자들과 똑같다는 생각이 들었다. 그는 땅콩 세 개를 입에 넣었다. 무대에서는 다시 쇼가 계속되었다.

남자는 단숨에 다시 똑바로 선 뒤 뒤돌아서서 빠른 동작으로 얼굴을 매만졌다. 그가 다시 뒤돌아서자 관객들이 웅성거렸다. 스포트라이트가 원뿔형으로 비추는, 먼지가 어른거리는 곳에 아돌프 히틀러가 서 있었다. 머리를 몇 번 쓰다듬고, 눈 주변에 목탄을 조금 묻히고, 윗입술에 사각형 콧수염을 붙이는 것만으로도 턱시도 차림의 남자가 독일 제국 총통으로 변신하기에 충분했다. 히틀러의 두 눈이 프란츠가 전에 갈대 줄기에서 자주 뜯어냈던 검정 조개처럼 반짝였다. 프란츠는 그걸 입으로 깨물어 고양이에게 먹이로 주거나 여자아이들 머리에 문질렀다. 남자는 발뒤꿈치를 탁 소리가 나게 붙이고, 손을 홱 쳐들어 경례를 하고, 턱을 앞으로 뺐다. 프란츠는 몸의 나머지 부분보다 턱이 늘 앞으로 더 나와 있던 프로이트 교수가 떠올랐다. 희한하다는 생각이 들었다. 사실 평소엔 아주 다른 두 남자 간의 사소한 공통점을 그가 찾아낸 것일 수도 있었다. 히틀러는 고압적으로 관객에게 조용히 하라는 손짓을 하고 연설을 시작했다. 그는 어리석은 오리엔트와 거기에 용감히 맞선 아리안 족의 저항 의지에 대해 이야기했다. 발칸 반도의 음흉한 간계에서 오스트리아를 구해야 하고, 욕심 많은 볼셰비즘으로부터 유럽을 구해야 하며, 만족할 줄 모르는 전 세계 유대인들의 탐욕으로부터 세상을 구해야 한다고 했다. 그는 힘찬 열정을 내뿜으며 이야기했으며, 그가 들려준 이야기는 왠지 이치에 맞아 보였다. 시간이 흐르면서 그는 점점 격앙된 어조로 말하기 시작했다. 처음에만 해도 알아들을 수 있었던 청산유수 같은 연설은 곧 발음도 불분명하고 짧게 끊어지는 포효로 바뀌었다. 제국 총통은 침방울이 날리도록 꾸짖고 호통을 쳤다. 그는 고개를 어깨 사이로 바짝 당기고 이를 갈면서 치아를 드러냈다. 그와 동시에 몸을 웅크려 상체를 숙이고 엎드렸다. 그러곤 등을 구부리고 두 손을 모아 주먹을 꽉 쥐었다. 그의 아랫입술에서 번들거리는 침이 실처럼 늘어지다가 무대 마룻바닥으로 뚝뚝 떨어졌다. 앞으로 고꾸라진 그는 무릎과 주먹으로 바닥을 버팅기고 앉아 낮은 소리로 으르렁대며 관객을 노려보았다. 그의 엉덩이가 아래로 내려갔다. 그는 목 안쪽에서 그르렁거리는 소리를 내더니 숨을 크게 들이마시고 근육을 잔뜩 긴장시켜 뛰어오를 준비를 했다. 그 순간 흉터가 있는 소녀가 난데없이 거기에 서 있었다. "앉아!" 소녀가 조용한 목소리로 말하자 남자가 복종했다. 그는 낑낑 우는 소리를 내며 고개를 앞발 사이에 끼운 뒤 소녀를 올려다보았다. 소녀가 손을 쳐들었다. 남자를 때리려는 모양새였다. 손을 펴서 개가 된 남자의 멍청한 얼굴을 정통으로 가격하려는 것 같았다. 그러나 소녀는 미소를 지었다. "착한 아디, 사랑스런 멍멍이!" 그녀는 이렇게 말하고 남자의 귀 뒤를 다정하게 쓰다듬었다. 그런 다음 앞치마 주머니에서 목줄을 꺼내 그의 목에 걸고 사람들의 박수를 받으며 출구 쪽으로 개를 끌고 갔다. 문에 다다르기 직전 아디가 껑충 뛰어오르더니 입술에 붙은 작은 콧수염을 떼어내고 소녀의 뺨에 쪽 소리가 나게 입을 맞추었다. 두 사람은 허리를 굽혀 인사했다. 이어 사회자가 다음 순서를 예고했다.

"신사 숙녀 여러분, 아니죠, 숙녀 없이 혼자 오신 신사 여러분, 여러분에게 세계적으로 화제가 되고 있는 최고의 인물을 소개하게 되어 대단히 기쁘게 생각합니다! 열기가 진동하는 신세계의 사막 저편에서, 끝없이 넓은 대초원 한가운데에서, 코요테가 울부짖고 독수리가 장엄하게 원을 그리는 곳에서, 밤이면 힘센 들소 떼가 일으킨 먼지가 석양의 붉은 빛을 가려버리는 곳에서, 지옥이나 낙원만큼이나 머나먼 곳에서, 연어가 욕심 많은 곰의 아가리로 곧장 뛰어들고 뜨거운 돌 밑에선 음흉한 뱀이 덜거덕거리는 곳에서, 그런 곳에서 그녀를 찾아냈습니다. 키가 큰 풀 속에서 벌거벗은 무방비 상태로 강력한 자연의 힘에 내몰렸던 외로운 아이, 떨리는 심장을 젊은 여인의 성숙한 몸에 감춘 인간, 우리의 문명 저편에서 멸망한 세상의 마지막 생존자, 인류가 아직은 자연의 영원한 자유 안에서 살았던 세상, 온전히 순간에 몸을 맡기고 살면서 금기도 죄악도 부끄러움도 없었던 세상의 마지막 생존자. 존경하는 신사 여러분, 오늘 밤 저와 함께 지금 이 순간, 인디언의 땅에서 온 수줍은 미녀 엔치나를 맞아주시기 바랍니다……!"

남자들이 의자에서 엉덩이를 들썩여 자세를 고치더니 마지막 남은 한 모금을 마저 마시고 입술에 묻은 맥주 거품을 핥았다. 그러는 사이 흉터가 있는 소녀가 커다란 전축을 실은 손수레를 밀고 무대로 나왔다. 사회자는 전축에 레코드판을 걸고 세심한 동작으로 그 위에 픽업 암을 얹었다. 깔때기 모양의 확성기 깊숙한 곳에서 솨악솨악 하는 기이한 소리가 나오다가 곧 음악이 흐르기 시작했다. 프란츠는 숨을 죽였다. 땅콩 한 알이 입에서 미끄러져 다시 그릇으로 들어갔다. 그는 이와 비슷한 걸 여태 들어본 적이 없었다. 전축은 고통스럽게 소리를 쥐어짜내는 것 같았고, 리듬은 느린 속도로 쿵쿵거렸다. 선율이 애절하게 흐르다가 이따금 한 번씩 높은 음이 툭 튀어나왔다. 곧 노래가 흘러나왔다. 목소리의 주인공이 여자인지 남자인지 분간하기 어려웠다. 깊고 거칠고 갈라지는 목소리였다. 소곤대고 탄식하고 흐느끼는 노랫소리는 어떤 이상한 우연에 이끌려 길을 잃고 이 연기 자욱한 프라터 안의 동굴로 들어와 멀리 있는 세상을 이야기하는 듯했다. 한순간 프란츠는 마음 깊은 곳에서 무한히 넓은 공간이 열리고 그곳에 오로지 슬픔만 가득 차는 느낌이 들었다. 이상도 하지. 프란츠는 이렇게 생각하고 눈을 감았다. 하지만 무슨 이유에서인지 슬픔만 차 있는 그 끝없이 넓은 공간이 그다지 나쁘지만은 않은 느낌이었다. 그 안으로 뚝 떨어져 들어가 더욱더 깊숙이 마음속으로 가라앉아 다시는 표면으로 올라오지 않을 수도 있겠다 싶었다. 그 순간 긁히는 소리가 나면서 픽업 암이 레코드판 위로 튀었다. 노래하는 목소리가 휘청거렸다. 프란츠는 다시 눈을 떴다. 바로 앞, 정면으로 보이는 곳에, 스포트라이트 불빛 한가운데에, 인디언 여자가 서 있었다. 그녀는 관객을 등지고 서서 꼼짝도 하지 않았다. 칠흑 같은 머리가 길고 매끈하게 몇 가닥으로 나뉘어 어깨와 등으로 흘러내렸다. 이마에 두른 가죽띠에는 깃털이 달려 있었다. 그녀는 맨살이 드러난 두 팔로 허리를 받쳤다. 양손은 화려하게 수를 놓고 술을 단 짧은 치마의 허릿단에 가 있었다. 발은 맨발이었다. 발목에 두른 가느다란 가죽띠에서 작은 유리알들이 반짝거렸고 다리는 조명을 받아 밝게 빛났다. 단단하고 매끈하고 통통한 분홍색 다리였다. 그런데 프란츠가 그녀를 알아본 건 오금 때문이었다. 그리 오래되지 않은 과거에 그는 그 오금에 얼굴을 파묻고 혀끝으로 조금씩 더듬다가 더 높은 곳을 향해 여행을 떠났었다. 그녀의 오금은 프란츠가 그때까지 알고 있던 그 어떤 것보다 부드러웠다. 조용한 늦여름 어느 날의 호수보다 부드러웠고, 누스도르프 남쪽 호숫가의 작은 숲에 있는 이끼보다 부드러웠다. 옛날에 그의 뺨을 어루만지며 위로하고 칭찬하던 어머니의 손, 때론 아무 이유 없이 그저 지나가다가 또는 우연히 잠깐 만지던 어머니의 손보다 부드러웠다.

전축에서 나오는 목소리가 목을 조르듯 거칠게 흐느끼는 소리로 바뀐 순간, 아네스카가 몸을 움직이기 시작했다. 처음에는 발만 가볍게 흔들다가 곧 다리를 씰룩거리고 이어서 엉덩이를 위아래로 흔들었다. 다음엔 두 팔을 올려 천천히 머리 위에서 흔들었다. 전축에서 나는 북소리가 그녀의 몸을 정통으로 때리는 것처럼 박자 하나가 한 번의 작은 타격이었다. 갑자기 아네스카가 몸을 돌렸다. 얼굴에 노란 줄과 빨간 줄이 그려져 있었다. 먼 곳을 바라보는 그녀의 시선이 남자 관객들 머리 위쪽 어딘가로 사라졌다. 머리카락이 가슴을 완전히 뒤덮고 있었다. 아네스카는 고개를 뒤로 젖히고 스포트라이트를 향해 웃으며 조명을 껴안으려는 듯이 두 팔을 벌렸다. 그러곤 음악의 나른한 리듬에 맞춰 발을 구르기 시작했다. 발에 달린 유리알에서 찰칵찰칵 소리가 났다. 머리에 꽂은 깃털이 박자를 따라 통통 튀었다. 프란츠는 그녀의 머리에서 배어나온 땀 한 방울이 이마를 타고 흘러 내려와 검게 칠한 눈썹 한 올에 매달려 있는 걸 보았다. 관객들이 점점 더 술렁거렸다. 한 남자가 두 손으로 자신의 넓적다리를 두들기기 시작했다. 어스름한 우묵벽 안에서 누군가 쉰 목소리로 기침을 했다. 아네스카가 무대 바닥을 쾅쾅 구르자 먼지가 소용돌이를 일으키며 올라가 작은 구름이 되었다. 얼마 후 그녀의 몸이 다시 조용해졌다가 부드럽게 앞뒤로 흔들렸다. 그때 갑자기 아네스카가 양손으로 제 머리카락을 움켜쥐고 그걸 둘로 갈라 양 어깨 뒤로 떨어뜨렸다. 커튼을 열어젖히듯 자연스럽고 간단한 동작이었지만 그 효과는 엄청났다. 남자 몇 명이 얼간이처럼 히죽 웃었다. 몸이 굳은 사람, 요란하게 큰 소리로 웃는 사람도 있었다. 한 남자는 무거운 짐을 내려놓은 듯 몸을 뒤로 젖혀 의자 등받이에 기댔다. 프란츠는 아네스카의 가슴을 노려보았다. 얼마 전까지만 해도 그는 거기에 얼굴을 묻고 그 한없이 부드러운 분지에서 거친 숨을 내쉬며 행복해했고, 이상하게 집처럼 편안한 느낌을 받았었다. 그런데 지금 그녀의 젖가슴은 모두가 볼 수 있게 드러나 있었다. 공공의 자산이 되었다. 볼거리가 되었다. 하지만 가장 끔찍한 건 그녀가 이 상황을 즐기는 것 같다는 거였다. 그녀는 불빛 속에서 온몸을 비틀면서 마치 편안하고 자연스럽다는 듯이 가슴을 흔들었다. 어쩌면 그게 사실일지도 몰랐다. 아네스카는 요염한 웃음소리와 함께 고개를 다시 뒤로 젖히고 몸을 돌렸다. 그리고 술 달린 치마를 움켜잡고 천천히 위로 올렸다. 달이 떠오르는 것 같았다. 테이블에 앉아 있는 사람들 그리고 안전하게 어두운 우묵벽 안에 들어가 있는 사람들은 소곤거리면서, 또는 놀란 눈으로 조용히 바라보면서 달맞이에 빠져들었다. 프란츠는 심장이 콩알만 하게 오그라드는 느낌이었다. 그는 맥주를 들이켜고 차가운 맥주잔을 관자놀이에 갖다 댔다가 다시 내려놓았다. 그리고 지폐 한 장을 테이블에 올려놓은 뒤 무대에는 두 번 다시 눈길도 주지 않고 '동굴'에서 빠져나왔다.

밖은 생각보다 따뜻했다. 머잖아 봄이었다. 안마당에서는 축축한 담벼락 냄새와 쓰레기 냄새가 났다. 프란츠는 쓰레기통 위에 앉아 지저분한 백열전구를 쳐다보았다. 작은 나방 한 마리가 전구 주위를 돌며 미친 듯이 파다닥거렸다. 날개가 전구 소켓이나 전선에 부딪히면 특이하게도 얄팍하고 건조한 소리가 났다. 나방이 뜨거운 유리에 닿으면서 한순간 날개가 타는 것 같았다. 나방은 하늘에서 작은 그림자가 내려오듯이 바닥으로 추락했다.

'동굴'은 아주 서서히 비었다. 남자들이 하나씩 둘씩 밖으로 나와 비틀거렸다. 그들은 좁은 판자 울타리 골목을 지나 술로 몽롱해진 환상을 따라갔다. 아무도 프란츠에게 신경 쓰지 않는 듯했다. 도마뱀과 흉터가 있는 소녀도 무관심했다. 그들은 빠르게 잇달아 나이트클럽을 떠났다. 마지막으로 나온 사람은 사회를 보던 남자와 아네스카였다. 남자는 건물 문을 잠근 뒤 아네스카의 뺨에 손을 얹고 엄지로 그녀의 눈 밑을 잠깐 어루만지며 뭐라고 말을 했다. 아네스카는 작은 소리로 웃고 담배에 불을 붙였다. 그 순간 프란츠가 쓰레기통 위에서 뛰어내렸다. 남자는 날쌔게 몸을 숙이고 바짓가랑이에 손을 넣어 종아리에 묶어둔 가죽집에서 날렵한 칼을 꺼내 들었다.

"거기 서. 안 그러면 허리에서 턱까지 죽 그었다가 다시 아래로 내려올 테니까!" 남자가 침착하게 말했다.

칼날이 전구 불빛 속에서 희미하게 빛났다. 한동안 안마당이 조용했다. 쓰레기통 한 군데에서 작게 바스락대는 소리만 들렸다.

"하인치, 집어넣어. 내가 아는 사람이야." 아네스카가 말했다.

남자는 잠시 머뭇거리다가 칼을 다시 바짓가랑이 속에 넣었다.

"괜찮아, 하인치. 저 사람이랑 할 얘기가 있어!" 아네스카가 말했다. 남자는 잠깐 고민하는 것 같더니 결국 프란츠 옆으로 한 걸음 다가와 그의 눈을 정면으로 바라보았다. 그의 왼쪽 귓불에서 광택이 나는 돌이 반짝거렸다. 돌 안쪽에서 작고 파란 빛이 나오는 것 같았다. 그의 얼굴에서 면도용 화장수의 라벤더 향기가 났다.

"이봐, 난 당신을 몰라." 남자가 작은 소리로 말했다. "앞으로도 우리 서로 모르고 지내는 게 좋지 않겠어? 내 말 알아들어?" 프란츠는 고개를 끄덕였다.

"좋아." 하인치가 말했다. 그는 아네스카를 힐끗 쳐다보고는 골목으로 멀어져갔다.

아네스카는 입을 벌리고 천천히 담배 연기를 내뿜었다. 잠시 그녀의 얼굴이 푸르스름한 베일 뒤로 사라졌다.

"꼬마야, 여기서 뭐 하니?"

프란츠는 어깨를 들썩였다. "쇼를 봤어."

"괜찮았어?"

"그럭저럭. 그 깃털은 진짜야?"

"머리카락도 진짜야."

"그럼 그 남자는?"

"그 남자는 뭐?"

"그 남자는 누구야?"

"므시외 드 카발레."

"하인치라고 하는 줄 알았는데!"

"무대에선 므시외 드 카발레야. 밖에서는 하인치라고 부르고. 쇼 비즈니스가 그런 거야, 꼬마야!"

"아하. 뭐 하는 사람이야?"

"너도 봤잖아. 사회를 봐."

"사회?"

"사회를 보고 오락을 하고 카바레를 해."

"그리고 다른 건?"

"다른 거라니?"

"쇼가 끝나면 뭘 하는데? 계속 사회를 보고 오락을 하고 카바레를 하는 거야? 혹시 너와 함께?"

아네스카는 어깨를 들썩이고 잠깐 혀로 입안을 더듬더니 연한 갈색의 담배 부스러기를 바닥에 뱉었다.

"동료야. 알아들었어?"

"당연히 알아들었어! 그것도 아주 잘 알아들었어! 너희 둘이 잉꼬 비둘기처럼 둥지에서 팔딱거리며 나오는 걸 내가 봤다고!" 프란츠가 소리 질렀다.

"팔딱거려?"

"팔딱거렸어! 어쨌든 한 가지는 확실해. 그 카발레 씨는 바지 속에 칼만 있는 게 아니야. 맞지?"

"바지 속에 뭐가 있는 사람도 있고 없는 사람도 있어!"

"그게 대체 무슨 말이야?"

"멍청한 질문을 하면 멍청한 대답이 나온다는 소리지, 꼬마 야!"

"내 이름은 꼬마가 아니야, 내 이름은 프란츠야!" 프란츠는 고 함을 질렀다. 너무 화가 난 나머지 그는 쓰레기통 하나를 발로 힘껏 걸어찼다. 크게 덜커덩 소리를 내며 넘어진 쓰레기통은 큰 포물선을 그리며 안마당을 날아가 맞은편 벽 앞에서 가까스로 멈췄다.

"꺼져, 하인치!" 아네스카가 조용히 말했다. 그녀의 시선이 골 목 어귀에 가 있었다. 거기에 사회를 보던 남자의 그림자가 잠깐 나타났다가 다시 천천히 물러갔다. 프란츠는 쓰레기통에서 나온 악취 나는 오물의 흔적을 바라보았다.

"너, 그 남자 거야?" 프란츠가 침울하게 물었다.

"난 누구의 것도 아니야. 나 자신의 것도 아니야!"

프란츠는 제 구두를 내려다보았다. 가죽이 해지고 갈라져 있 었다. 구두코의 솔기가 벌써 풀리기 시작했다. 불현듯 마음속 어 딘가에서 천박한 악의가 솟구쳐, 있는 힘을 다해 그의 절망감을 제치고 앞으로 나서려는 느낌이 들었다.

"나한테 한 번 더 엉덩이를 보여주면 내가 5실링 줄게!" 프란 츠가 말했다. "전구 밑에서 구경해도 분명 나쁘지 않을 거야!"

이 말을 내뱉자마자 그는 자신이 백치 같다고 생각했다. 멍청 한 시골뜨기, 이미 끝장나기 시작한 우스꽝스런 담배 가게 견습생이었다.

"미안해." 그가 나지막하게 말했다.

"됐어, 꼬마야." 아네스카는 담배를 불빛에 대고 연기를 바라보았다. 연기는 떨리는 실처럼 수직으로 올라갔다가 지붕 홈통 위쪽 어딘가로 동그랗게 말리며 사라졌다.

"내 이름은 꼬마가 아니야." 프란츠가 맥없는 목소리로 말했다. 아네스카는 담배를 튕겨서 내던지고 프란츠에게 바짝 다가갔다. 그녀의 숨결에서 페퍼민트와 담배 연기 냄새가 났다. 그녀의 외투 깃에 기다란 검은 머리카락이 한 올 붙어 있었다. 아네스카는 까치발로 서서 프란츠의 이마에 입을 맞춘 뒤 돌아서서 걸어갔다. 한동안 그녀의 발걸음 소리가 골목에서 따각따각 울리다가 서서히 멀어졌다. 백열전구가 달린 곳 바로 아래 땅바닥에 죽은 나방이 있었다. 프란츠는 몸을 굽혀 손끝으로 바닥에서 나방을 집어 손수건으로 조심스럽게 쌌다.

그림엽서. 도심 공원에 장미가 여기저기 흐드러지게 피어 있고 눈처럼 하얀 비둘기 세 마리가 있다.

사랑하는 엄마,

어제는 어떤 이유 때문에 더는 견디지 못하고 티멜캄으로 가는 기차표를 사러 서부역에 갔어요. 편도 기차표로요. 매표소에 있는 여자가 2실링이라는 말만 하고는 손톱에 매니큐

어를 칠하더라고요. 그런데 좀 재미있는 일이 일어났어요. 그 여자의 무관심한 태도가 제 오기를 자극한 거예요. 그래서 제가 그 여자한테 기차표는 필요 없으니 당신이 아무 데나 버리라고 말하고 다시 와버렸어요. 곳곳에서 그런 무관심한 태도가 퍼져 나가면 안 된다는 생각이 들었거든요. 더욱이 제가 떠나면 담배 가게는 어떻게 되겠어요? 오토 트르스니에크 씨는 어떻게 되고요? 또 그 교수님은요? 저도 어느새 책임감이 생겼어요. 그렇지 않나요?

프란츠 올림

그림엽서. 전면에 오리 가족이 있고 뒤쪽에는 아침 햇살을 받아 분홍빛으로 빛나는 샤프베르크 산이 있다.

사랑하는 프란츨,

네가 말한 그 '이유'가 뭔지 잘 알 것 같아. 그래도 한 가지만 말하마. 오늘의 이유는 내일이면 벌써 어제의 이유가 되고, 늦어도 내일모레가 되면 잊어버린단다. 네가 여기 와서 불쑥 부엌 창문 앞에 서 있었다면 난 아마 너무 기뻐서 심장 마비로 죽었을지도 몰라. 그래도 네가 집으로 돌아오지 않아 나는 자랑스럽단다. 그렇지, 사람에겐 책임감이라는 게 있어야지! 무엇보다 자신의 양심을 지킬 줄 아는 책임감이. 그리고 어차피 집에는 일찍 오게 될 거야. 너를 꼭 껴안아주고 싶구나.

"저는 아무것도 아니에요. 쓸모없는 쓰레기예요. 사람들이 발을 터는 문 앞의 깔개예요. 꼭대기까지 나쁜 생각과 나쁜 감정과 나쁜 꿈으로 가득 찬 쓰레기통이에요. 정말 그래요. 게다가 저는 매력이 없어요. 예쁘지 않아요. 성적 매력이 없어요. 그리고 뚱뚱해요. 맙소사, 제가 뚱뚱하다고요! 뚱뚱하고 살찐 하마예요. 무게가 몇 톤이나 나가는 굼뜬 바다코끼리예요. 병적으로 살찐 암코끼리예요. 제가 죽은 뒤 저한테서 남는 거라고는 연못 크기만 한 기름때뿐일 거예요. 아 교수님, 제가 죽은 목숨이라면 좋겠어요! 이미 다 끝난 거라면, 다 지나간 거라면, 다 이겨낸 거라면 좋겠어요!"

미세스 버클턴은 다시 흐느껴 울었다. 턱이 떨리고, 뺨이 흔들리고, 몸 전체가 떨리기 시작했다. 정말로 그녀는 심각한 과체중에다 외모도 볼품이 없었다. 비만인 몸집을 제외하면, 그녀에게서 유일하게 눈에 띄는 거라고는 평소에 커다랗게 뜨는 담청색의 아이 같은 눈이었다. 아주 사소한 일에도 언제나 눈물이 그렁그렁 맺힐 준비가 되어 있는 듯했다. 미세스 버클턴의 히스테리는 그야말로 전형적인 사례였다. 그녀는 마흔다섯 살 먹은 미국인으로 어마어마한 부자였다. 늘 해가 내리쬐지만 단조롭기 짝이 없는 미국 중서부의 소도시 출신이었다. 일찍 사망한 아버지가 응석받이로 키웠고, 어머니는 한 번도 사랑을 주지 않았으며, 두 명의 전남편에게 배신당하고 버림을 받았다. 그녀는 평생에 걸친 괴로움을 산더미 같은 돼지수육과 파이와 체리 케이크 속에 파묻으려 했다. 몇 달 전 진찰실에 처음 발을 들여놓은 뒤로 그녀의 상태는 별로 나아진 게 없었다. 올 때마다 그녀는 늘고결한 상류층 귀부인의 모습으로 들어왔다. 그러나 도시 바깥에서도 유명한 특대 치수 전문 재단사가 만든 모직 재킷을 남의 도움을 받아 벗은 뒤, 긴장으로 숨을 쌕쌕거리며 카우치에 몸을 눕히자마자 그녀는 감당이 안 되는 울보 어린아이로 변신했다. 게다가 눈물과 화장으로 비싼 쿠션 커버까지 엉망으로 만들어놓았다. 그런데도 프로이트 교수는 이상하게 그녀가 좋았다. 이유는 모르겠지만, 그녀의 짜증 나는 태도와 두꺼운 지방층의 안쪽에 왠지 남성적인 정신과 열린 마음이 있을 거라는 생각이 들었다. 뿐만 아니라 그녀는 제때에, 그것도 달러로 돈을 냈다.

"이야기 계속하세요." 프로이트가 말했다. 그는 여느 때와 마찬가지로 카우치 머리맡에 앉아 자신이 신은 구두 끝이 위아래로 가볍게 흔들거리는 걸 관찰했다.

"그리고 전 하루가 다르게 살이 쪄요!" 미세스 버클턴이 말했다. "이번 달에도 몇 킬로그램이 또 늘었어요. 옷이 더는 맞지를 않아요. 정확히 말하면, 제가 옷에 맞지 않는 거겠죠. 이젠 재단사한테 가는 게 창피해요. 그냥 어디를 가는 게 창피해요. 거울에 비친 제 모습이 창피해요. 그리고 무엇보다 지금 이렇게 당신 앞에 누워 있는 게 창피해요, 교수님!"

　프로이트는 조금 더 뒤로 등을 기댔다. 지난 수십 년간 셀 수 없이 많은 상담 치료를 하면서 그가 카우치 머리맡에 앉은 단 하나의 진짜 이유는, 한 시간 내내 환자가 자신을 쳐다보는 게 참을 수 없었기 때문이다. 그리고 도움을 청하는 얼굴, 성나고 절망에 빠진 얼굴, 또는 그 밖의 다른 감정으로 일그러진 얼굴을 그 스스로 들여다봐야 하는 게 견딜 수 없었기 때문이다. 특히 근래에 들어서는 환자들과 시간을 보내면서 몸이 지치고 무리를 했다는 느낌이 들었다. 환자 한 사람 한 사람마다 온 세상의 고통을 다 짊어진 듯했고 그는 그런 그들의 괴로움을 속수무책으로 지켜보았다. 자신은 어떻게 그들의 고통을 이해해 보겠다는, 아니 고통을 덜어줄 수 있다는 정말 어처구니없는 생각을 하게 되었을까? 대체 어떤 악마에게 홀렸기에 인생의 대부분을 질병과 우울증과 고통에 몸 바치게 되었을까? 자신은 생리학자로 남아 메스로 조용히 곤충의 머리를 아주 얇게 자르는 일을 했어야 했다. 또는 소설이나 아주 먼 옛날 먼 나라에서 일어난 모험 이야기를 썼어야 옳았다. 그런데 그러지 않고 그는 지금 여기 어스레한 구석 자리에서 미세스 버클턴의 둥그런 머리를 들여다보고 있었다. 그녀는 머리를 금발로 염색했지만 머리 뿌리는 회색이었고, 숨을 가쁘게 쉬는 동안 콧방울이 벌름거렸다. 프로이트가 앉은 곳에서 보면 미세스 버클턴의 코는 어딘지 모르는 위험한 황무지에 내던져져 겁을 먹고 혼자 오들오들 떠는 통통한 작은 동물 같았다. 뭔가 그런 특성이 프로이트의 마음을 건드렸다. 하지만 그와 동시에 자신이 그런 것에 마음이 움직인다는 게 화가 났다. 환자와의 사이에 힘겹게 구축한 거리를 잊게 만드는 건 언제나 이런 지엽적이고 사소해 보이는 것들이었다. 예를 들면 어느 회사 사장의 손에 들려 있는 구겨진 손수건, 늙은 여교사의 머리에서 미끄러져 내려간 가발, 풀린 신발 끈, 조용하게 침을 삼키는 소리, 빠뜨린 단어 몇 개, 그리고 지금 미세스 버클턴처럼 벌렁거리는 코가 그랬다.

"창피하다고 하셨는데, 무엇이 창피한가요?" 프로이트가 물었다.

"전부 다요. 제 다리, 제 목덜미, 겨드랑이 밑에 생긴 땀자국, 제 얼굴, 제 외모 전체요. 심지어 집에서 혼자 이불을 덮고 있을 때도 창피해요. 제가 하는 일, 제가 갖고 있는 것, 제 자신, 모든 게 창피해요."

"흠. 그럼 당신의 성욕은 어떤가요?" 프로이트가 물었다.

"뭐라고 하셨어요?"

"당신의 성욕은 어떤가요? 때때로 성욕 같은 걸 느끼지 않으세요?"

미세스 버클턴은 생각에 잠겼다. 바깥 안뜰에서 누가 창문을 열었다. 잠시 두 여자가 욕하는 소리가 들리다가 다시 조용해졌다. 프로이트의 눈길이 수집한 골동품 위로 미끄러져 내려갔다. 다시 먼지를 닦아야겠군. 그것도 아주 깨끗하게. 프로이트는 생각했다. 테라코타 기마병의 머리엔 벌써 먼지가 한 겹 얇게 앉았고, 중국 수문장의 왼쪽 귀에는 거미줄까지 쳐져 어슴푸레 빛나는 것 같았다. 어쩌면 자신의 흉상도 언젠가는 어느 집 방에 자리 잡고 앉아 누가 젖은 수건으로 대머리에 있는 먼지를 털어주기를 조용히 기다릴지 모른다고 생각했다.

"저는 음식을 먹을 때 성욕을 느껴요. 예를 들면 커다란 케이크 조각을 먹을 때요." 미세스 버클턴이 말했다.

"오." 프로이트가 말했다. 그의 고개가 천천히 자신의 가슴께로 내려갔다.

"그것 봐요!" 미세스 버클턴은 이렇게 외치고 의기양양하게 두 팔을 쳐들었다.

"뭐를 봐요?"

"저를 얕보시잖아요!"

"왜 그렇게 생각하시죠?"

"방금 '오'라고 말하신 게 얕보는 투였어요! 하찮게 여기고 경멸하는 거잖아요! 더군다나 고개도 앞으로 숙이셨어요. 제가 모르는 줄 아세요? 교수님의 턱수염이 옷깃에 닿을 때 나는 소리도 저는 알아요!"

프로이트는 저도 모르게 안락의자에서 자세를 똑바로 하고 턱을 앞으로 내밀었다. 하지만 벌써 다음 순간 그는 자신의 어정쩡한 태도에 화가 났다. 그리고 선생님 등 뒤에서 얼굴을 찌푸리다 걸린 초등학생처럼 속마음을 들키고 말았다는 우스꽝스런 느낌 때문에 짜증이 났다.

"미세스 버클턴, 제가 하는 말을 들어보세요." 프로이트는 될 수 있는 대로 모든 능력을 발휘해 최대한 상냥하게, 그러나 투덜대듯이 말했다. "제가 말한 '오'는 하찮게 여기는 것도 아니고 경멸하는 투도 아니었어요. 그 외에 다른 의미도 없었습니다. 그 '오'는 제가 주의 깊게 듣고 있다는 게 소리로 표현된 겁니다. 그리고 제 머리가 이따금 중력에 굴복했다면, 그건 부디 용서해주시기 바랍니다. 제 머리도 어느새 나이가 팔십이 넘었어요. 평생 많은 일을 해왔고 이젠 쇠약한 목뼈 위에 올라 앉아 있습니다."

"죄송해요, 교수님." 미세스 버클턴은 숨을 가쁘게 쉬며 힘없이 말했다.

"아까 하다 만 얘기로 다시 돌아갑시다." 프로이트가 근엄하게 이야기를 계속했다. "수치심과 성욕은 형제와 같아요. 그냥 내버려두면 손에 손을 잡고 평생 나란히 가죠. 당신의 경우는 그 형제 중 한 명만 번성하고, 다른 한 명은 위축되어 있다가 기껏 어느 빵집에 들어갔을 때만 제 능력을 발휘하는 겁니다. 이유는 당신의 어두운 과거 속에 숨어 있어요. 하지만 당신이 기꺼이 도움을 주신다면 머잖아 제가 그 이유를 밝은 곳으로 끄집어내어 누구나 이해할 수 있게 만들 생각입니다."

"그렇게 생각하세요?"

"네, 그렇게 생각합니다."

"하지만 그 불쌍한 다른 형제가 능력을 발휘하게 하려면 제가 무엇을 해야 하나요?" 미세스 버클턴이 기대에 부풀어 물었다.

프로이트는 몸을 앞으로 숙이고 팔짱을 낀 뒤 환자의 눈을 뚫어져라 바라보았다. "케이크를 그만 드세요!"

영혼의 깊고 깊은 곳에서 올라오는 고통스런 소리와 함께 미세스 버클턴이 육중한 몸으로 몸부림을 쳤다. 그 바람에 카우치 다리가 요란하게 삐걱거리고, 마룻바닥이 진동하고, 선반에 놓인 병사상 골동품들이 흔들리고 요동치기 시작했다. 수백 년간의 경직된 자세에서 벗어나 드디어 살아 움직이는 것 같았다.

미세스 버클턴이 돌아간 뒤 프로이트 교수는 한동안 창가에 서서 안뜰을 내려다보았다. 얼마 전부터 날이 따뜻해졌다. 눈은 벌써 오래전에 녹았다. 곧 밤나무에서 싹이 틀 것이다. 어제는 슈슈니크가 국민에게 호소하는 대대적인 연설을 했다. 그는 고향 인스부르크에 티롤 지방의 전통 의상을 입고 나타났다. 그리고 청중들에게 3월 13일로 예정된 국민 투표에서 '기독사회주의적이고, 자유로우며, 독일에서 독립되고, 통일된 오스트리아'에 투표하겠느냐고 물었다. 2만 명이 넘는 추종자들이 그렇게 하겠다고 티롤 산악 지대의 청명한 하늘을 향해 우렁차게 외치던 바로 그 시간에, 아돌프 히틀러는 아마도 베를린 어딘가에서 라디오 앞에 앉아 군침을 흘렸을 것이다. 그의 앞에 놓인 오스트리아는 접시에서 김이 모락모락 올라오는 커틀릿과 다름없었다. 이젠 커틀릿을 자를 시간이었다. 슈슈니크의 연설이 있은 뒤 빈에서는 그의 추종자들과 반대자들 간에 격렬한 충돌이 일어났다. 애국자들은 빈 시내 전역을 우르르 몰려다니며 외쳤다. "슈슈니크 만세!", "우리는 찬성한다!" 그러자 이번엔 나치 당원들이 침묵하는 다수의 힘을 등에 업고 그간 숨어 있던 구멍에서 기어 나와 거리를 소란스럽게 뛰어다니며 소리 질렀다. "히틀러 만세!", "단일 국민! 단일 제국! 단일 지도자!" 거리에 모인 산발적인 집회 참가자들의 포효는 미친개가 짖듯이 이른 새벽까지 울려 퍼졌다.

저 아래 안뜰에 쉬보비치 부인이 나타났다. 수다 떨기 좋아하는, 건물 관리인의 아내였다. 그녀는 교수를 올려다보며 손을 흔들고 비둘기 독약을 구석에 뿌리기 시작했다. 프로이트는 그녀를 못 본 체하며 얼른 방 안쪽으로 한 걸음 물러났다. 그의 책상에 답장을 기다리는 편지들이 쌓여 있었다. 온 세상이 그에게 뭔가를 바라는 것 같았다. 사람들은 자신들의 소심한 걱정거리는 애지중지하면서도 그들이 딛고 선 땅이 달구어지고 있다는 건 아직 눈치채지 못했다. 프로이트는 별 특색이 없는 편지 중에서 하나를 손에 들고 열어보았다. "존경하는 지그문트 프로이트 교수님! 널리 알려지고 많은 사랑을 받는 저희 '에르덴베르크' 출판사에서 내년에 선집을 낼 예정입니다. 임시 제목은 '토종 과수원——명상의 장소'입니다. 출판에 즈음하여 존경하는 교수님께 이 주제와 관련한 짧은 에세이나 몇 마디 인사말이라도 부탁을 드리고자 하오니……" 프로이트는 피곤한 몸짓으로 편지를 구겨 휴지통 쪽으로 던졌다. 동그랗게 뭉쳐진 편지는 휴지통 가장자리에 맞고 다시 마룻바닥을 굴러 그의 발 앞으로 되돌아와 멈추었다. 그는 편지를 미친 듯이 발로 차서 방 저쪽으로 날려버리고 싶은 충동을 잠깐 느꼈다. 그때 누가 문을 요란하게 탕탕 두드렸다. 볼 것도 없이 딸 안나였다. 마르타는 문을 똑똑 두드리고 안나는 탕탕 두드렸다.

"무슨 일이니?" 프로이트 교수가 툴툴대며 물었다.

"그 사람 또 왔어요."

"누구?"

"담배 가게 소년요."

프로이트의 얼굴이 밝아졌다. 그는 이른바 '일반인'이라고 하는 사람들이 앞에 있으면 언제나 조금 어색하고 위화감을 느꼈다. 그러나 프란츠는 전혀 달랐다. 그 소년은 꽃이 핀 것처럼 환했다. 하지만 그 꽃은 아내가 뜨개질하여 카우치 덮개를 장식했던 꽃, 수십 년 동안 사람들이 앉아 있느라 색이 바래버린 그 꽃의 모습은 아니었다. 아내가 늘 세심하게 씌워놓는 그 덮개의 두꺼운 모직 섬유에는 마법과도 같이 온 도시의 먼지가 모이는 것 같았다. 반면, 그 소년한테서는 상쾌하고, 활기차고, 게다가 상당히 소박한 생명의 힘이 약동했다. 게다가 두 사람의 엄청난 나이 차이는 프로이트가 편안함을 느끼는 거리를 자동으로 만들어냈다. 사실 그가 주변 대부분 사람들과 그럭저럭 가깝게 지낼

수 있는 것은 근본적으로 그런 거리 덕분이었다. 프란츠는 새파
랗게 젊었다. 반면에 프로이트의 세계는 갈수록 노쇠해갔다. 그
의 딸도 이젠 벌써 마흔이 넘었다. 욕조 가장자리에 앉아 딸의
젖니를 닦아주던 게 바로 엊그저께 같은데 말이다. 환자들과 나
머지 친척들 그리고 아직 살아 있는 몇 안 되는 친구들은 말할
것도 없었다. 그는 늙은이의 잔걸음으로 서서히 화석(化石)이 되
어갔다. 그러다 결국엔 아무에게도 크게 주목받지 못하고 자신
이 모아둔 골동품 속으로 들어가 자리를 잡을 것이다.

"아빠?" 안나는 문을 더 두드리지 않고 방으로 들어왔다. 그
녀는 또 바지를 입고 있었다. 프로이트 교수는 여자들의 다리가
바지 속에 들어가 있는 걸 증오했다. 특히 딸이 바지를 입는 건
더 싫었다. 그러나 특별한 사정이 있을 때 딸과 그 일로 다투는
건 현명하지 못했기에 바지를 입어도 상관하지 않았다. 그걸 입
어서 편하다면야 할 수 없지 않은가.

"또 벤치에 앉아 있니?"

안나는 고개를 끄덕였다. "한 시간 반 전부터요."

"무얼 가지고 왔던?"

"모르겠어요. 어쨌든 아빠는 집 바깥으로 나가시면 안 돼요!"

"왜 안 돼?"

"그건 아빠도 잘 아시잖아요!"

프로이트는 어깨를 들썩였다. 물론 그도 잘 알고 있었다. 그는
나이가 들었다. 몸도 아프다. 그리고 유대인이다. 길거리에는 불

량배들이 너무 많이 돌아다녔다. 그러나 아직 시작도 하지 않은 일에 미리 항복한다는 건 있을 수 없었다. 그리고 딸 앞에서 항복하는 건 더더욱 생각할 수 없었다.

"아니, 난 모르겠는데!" 프로이트는 고집스럽게 부인했다. "내 외투하고 모자를 가져오너라!" 안나는 빙긋 웃었다. 그녀는 아버지에게 한 걸음 다가가 그의 턱을 쥐었다. 프로이트가 입을 벌렸다. 안나는 그의 위아래 턱 사이로 조심스럽게 엄지를 밀어 넣고 손끝으로 보철물 뒷부분을 꽉 눌렀다. 딸깍 소리가 나면서 프로이트가 고통으로 얼굴을 찡그렸다.

"이제 됐어요!" 안나는 아버지의 입속을 잠깐 들여다보고 말했다. 그리고 엄지를 다시 빼서 손수건으로 닦은 뒤 까치발로 서서 아버지의 두 볼에 재빨리 뽀뽀했다.

"그래 알았어, 알았어." 프로이트는 중얼거리며 뒤로 한 걸음 물러나 수염을 매만졌다. 지난 수십 년 동안 그는 고통을 대하는 법을 배웠다. 앞으로 언젠가는 애정 표현도 성공적으로 할 수 있는 날이 올지도 모른다.

"조심하세요!" 안나가 말했다. 그녀는 몸을 굽혀 구겨진 과수원 주인의 편지를 집어 든 뒤 휴지통을 잘 겨냥해 휙 던져 넣었다.

프란츠가 오래 기다릴 각오로 빈의 전통 예법을 어기고 벤치에 길게 눕기 위해 두 다리를 올리려는 찰나, 건너편에서 문이 열리고 프로이트 교수가 밖으로 나왔다. 그는 길을 건너 곧장 벤치로 직행했다. 걸음걸이는 이곳에서 처음 만났을 때처럼 조금 불안정했지만 이번엔 그래도 웬만큼 활기가 있었다.

"한 번쯤 초인종을 누를 생각은 안 해봤니?" 프로이트가 물었다. "그렇게 했으면 여러 모로 편했을 텐데."

"해봤어요." 프란츠는 벌써 자리에서 일어나 얼른 프로이트에게 다가가 대답했다. "그냥 교수님을 방해할 엄두가 나지 않았어요!"

"상대에게 다가가려면 때론 그 사람을 방해해야 하는 거란다!" 프로이트는 이렇게 말하고 얇고 투명한 종이에 정성 들여 싼 작은 꾸러미를 프란츠에게 건넸다. "네 목도리 돌려주마. 세탁하고 다림질해서 장미 덤불 향기가 난단다. 우리 집 숙녀들이 최선을 다한 거야!"

"정말 고맙습니다. 그리고 저 위 2층에 계신 분께도 존경의 인사를 전하고 싶어요, 교수님! 그런데 자리에 앉지 않으실래요?" 프란츠가 손으로 자리를 권하며 말했다. "아니, 괜찮아." 프로이트는 이렇게 말하고 2층 거실 창문을 슬쩍 올려다보았다. 창문에 청명한 봄 하늘이 비쳤다. "오늘은 산책을 하자!"

두 사람은 베르크가세를 올라가 베링거 가에서 왼쪽으로 꺾어 들어간 뒤 보티브 성당을 빙 돌아 계속 시청 쪽으로 걸었다. 공기가 포근했다. 눈은 몇 주 전부터 더는 내리지 않았다. 보티브 공원에는 라일락이 아주 때 이르게 피어 있었다. 가벼운 푄 바람이 불어와 엄청나게 많은 전단지를 거리로 날려 보냈다. 일요일에 있을 국민 투표 참여를 독려하는 전단지였다. 거기엔 '오스트리아에 찬성', '죽는 날까지 적—백—적●!'이라는 문구가 적혀 있었다. 프란츠는 목도리가 든 꾸러미를 셔츠 속에 넣었다. 가볍게 바스락거리는 소리가 나면서 배가 따뜻해졌다. 숙녀들이 최선을 다한 거라고 했어. 프란츠는 이렇게 생각하며 뿌듯한 마음을 등불처럼 앞에 들고 다니지 않으려 애썼다. 그는 옆에서 잔걸음으로 걷는 프로이트 교수를 계속 곁눈질로 힐끗힐끗 보았다. 그의 지팡이가 일정한 리듬으로 딸깍거리며 인도 포석에 부딪혔다. 마치 길을 처음 더듬어 가는 사람 같았다. 교수는 얕은 숨을 불규칙적으로 쉬었다. 숨을 내쉴 때마다 낮게 쉬익쉬익 하는 소리가 났다. 프란츠는 키득키득 웃고 싶었다. 아니면 크게 웃음을 터뜨리고 싶었다. 사실 그는 '똑똑하다고 하는 사람들' 옆에 있으면 늘 조금쯤 어색하고 불편했다. 그러나 프로이트 교수는 달랐다. 이 노신사는 그냥 똑똑한 게 아니었다. 고향에서는 마을 소식지의 표제나 티멜캄 기차역의 열차 시간표를 해독할 줄 알면 유식한 사람으로 통했다. 또한 빈이나 뮌헨이나 잘츠부르크의 수많은 박사와 고등학교 교사들, 여름이면 떼 지어 호숫가에 드러눕고 물고기처럼 하얀 배를 불그스름하게 태우는 그들도 최소한

● 오스트리아 국기의 색상.

'황금 레오폴트'에서 맥주 몇 리터를 마시고 나면 그야말로 장황한 이야기를 따분하게 늘어놓는, 알고 보면 사실상 평범하기 짝이 없는 사람들이었다. 그러나 프로이트 교수는 자기가 읽고 싶은 책이 있으면 그걸 직접 쓸 수 있을 정도로 똑똑했다. 똑똑하다는 건 바로 그런 거야. 프란츠는 이렇게 생각하고 빙긋 웃었다. 두 사람은 길게 뻗어 있는 대학 건물의 그림자를 밟으며 걸었다. 그러고 보니 다른 점이 또 있었다. 작은 충격처럼 불쑥 떠올랐다가 그의 마음속 깊은 곳에서 빠른 속도로 퍼져 나가 한결같은 감정으로 자리 잡은 생각이 하나 있었다. 지금 마음속에서 자신의 자리를 요구하는 그 감정은 이제 더는 쉽게 쫓아낼 수 없었다. 분명히 그랬다. 그건 바로 그가 프로이트 교수에게 연민을 느낀다는 거였다. 교수에겐 어떤 식으로든 프란츠의 마음을 뒤흔드는 특성이 많았다. 예를 들면 한쪽으로 기울어진 턱이 그랬다. 늘 살짝 구부정한 등도 그랬다. 좁고 각진 어깨도 그랬다. 지팡이 손잡이를 쥔, 반점이 있고 앙상한 나이 든 손가락도 그의 마음을 흔들었다. 이렇게 나이를 먹는다는 건 비참한 일이라는 생각이 들었다. 그는 슬프면서도 조금 화가 났다. 세월이 언젠가 그 사람을 데려가 버린다면 똑똑하다는 게 다 무슨 소용일까?

시청 앞에 아이들과 청소년들이 작게 무리를 지어 모여 있었다. 그들은 구석에서 서성이거나 서로 팔짱을 끼고 인도를 막고 서 있었다. 웃고 소리 지르고 광장을 뛰어다니며 하켄크로이츠가 그려진 작은 깃발과 모자를 흔드는 아이들도 있었다. 주변에

띄엄띄엄 서 있는 경찰관들은 뒷짐을 진 채 아이들이 하는 행동을 지켜보았다. 짧은 바지 차림의 초등학생이 째지는 소리로 "지크 하일!"●을 외친 뒤 팔과 다리를 벌리고 잔디에 벌러덩 누웠다. 링 가에서는 금요일 오후의 차량들이 굉음을 내며 질주했다. 엔진이 부르릉거리고, 딸가닥 딸가닥 하는 말발굽 소리가 포석에서 들리고, 마부는 혀 차는 소리를 내며 가느다란 채찍을 허공에 휘둘렀다. 인도는 뒤엉켜 수다 떠는 사람들로 가득했다. 날이 따뜻하고 해가 비치면서 기분 좋은 산들바람이 불었다. 사람들은 주말을 준비하고, 앞으로 나아가고, 미래를 준비했다. 이도시에서, 이 나라에서, 저 바깥세상에서 뭔가 일어나고 있었다. 디젤 화물차가 적재함에 한 무리의 노동자를 태우고 덜컹대며천천히 지나갔다. 남자들은 모자를 흔들며 히틀러에 반대하고오스트리아 노동자 계급에 찬성한다는 구호를 다 함께 외쳤다. 한 남자가 자신의 차양 모자를 공중으로 높이 던졌다. 모자가바람에 날아가자 그는 달리는 차량에서 훌쩍 뛰어 모자를 잡으려 했다. 그러나 어설프게 내려오는 바람에 그는 바닥으로 떨어져 모로 누운 채 꼼짝도 하지 못했다. 당장 남자 주변으로 사람들이 몰려들었다. 화물차는 그냥 떠나갔다.

프란츠와 프로이트는 부르크테아터 극장을 왼쪽에 끼고 폴크스가르텐 공원으로 갔다. 여기에도 사방에 라일락이 피어 있었

● 지크 하일(Sieg Heil) : '승리 만세'라는 뜻의 나치 구호.

다. 키 큰 울타리와 나무들이 거리의 소음을 누그러뜨렸다. 잡초가 무성하게 자란 땅에서 습하고 서늘한 기운이 올라왔다. 프란츠는 전에 한 번도 여기에 와본 적이 없었다. 마음 같아서는 조금 더 걸으면서 주변을 둘러보고 싶었다. 아니, 그보다는 프로이트 교수와 덤불 밑에 몰래 기어 들어가 어스름한 초록 이파리 속에서 누구에게도 방해받지 않고 세상의 모든 것에 대해 이야기하고 싶었다. 그러나 프로이트는 조금도 한눈을 팔지 않고 공원 맞은편 끝을 향해 걸어갔다. 두 사람은 오래된 밤나무 밑 산울타리의 우묵하게 들어간 곳에 벤치가 있는 것을 발견하고 거기에 가서 앉았다. 프란츠는 가슴에 달린 주머니에 조심스럽게 손을 넣어 아름다운 '오요 데 몬테레이' 한 개를 꺼냈다. 프로이트는 시가를 받아 들고 얼굴 가까이에 갖다 대더니 한동안 그 실루엣을 바라보았다. 그러곤 입에 물고 불을 붙였다. 산책하며 걸어오는 동안 두 사람은 한마디 말도 하지 않았다. 지금 여기에 나란히 앉아서도 둘은 아무 말이 없었다. 프로이트 교수는 작은 연기를 허공에 내뿜었다. 그의 턱에서 삐걱거리는 소리가 났다. 저 멀리 어딘가에서 누가 "하일 히틀러!" 하고 소리쳤다. 환호성이 들렸다. 낭랑한 웃음소리도 들렸다. 그러곤 도로를 달리는 차량의 소음이 다시 잦아들었다.

프로이트는 끙 하는 소리가 나오려는 걸 억누르고 등을 뒤로 기댔다. 그는 잠시 눈을 가늘게 뜨고 나뭇잎 사이로 뚫고 들어와 어지럽게 반짝이는 햇빛을 올려다보다가 마침내 입을 열었다.

"우리가 만날 때마다 네가 적잖은 돈을 쓰는구나!"

"뭐라고 하셨어요, 교수님?"

"이런 품질의 시가는 값이 싸지 않잖아."

"비옥한 산 후안 이 마르티네스 강변에서 씩씩한 남자들이 수확하고 그들의 예쁜 아내들이 섬세한 손으로 만 거니까요." 프란츠는 진지하게 고개를 끄덕이며 말했다.

"나는 이 맥락에서 왜 하필 씩씩함이 쿠바 담배 농부들의 걸출한 특성이어야 하는지 도무지 모르겠는걸." 프로이트가 반박했다. "아니, 그냥 얘기가 나온 김에 해본 말이야. 그건 그렇고 예쁜 여자들 얘기를 하자면, 나는 네가 여자 문제에 기울인 노력이 성공했기를 바란다. 그 성공이 어떤 식의 성공이건 간에."

"바로 그것 때문에 교수님과 이야기를 나누고 싶었어요." 프란츠가 비통하게 말했다. "제 노력이 아무짝에도 쓸모가 없었거든요. 물론 정말 그렇다고 확신할 수는 없지만요. 그냥 모르겠어요. 근본적으로 따지면 정말 아무것도 모르겠어요!"

"어쨌든 그 깨달음으로 너는 지혜에 이르는 가파른 계단에서 첫걸음을 뗀 거야." 프로이트가 대답했다. "하지만 우선 어두컴컴한 곳에 빛부터 비춰보자꾸나. 그 여자를 찾아봤니?"

"네, 교수님."

"찾아냈어?"

"네, 교수님."

"이름이 뭔지 물어봤니?"

"네, 교수님."

"내가 네 대뇌 피질에서 이렇게 단어를 하나씩 하나씩 쥐어짜내야겠니?"

"아니에요, 교수님. 여자 이름은 아네스카예요!"

"보헤미아 여자?"

"네. 신비로운 연인 같은 비니치니 언덕에 착 달라붙어 있는 아름다운 마을 출신이에요. 믈라다 볼레슬라프 지역에 있는 도브로비체라는 곳이에요."

"신비로운 연인 같은 언덕?"

프란츠는 슬픈 표정으로 고개를 끄덕였다. 프로이트는 성냥갑에서 성냥개비를 꺼내 불을 켠 후, 시가의 불을 붙이는 쪽에 조심스럽게 성냥을 갖다 댔다. 시가가 골고루 타지 않는 것 같았다.

"보헤미아 요리는 정말 기가 막히지." 프로이트는 이렇게 말하고 다시 균일하게 타 들어가는 오요를 꿈꾸듯 바라보았다.

"네, 기가 막히죠……." 프란츠가 중얼거렸다. 아직 겨울이 다가지 않아 헐벗은 장미 화단 건너편에서 얼굴이 햇볕에 그을린 여자 두 명이 지나갔다. 그들은 관습법대로 하면 원래 자기들 자리인 벤치를 아주 당연하게 차지하고 있는 두 남자를 샐쭉하게 쳐다보았다. 맞은편에서 공원지기가 어슬렁거리며 다가왔다. 그는 손으로 잠깐 모자 차양을 들어 인사를 하고, 가느다란 막대로 벤치 옆에 있는 쓰레기통을 뒤적이기 시작했다.

실례합니다. 공원지기는 이렇게 말하고 폭탄 때문에 이러는 거라고 지나가는 투로 덧붙였다. 아, 물론 시 당국이 허용하지 않는 다른 물건들 때문이기도 하죠. 그가 한마디 더 보탰다.

정확히 어떤 물건을 말하는 겁니까. 프로이트가 궁금해했다.

공원지기는 어깨를 들썩이며 말했다. 그건 몰라요. 물건을 하나라도 찾아내야 그게 뭔지 알 수 있겠죠.

수상한 물건과 폭탄을 왜 하필 폴크스가르텐 공원 쓰레기통에서 찾아낼 거라 생각하죠? 프로이트가 물었다.

왜 안 되나요? 공원지기가 반문했다. 왜 폴크스가르텐 공원 쓰레기통은 아니라고 생각하나요? 어차피 폭탄을 설치한 사람의 머릿속은 들여다볼 수 없잖아요. 자, 이젠 너그럽게 봐주세요. 폴크스가르텐 공원은 어차피 넓은 데다가 빈에 쓰레기통은 바다 모래알처럼 많으니까요. 즐겁게 보내시고 안녕히 계십시오, 두 신사분.

"그런데 말이지," 공원지기가 울타리 뒤로 사라진 뒤 프로이트가 말했다. "그런데 너하고 그 아네스카는 그 후 어떻게 됐니?"

"제가 그 여자 몸을 만졌어요." 프란츠가 말했다. "제가 지금까지 경험한 것 중에서 가장 멋졌어요!"

"그 말을 들으니 나도 기쁘구나. 그 여자도 마찬가지로 네 몸을 만졌겠지?"

"그럼요! 당연하죠! 안 만진 데가 없어요. 그녀가 만진 곳이 아직도 뜨겁게 타올라요! 온몸이 성냥처럼 불타올라요!"

프로이트는 생각에 잠겨 가운뎃손가락으로 시가를 톡톡 털었다. "사랑은 큰불이야, 아무도 끌 수 없고 끌 생각도 안 하는." 프로이트는 재 부스러기가 천천히 자갈 위로 굴러 내려가는 모습을 바라보았다.

"저는 할 수 있어요!" 프란츠는 이렇게 소리 지르며 벤치에서 벌떡 일어났다. "저는 불을 끌 수 있어요. 끌 거예요! 하지만 담배 가게 뒷방에서 잿더미가 되고 싶지는 않아요!"

"다시 앉아라. 그리고 남들 다 있는 데서 그렇게 소리 지르지 마라!" 프로이트가 갑자기 날 선 목소리로 명령했다. 프란츠는 그대로 따랐다. "다시 한 번 조용히 이야기하자. 그러니까 그 여자를 다시 만났고, 그 여자 이름도 알고, 그 여자가 어디에서 왔는지도 알고, 너희 둘이 서로 몸을 만졌다는 거구나. 그다음은?"

"그다음에 그 여자가 사라졌어요."

"또?"

"그게 문제예요. 그 여잔 그냥 가버렸어요! 노란색 건물에 사는 여자들도 그 여자가 어디에 있는지 말해주지 않았어요."

"노란색 건물에 사는 여자들?"

"전부 보헤미아 여자들이에요. 돼지를 데리고 사는 노파만 빼고요."

교수는 눈을 들어 하늘을 올려다보았다. 환하게 빛나는 저 위 파란 하늘에서 어떤 쓸 만한 위로의 말이라도 내려오기를 기다리는 듯했다. 그러나 아무것도 내려오지 않았다. 그는 피곤한 몸짓으로 모자를 벗어 한쪽 무릎에 올려놓았다.

"돼지가 우리가 하는 이야기에서 이렇다 할 중요한 소재가 아니라면, 하던 말을 계속하고 얼른 끝냈으면 좋겠구나. 세상이 망하기 전에 말이다. 다 알다시피 머잖아 그렇게 될 것 같아!"

"죄송해요, 교수님." 프란츠가 자책하며 말했다. "그러니까 그 여자가 사라졌어요. 그러다가 몇 주 뒤에 다시 만났어요. 제가 노란색 건물 앞에 있는 쓰레기 더미 뒤에 앉아 그 여자가 나타나기를 기다렸다가 뒤를 밟았어요. 프라터까지 따라갔어요. '동굴'까지 따라 들어갔어요. '동굴'은 카바레예요. 아니면 춤추는 곳인가 그래요. 아니면 둘 다예요. 어쨌든 바깥은 초록색이고 실내는 빨간색이었어요. 연기가 자욱하고 숨 막히는 곳이에요. 촛불이 어마어마하게 많았어요. 저는 마실 것을 주문했어요. 첫 순서로 므시외 드 카발레가 나왔어요."

"누구?"

"원래 이름은 하인치예요. 재담을 하면서 히틀러를 개로 만들었어요. 여종업원이 그 남자를 목줄에 매서 끌고 나갔어요. 그리고 음악이 시작됐어요."

"어떤 음악이었니?"

"모르겠어요. 무척 경쾌한 음악이었어요. 왠지 슬프기도 했고요. 어쨌든 그러고 나서 아네스카가 나왔어요."

"드디어 나왔군."

"네. 한데 사실은 아네스카가 아니라 엔치나라는 이름의 인디언 여자였어요. 물론 아네스카인 건 맞아요. 인디언 옷을 입고,

가발을 쓰고, 깃털을 꽂고, 이런저런 장식을 하고 나온 것뿐이니
까요. 아네스카는 춤을 췄어요. 평범한 춤이 아니었어요. 상당
히…… 자극적인 춤이었어요."

"조금 더 자세히 표현할 수 있겠니?"

"아네스카는 옷을 벗었어요. 배와 젖가슴과 엉덩이를 스포트
라이트 불빛에 드러냈어요."

"내가 생각하기엔, 그게 네가 살면서 본 것 중에 가장 아름다
운 모습이었을 것 같은데?"

"네, 맞아요. 그걸 이미 보기는 했지만요. 하지만 끔찍한 건 이
번엔 다른 남자들까지 거기에 많이 있었다는 거예요! 저는 어쨌
든 그곳에서 나와서 입구에 있는 쓰레기통 위에 앉아 있었어요.
나중에 아네스카도 밖으로 나왔어요. 물론 혼자는 아니었어요.
므시외 드 카발레와 함께 나왔죠!"

"하인치라는 남자?"

"네. 그 남자는 바지에서 칼을 꺼냈지만 다시 진정하고 저를
가만 내버려뒀어요. 우리는 이야기를 나눴어요. 아네스카하고
제가요. 이야기를 하면서 아네스카는 저를 아주 쌀쌀맞게 바라
봤어요. 그것 때문에 제가 아네스카를 증오했어요. 그러면서도
아네스카가 안됐다는 생각이 들었어요. 남자들 앞에서 엉덩이
를 불빛에 드러내야 했으니까요. 하지만 저는 제가 더 불쌍했어
요. 그래서 쓰레기통을 걷어차고 아네스카를 모욕했어요. 아네
스카는 제게 키스를 하고 가버렸어요. 나방이 하늘에서 떨어지

고 모든 게, 모든 게, 모든 게 그렇게 끝났어요."

프로이트 교수는 눈을 감고 오요 연기를 깊게 들이마셨다. 다른 손으로는 턱을 잡고 아래턱을 손가락 압력에 맞서 조심스럽게 양쪽으로 움직였다. 그러더니 갑자기 손을 무릎 위로 떨어뜨리고 고개를 돌려 프란츠를 보았다.

"그 여자를 사랑하니?"

"뭐라고 하셨어요, 교수님?"

"프라터에 있던 그 보헤미아 여자를 사랑하니?"

"하!" 프란츠는 크게 소리 내어 웃고 손으로 제 넓적다리를 철썩 때렸다. 그러곤 뒤이어 같은 말을 반복했다. "하!" 그는 '물론이죠!'라고 말하려 했다. 안에서 불쑥 솟구치는, 불안하면서도 즐거운 기분으로 프로이트 교수의 면전에 대고 '말할 것도 없죠!'라고 소리 지르려 했고, 폴크스가르텐 공원과 온 세상을 향해 큰 소리로 외치려 했다. 아니 대체 무슨 그런 질문이 있단 말인가? 그 무슨 쓸데없고, 백치 같고, 부자연스럽고, 완전히 터무니없는 질문이란 말인가! 그는 당연히 아네스카를 사랑한다! 두말할 것도 없이 그녀를 사랑한다! 그녀를 사랑하고, 사랑하고, 사랑한다! 세상 그 무엇보다 사랑한다! 심지어 자신의 심장보다, 자신의 피보다, 자신의 목숨보다 더 사랑한다! 대강 이런 말을, 아니, 그보다 더 많은 말을 프로이트 교수에게 소리쳐 하고 싶었다. 그런데 이상하게 그 말이 하나도 나오지 않았다. 한마디도 나오지 않았다. 입도 뻥끗 하지 못했다. 오히려 그냥 말없이 있기만 했다. 막 목에서 간질거리며 나오려던 큰 웃음도 목구멍에 막혀 있다가 서서히 녹아 없어졌다. 늙은 자이들마이어 부인이 누스도르프에서 운영하는 작은 식품점에서 가끔 아이들에게 쥐어주던 노란 셔벗*도 그랬다. 처음엔 입속에서 기분 좋게 치익 소리를 내다가 금방 치아에 들러붙어 끈적거리는 느낌과 쓴 뒷맛만 남겼던 셔벗. 프란츠는 고개를 숙였다.

"모르겠어요." 프란츠가 나지막이 말했다. "원래는 사랑한다고 자신했었는데, 지금은 모르겠어요."

프로이트는 느릿느릿 고개를 끄덕였다. 프란츠는 그가 얼마나 노쇠했는지 다시 한 번 깨달았다. 작고 각진 두개골이 앙상한 목 위에서 균형을 잡고 있는 게 기적처럼 여겨졌다. 그의 수염에 재가 묻어 있었다. 프란츠는 앞으로 몸을 굽혀 재를 하나씩 털어주고 싶었다.

"그래, 알았다." 프로이트가 말했다. "제안 하나 할게. 지금은 우선 개념부터 확실히 해두자. 우리가 너의 사랑에 대해 이야기하고 있지만, 사실은 네 리비도에 대해 이야기하는 거라고 나는 생각해."

"저의 무엇에 대해 이야기한다고요?"

"너의 리비도. 일정한 나이가 되면 사람을 몰아대는 힘이야. 기쁨도 만들고 고통도 만들지. 조금 단순하게 말하면, 남자의 경

● 과즙에 물, 우유, 설탕 따위를 섞어 얼린 얼음과자. 흔히 '샤베트'라고 한다.

우는 바지 속에 들어가 있는 게 리비도란다."

"교수님도요?"

"내 리비도는 오래전에 극복했어." 프로이트 교수는 한숨을 쉬었다.

갑자기 벤치 옆에서 바스락거리는 소리가 났다. 곧 작은 새 한 마리가 울타리에서 퍼덕이며 나와 자갈 위에 내려앉았다. 두 남자의 발 바로 앞이었다. 몸통은 참새처럼 생겼지만 깃털은 색이 바랜 데다 옆구리에 누르스름한 반점이 몇 개 있었다. 눈은 빨간 색이었다. 새는 한동안 미동도 하지 않고 앉아 있다가 날개를 펴고 고개는 살짝 숙이고 자갈에서 뒹굴기 시작했다. 꼬리를 움직이고 깃털도 흔들었다. 새는 그렇게 불쑥 몸을 움직이자마자 다시 갑작스럽게 그만두었다. 새는 벤치로 올라오려고 두 번 깡충 뛰었다가 잠시 그대로 있더니 위로 날아올라 크게 반원을 그리며 쇼텐링 쪽으로 사라졌다.

"이젠 참새까지도 미쳤나 봐요." 프란츠는 이렇게 말하고 발로 자갈을 문질렀다.

"전에는 병을 옮기는 새였어." 프로이트가 중얼거렸다. "늘 유행병이나 전쟁이나 그 밖의 재앙이 발생하기 전에만 나타난다고 하는 새지." 그가 들고 있는 시가에서 치지직 소리가 났다. 산들 바람이 불어와 나무 우듬지에서 바스락 소리를 냈다.

"재앙이 일어날까요, 교수님?"

"응." 프로이트가 대답했다. 그는 벌써 부르크테아터 극장 뒤 어디론가 사라진 전염병 새의 뒤를 눈으로 좇았다.

"교수님, 저는 바보 천치인가 봐요." 프란츠가 잠시 진지하게 생각에 잠겨 침묵하다가 말했다. "머리 꼭대기부터 발끝까지 멍청한 오버외스터라이히의 바보예요."

"축하한다. 깨달음은 발전의 산파지!"

"방금 이런 의문이 들었어요. 제 멍청하고 사소한 걱정거리가 지금 세상에서 벌어지는 미친 일들과 비교할 때 과연 걱정할 만한 일인지 궁금해요."

"그런 거라면 안심해도 될 거야. 첫째, 여자 문제에서 생기는 걱정은 대부분 멍청하지만 사소한 건 아니야. 둘째, 그 질문을 다르게도 해볼 수 있어. 이 미친 세상의 사건들이 네 걱정거리와 비교할 때 과연 걱정할 만한 가치가 있는가, 하고 말이야."

"교수님, 저를 놀리시는군요!"

"아니, 그렇지 않아!" 프로이트가 부인했다. 그는 집게손가락 대신 시가를 힘차게 들고 말했다. "지금 세상에서 일어나는 일들은 그저 종양에 불과해. 궤양이야. 곪아서 고약한 냄새가 나는 페스트 선종이야. 머잖아 터져서 구역질 나는 고름을 서양 문명 전체에 쏟아낼 거야. 이것 보게 젊은 친구, 내가 조금 과격하고 비유적으로 말했지만, 그래도 그게 진실이야!"

프란츠는 마음속에서 기묘한 자부심이 올라오는 걸 느꼈다. 자부심은 이마 안쪽 어딘가에서 팍 하고 터졌다가 따뜻한 샤워 물처럼 머릿속으로 졸졸 흘러 들어갔다. 이제 자신은 프로이트 교수의 '젊은 친구'였다.

"진실이라……." 프란츠는 걱정스럽게 고개를 저으며 프로이트의 말을 반복했다. "사람들이 교수님 카우치에 눕는 건 그런 진실을 듣기 위해서인가요?"

"아이고, 무슨." 프로이트는 이렇게 말하고 짤막해진 오요를 뜻한 표정으로 바라보았다. "내가 늘 진실만 말한다면 진료실은 먼지가 쌓이다가 텅 비어서 작은 사막처럼 될 거야. 진실은 생각보다 별로 중요하지 않아. 인생에서도 그렇고, 정신분석에서도 그렇지. 환자들은 생각나는 걸 이야기하고 나는 그 이야기를 듣는단다. 반대로 할 때도 많아. 내가 생각나는 걸 이야기하고 환자들이 듣는 거지. 우리는 이야기하고 침묵하고, 침묵하고 이야기한단다. 그렇게 하면서 틈틈이 영혼의 어두운 면을 함께 탐색하는 거지."

"교수님은 그걸 어떤 식으로 하세요?"

"힘겹게 어둠 속을 더듬다 보면 적어도 여기저기서 뭔가 쓸 만한 것과 맞닥뜨리지."

"그걸 위해서 사람들이 누워야 하는 거예요?"

"서서도 할 수 있어. 하지만 누우면 더 편해."

"그렇군요." 프란츠가 말했다. "왠지 옛날 생각이 나요. 여름이면 한밤중에 오두막에서 나와서 친구 몇 명이랑 함께 숲에 갔어요. 저마다 초를 하나씩 가지고 갔죠. 불빛에 흔들리는 나무가 거대한 유령 같았어요. 한동안 어둠 속에서 그렇게 비틀비틀 걸어 다녔지만, 정말로 재미있는 건 만나지 못했어요. 누가 민달팽이를 밟은 적은 있었죠. 하지만 그게 전부예요. 그래서 다시 집으로 돌아왔어요."

"네, 그게 전부예요." 프란츠는 잠깐 말을 멈췄다가 덧붙였다. "그때는 시대가 달랐어요. 그때 저희는 나무를 무서워했어요. 그런데 교수님, 교수님과 교수님 환자들은 어둠 속에서 무엇을 만나나요?"

"운이 좋으면 꿈을 만나지." 프로이트가 말했다. 그는 시가의 남은 부분을 옆에 있는 팔걸이에 올려놓고 시가가 마지막으로 타다가 완전히 꺼지는 모습을 지켜보았다. 그리고 자그마한 시체를 집어 들고 방금 공원지기가 헤집고 간 쓰레기통에 던졌다.

"그럼 이제 저는 어떻게 되는 거죠?" 프란츠가 외쳤다. "죽는 날까지 어둠 속을 비틀거리다가 민달팽이나 꿈을 밟으며 헤맬 수는 없는 노릇이잖아요! 교수님은 제 입장이 아니라서 쉽게 말씀하시는 거예요. 교수님은 오래전에 리비도를 극복하셨지만, 저는 이제부터 그것과 싸워야 해요! 제 바지는 곧 터져버릴 텐데 앞으로 어떻게 해야 할지 모르겠어요. 아네스카를 다시 만나야 하는 건지 잘 모르겠어요. 제가 아네스카를 다시 만나고 싶어 하는지도 잘 모르겠어요. 아네스카를 다시 만날 수 있는지조차도 잘 모르겠어요. 모르겠어요, 모르겠어요, 모르겠어요!"

프란츠는 다시 벌떡 일어나 장미 화단과 벤치 사이를 여러 번 오갔다. "제기랄, 대체 어쩌란 말인가요?" 프란츠는 마침내 지친 목소리로 묻고는 다시 벤치에 털썩 주저앉았다. "교수님, 제발 도와주세요!"

프로이트는 두 손을 들어 잠시 햇빛에 비춰보더니 다시 무릎 위에 올려놓았다.

"그 문제에 대해선 내가 도와줄 수 없을 것 같구나." 프로이트가 말했다. "마음에 맞는 여자를 찾아내는 건 우리가 사는 문명에서 가장 어려운 일 중의 하나야. 그건 저마다 오롯이 혼자 해결해야 할 일이지. 우리는 혼자 세상에 태어나고 혼자 죽는단다. 하지만 처음으로 아름다운 여자 앞에 섰을 때 우리가 느끼는 고독에 비하면, 태어나고 죽는 건 그야말로 일대 사회적 사건처럼 생각되지. 중요한 문제가 생기면 우리는 처음부터 자기 자신에게 의지해야 해. 우리가 무엇을 원하는지, 어디로 가고 싶은지 늘 자신에게 물어야 해. 바꿔 말하면, 네 머리를 수고롭게 하라는 뜻이야. 그래도 답을 얻지 못하면, 네 심장에게 물어봐!"

"제 머리는 크게 기대할 게 없어요." 프란츠가 중얼댔다. "그리고 제 심장은 갈기갈기 찢긴 채 로텐슈테른가세에 있는 노란색 건물에 있고요."

"다른 방법은 없을 것 같구나. 네가 계속 늙은이들의 조언을 구한다면 앞으로도 만족스러운 대답은 얻지 못해. 네 바지 속에 있는 녀석한테 물어본다면 대답이야 분명하게 나오겠지만 그것도 혼란스럽기만 할 거야!"

"흠." 프란츠는 한 손을 이마에 대고 이마 안쪽에서 생각들이

제멋대로 헝클어지려는 것을 막아보려 했다. "혹시 교수님의 카우치 진료법이 사람들을 편안하지만 닳고 닳은 길에서 끌어내어 완전히 낯선 자갈밭으로 보내기 위한 것인가요? 그래서 거기에서 힘겹게 길을 찾게 하기 위한 것인가요? 어떻게 생겼는지도 모르고, 얼마나 더 가야 하는지도 모르고, 과연 그게 목적지로 통하는지도 모르는 길을요?"

프로이트의 눈썹이 올라가고 천천히 입이 벌어졌다.

"그런 건가요?" 프란츠가 다시 물었다. 프로이트는 마른침을 삼켰다.

"왜 저를 그렇게 이상한 눈으로 쳐다보세요, 교수님?"

"내가 너를 어떻게 쳐다봤는데?"

"모르겠어요. 제가 아주 말도 안 되는 멍청한 말을 한 것처럼 쳐다보셨어요."

"아니야, 넌 멍청한 말을 하지 않았어. 절대로 그렇지 않아."

프로이트는 미소를 지어보려 애썼다. 그러곤 이내 멍하니 손가락으로 머리카락을 쓰다듬은 뒤 무릎 위에 있던 모자를 집어 머리에 쓰고 벤치에서 몸을 일으켰다. "오늘은 이만하면 충분히 이야기를 나눈 것 같구나. 곧 해가 질 거다. 해가 다시 뜰 거라고 누가 장담할 수 있을까."

프로이트 교수는 지팡이로 자갈길에 박자를 맞추며 놀랍도록 빠른 걸음으로 링 가 쪽으로 되짚어 걸어갔다. 프란츠는 잠시 그대로 앉아 있었다. 회색 모자가 완전히 울타리 뒤로 사라졌을 때 그는 자리에서 일어나 뒤따라 달려갔다.

두 사람은 베르크가세에서 짧게 악수를 나누고 헤어졌다. 프란츠는 프로이트의 손가락이 건조하고 가볍다는 느낌을 받았다. 생선 가시 같았다. 벌레가 파먹어 식당 손님의 접시에 놓이지 못하고 고양이 먹이가 된 잉어, 또는 부서진 고기잡이배에서 몇 주 후에 꺼내면 손에서 바스러지는 잉어 같았다.

프로이트 교수가 건물 안으로 사라진 뒤 프란츠는 출입문에 귀를 대고 눈을 감았다. 나무 문은 아직 햇볕을 받아 따뜻했다. 건물 안 계단실에서 프로이트의 발걸음 소리가 울렸다. 다시 눈을 뜨고 출입문에서 물러설 때 프란츠는 조금 망설이듯 조심스럽게 발걸음을 옮겼다. 그러나 곧 단호한 걸음걸이로 모퉁이를 돌아 튀르켄가세에 있는 작은 식당으로 향했다. 굴라시와 맥주 한 조끼를 생각하며.

다음 날 저녁 붉은 에곤은 슈바르츠슈파니어 가에 있는 지하 셋방에서 라디오 앞에 잔뜩 웅크리고 앉아 쿠르트 슈슈니크의 목소리에 귀를 기울였다. 결기가 모두 사라진 목소리였다. 총리가 국민에게 호소하는 마지막 연설이었지만, 그 국민은 그의 국민이 아닌 지 벌써 오래였다. 히틀러의 대대적인 무력 위협에 못 이겨 그는 자유로운 오스트리아를 지키려던 국민 투표를 취소하고 사임을 발표했다. 독일군이 오스트리아 국경을 넘어오는 게 거의 확실해진 상황에서 그는 대학살을 도발하지 않기 위해 독일군에 저항하지 말라는 지시를 오스트리아 연방군에 내렸다. 그리고 다음과 같은 말로 연설을 끝맺었다. "이제 저는 이 시간부로 오스트리아 국민과 작별합니다. 제 마음 깊은 곳에서 나오는 인사를 드립니다. 신이여, 오스트리아를 지켜주소서!" 연설이 끝나자마자 길거리에서는 걷잡을 수 없는 고함이 터져 나왔다. "단일 국민! 단일 제국! 단일 지도자!", "유대인은 죽어라!" 발음도 불분명한 외침, 노랫소리, 울음소리도 들렸다. 붉은 에곤은 라디오를 껐다. 곧장 인도로 통하는 먼지 뿌연 작은 창문을 통해 겁에 질려 황급히 달리고 걸어가는 빈 사람들의 다리가 보였다. 그는 일어나 옷상자가 있는 곳으로 갔다. 잠시 어두운 유리문에 비친 자신의 수척한 모습을 바라보았다. 그는 넥타이 매듭을 똑바로 고치고 집게손가락 끝에 침을 조금 묻혀 왼쪽 눈썹을 반반히 다듬었다. 그리고 옷상자를 열고 커다란 공처럼 말아 놓은 천과 망치와 못 몇 개를 꺼낸 뒤 문도 잠그지 않고 집에서 나왔다. 계단실에서 3층에 사는 전차 승무원 부부의 두 아들을 만났다. 두 아이가 날카로운 소리를 지르며 거리로 달려 나갈 때 입고 있는 짧은 바지가 무릎 위에서 흔들거렸다. 붉은 에곤은 꼭대기 층까지 조금 숨이 차서 올라간 뒤 낮은 문을 지나 다락방에 이르렀다. 죽은 비둘기 사체가 발끝에 채였다. 조금 욕지기가 나는 걸 억누르고 나무 사다리를 기어오른 그는 채광창을 통해 지붕으로 나갔다. 먼지 가득한 돌풍이 얼굴을 때리는 바람에 잠시 눈을 감았다. 거리의 소음이 약하게 위로 올라왔다. 수만을 헤아리는 빈 시민들의 목소리 하나하나가 한데 뭉쳐 끝없이 솟구쳐 올랐다가 가라앉았다. 사이렌처럼 울부짖는 그 소리에 도시가 진동하는 듯했다. 붉은 에곤은 약간 경사진 지붕을 조심조심 걸어 맨 앞쪽 지붕 가장자리까지 가서 앉았다. 그는 몇 번의 망치질로 천의 한쪽 끝을 타르를 칠한 지붕에 고정했다. 그런 다음 천을 빗물받이 홈통 위로 죽 늘어뜨린 뒤, 5미터 길이의 천이 아래에서 건물 벽에 부딪치고 얼마 전 사망한 힌터베르거 부인의 다락방 창문에 찰싹 부딪치는 소리를 흡족하게 들었다. 그는 망치와 남은 못을 재킷 안주머니에 조심스럽게 집어넣고 앞쪽으로 조금 더 움직여 내려간 뒤 두 다리를 지붕 끄트머리 바깥으로 내밀었다. 아우성치는 슈바르츠슈파니어 가 위에서 그의 다리가 흔들거렸다. 길거리 맞은편 건물의 열린 창문에서 구운 고기 냄새가 풍겨왔다. 굴뚝에 비둘기 두 마리가 앉아 있었다. 가끔 한 마리가 몸을 일으켜 발끝으로 사뿐사뿐 동그란 원을 그리며 걸으면 깃털이 바람에 불룩해졌다. 붉은 에곤은 구겨진 필터 없는 담배 한 갑을 바지 주머니에서 꺼내고 거기에서 담배 한 개비를 꺼내 손바닥에 올려놓고 잠시 들여다보았다. 그러곤 담배를 입에 물고 불을 붙였다. 그는 눈을 감고 연기를 깊게 들이마셨다. 정확히 일곱 모금을 들이마셨을 때였다. 지붕의 채광창이 열리고, 하켄크로이츠 완장을 찬 남자 세 명과 여자 한 명이 살기등등한 얼굴로 짤막한 곤봉을 들고 지붕으로 기어 올라왔다.

붉은 에곤은 뒤도 돌아보지 않았다. 그는 체중을 앞으로 싣더니 담배를 저 아래에 내던지고 뒤따라 떨어졌다.

"이거 읽었니?" 오토 트르스니에크가 〈제국 신문〉 아침 판을 머리 위에서 흔들며 침울하게 물었다. 프란츠는 고개를 저었다. 요 며칠 동안 그는 신문을 거의 읽지 못했다. 아니, 별달리 읽으려는 노력을 하지 않았다. 최근 일어난 사건들이 놀란 파리 떼처럼 머릿속에서 윙윙대며 날아다녔다. 신문을 펼치자마자 종이에서 글자들이 떨어져 나와 이해할 수 없는 어지러운 파편으로 산산조각 나기 시작했다.

"그럼 앉아서 내 얘기 잘 들어!" 담배 가게 주인이 명령했다. 프란츠는 하던 일을 멈췄다. 하던 일이란 전날 신문을 선반에서 치우고 인쇄기 잉크 냄새가 물씬 풍기는 오늘 자 신문을 그 자리에 채워 넣는 거였다. 그는 재빨리 〈농업인 동맹〉을 적당한 선반에 가져다 놓고 스툴에 가서 앉았다. 대부분의 다른 신문과 마찬가지로 여기에도 요 근래엔 아돌프 히틀러의 인상적인 사진이 제1면에 실려 있었다. 담배 가게 주인은 〈제국 신문〉을 앞에 펼치고 읽기 시작했다. "비열한 공격을 저지하다! 어제 알려진 바에 따르면, 일부 빈 시민들의 용감한 개입 덕분에 우리 제국의 새로운 정신적 자유에 가해진 교활한 공격을 저지할 수 있었다……."

"하!" 오토 트르스니에크는 이렇게 소리치고 손바닥으로 판매대를 쳤다. "들었지? '새로운 정신적 자유'란다!" 그는 또 손을 쳐들어 책상을 내리치려 했지만, 마지막 순간에 화를 누르고 쉰 목소리로 계속 신문을 읽었다. "일부 집단에서 '붉은 에곤'으로 알려져 악명을 떨친 볼셰비키이자 실업자인 후베르트 판슈팅글은 저녁에 자신이 거주하는 슈바르츠슈파니어 가의 임대 주택 지붕에 올라갔다. 그는 그곳에서 아무런 방해도 받지 않고 계획을 실행에 옮길 수 있었다. 판슈팅글은 직접 제작한 것이 분명해 보이는 현수막을 펼쳤다. 이 지면에서 공개할 수는 없지만, 현수막에는 우리 제국과 우리 국민과 희망으로 가득한 우리 도시를 비열한 방법으로 비방하는 낙서가 적혀 있었다."

오토 트르스니에크는 신문을 확 집어 들고 놀랍도록 민첩하게 판매대 바깥쪽으로 훌쩍 뛰어나왔다. 그러곤 프란츠에게 몸을 굽혀 그의 얼굴에 대고 소리 질렀다. "독일 지상주의에 목매단 추잡한 저질 신문의 거짓말 —— 어설프게 휘갈겨낸 헛소리까지 내보내는 도시에 대체 무슨 희망이 가득하다는 거야!?"

프란츠는 될 수 있는 대로 몸을 잔뜩 웅크렸다. "또 뭐라고 적혀 있는지 잘 들어봐!" 담배 가게 주인이 소리쳤다. "그 위험천만한 괴짜가 빈 시민들을 오래 공격할 수 없었던 것은 재빨리 달려온 일부 건물 주민들과 행인들의 용기 덕분이었다. 자신들이 큰위험에 빠진 것을 깨달은 남녀 시민들은 지붕으로 올라가, 당황한 범인에게 다가간 뒤 문제의 현수막을 즉시 내놓을 것을 요구했다. 그러나 자신의 계획을 포기할 생각이 없었던 겁쟁이 공산주의자 판슈팅글은 평범한 시민들 앞에 도발적으로 서서 그들을 위협했다. 그가 무기를 사용했는지 여부는 본지 편집이 마감될 때까지 확실하게 밝혀지지 않았지만, 관계자들의 진술에 따르면 사용했을 가능성이 상당한 것으로 보인다."

"하!" 오토 트르스니에크는 다시 소리를 질렀다. "무기라니! 붉은 에곤은 빵에 버터를 바를 때도 칼보다는 손가락을 쓰는 사람이야!" 어느새 그의 얼굴이 땀에 젖고 붉으락푸르락했다. 그는 다 해진 털 조끼 소매로 이마를 훔치고 다시 신문을 읽었다. "범인은 잔인하게 공격하다가 균형을 잃고 지붕 모서리에서 아래로 추락했다. 인도에 떨어졌을 때 다행히 다친 사람은 없었다. 범인은 사망했으며 수치스러운 현수막은 안전하게 확보해 폐기할 수 있었다!"

담배 가게 주인은 조금 비틀거리고 서서 손에 든 신문을 잠시 응시했다. 갑자기 온몸에 전율이 흘렀다. 그는 신문을 빠르게 갈기갈기 찢었다. 찢어진 신문지 조각들이 그의 주변에서 천천히 맴돌며 바닥으로 내려앉았다. 다 찢고 나서 그는 두 손을 서서히 아래로 내렸다. 조끼가 밀려 올라가 어깨에 비스듬히 걸쳐 있었다. 다리를 가볍게 움직이자 그의 신발에서 작게 삐걱거리는 소리가 났다.

"현수막에 뭐라고 적혀 있었는지 아니?" 담배 가게 주인이 속삭이듯 물었다. 프란츠는 말없이 고개를 저었다. "국민의 자유는 국민의 마음의 자유를 요구한다. 자유 만세! 우리 국민 만세!

오스트리아 만세!"

　오토 트르스니에크의 신발에서 삐걱 소리가 멈췄다. 그는 조용히 서 있었다. 하지만 곧 굳었던 몸을 풀고 깡충 뛰어 판매대 안쪽으로 들어가 자리에 앉았다. 프란츠는 주인이 몸을 뒤로 기대면서 그의 얼굴이 전등 뒤 그림자 속으로 사라지는 모습을 바라보았다.

　그날 밤에도 프란츠는 잠들기가 힘들었다. 요즈음 내내 그랬다. 빈에 도착한 후부터 그는 매일 저녁 피곤에 지쳐 있었지만 쉽게 잠을 이루지 못했다. 호숫가 집에서 침대에 누워 있을 때는 늘 달콤한 잠이 아주 자연스럽게 그를 감싸 안아 먼 곳으로 데려다주었다. 지금 그는 다시 반듯이 누워 두 손을 머리 뒤로 깍지를 끼고 눈을 뜬 채 어둠에 귀 기울였다. 밖에서는 대낮의 울부짖음이 한밤중의 흐느낌으로 바뀌었다. 대낮의 울부짖음이 그새 일상이 되었듯이, 한밤중의 흐느낌에도 어느덧 익숙해졌다. 흐느끼는 소리는 끊임없이 거리를 배회하다가 그가 머무는 담배 가게 안의 작은 방까지 들어왔다. 간간이 담벼락에서 꾸르륵 소리가 났다. 때론 가게 안에서 작게 바스락대는 소리가 방으로 들려왔다. 아마 생쥐 아니면 그냥 쥐겠지. 프란츠는 생각했다. 아니면 어제 일어난 사건이 벌써 과거의 기억이 되어 신문에서 바스락 소리를 내는 것이든가. 신문들이 모든 진실을 굵고 커다란 활자로 찍어내며 요란스레 외치다가도, 이내 다음 판에서는 다시 작은 글자로 내보내거나 반대되는 기사를 쓴다는 게 프란츠가 보기엔 정말 이상했다. 조간신문의 진실은 사실상 석간신문의 거짓말이라고 그는 생각했다. 그리고 이건 사람들의 기억에 그다지 중요한 역할을 하지 않았다. 어차피 사람들이 기억하는 건 대부분 진실이 아니라 아주 크게 내지르는 소리 또는 굵은 글자로 인쇄된 소식들뿐이니까. 그렇게 기억이 바스락대는 소리가 아주 오래도록 지속되면 결국 거기에서 역사가 탄생한다고 프란츠는 생각했다. 그는 덮고 있는 이불을 걷어차고 두 팔을 활짝 벌렸다. 매트리스에서 자신의 심장 소리가 들렸다. 둔탁하고 희미하게 쿵쿵거리는 것이 마치 배에서 나는 엔진 소리 같았다. 근사한 소리네. 그는 이렇게 생각하며 자신의 몸이 서서히 침대에서 떨어져 나오는 걸 보았다. 기분은 좋았지만 짧은 비행이었다. 누가 그의 뒤에서 뭐라고 소리쳤다. 저 아래에서 증기선이 헐떡거리며 호수를 지나갔다. 물고기들이 배를 드러내고 있었고, 파도 위에서는 검은 모자가 부드럽게 흔들렸다. 수평선에서 나부끼는 깃발이 더는 보이지 않았다. "실례합니다만, 당신 어머니가 손을 흔드는 거예요!"

심장 소리가 프란츠를 잠에서 두들겨 깨웠다. 일정한 속도로 점점 크게 고동치는 소리였다. 프란츠는 그동안 혼자 연습을 통해 꿈을 그럭저럭 괜찮은 수준으로 기록할 수 있게 되었다. 밤이면 밤마다 그는 성냥을 더듬어 불을 켜고, 깜박거리는 촛불 밑에서 몇 마디 두서없는 말들을 침대 밑에 보관했던 네모 칸이 그려진 공책에 서투르게나마 적었다. 처음엔 힘이 들어 아무런 진전이 없었다. 사실 그가 꿈을 기록한 것은 원래 프로이트 교수를 위해서였고, 그렇게 하지 않으면 내심 죄책감이 들었기 때문이었다. 다른 한편으로 생각하면, 지난 며칠 동안 꿈을 기록하는 일에 어느 정도 익숙해진 탓도 있었다. 아니면 스스로 뭔가를 해내는 능력에 대한 일종의 희열도 작용했다. 어쩌면 자그마한 안도감과 만족감 같은 것인지도 몰랐다. 그게 정확히 무엇인지는 말할 수 없었지만, 따지고 보면 무엇이 됐든 상관없었다. 그는 방금 자신이 꾼 꿈을 기록했고, 그 후에는 꿈을 꾸지 않아 평화롭게 잠잘 수 있었다. 여하튼 이것이 그동안 들인 모든 노력에서 나온 가장 보람 있는 부수 효과였다.

프란츠는 아이들처럼 서투른 글씨체로 적었다. '아터제 호수 위를 날았다. 누가 내 뒤에서 소리쳤다. 증기선은 멋졌고 물고기들은 그렇지 않았다. 교수가 쓰고 다니는 모자를 잃어버린 것 같았다. 저 멀리 어디에서 어머니가 나에게 손을 흔들었다.' 프란츠는 종이와 연필을 침대 밑에 내려놓고 촛불을 껐다. 눈꺼풀 안쪽에서 불빛이 잠깐 동안 계속 깜박였다. 아하, 그러니까 바스락거리는 기억만 있는 게 아니라 깜박거리는 기억도 있구나. 프란츠는 생각했다. 킥킥 터져 나오는 웃음을 참을 수 없었다. 잘츠카머구트를 떠나온 후부터 그는 자신의 내면에 있을 거라고는 한 번도 생각한 적이 없는 상념들을 머릿속에서 끄집어냈다. 아마 대부분은 얼토당토않은 바보 같은 생각일 듯했지만, 흥미로운 것들도 있었다. 프란츠는 몸을 돌려 옆으로 눕고 눈을 감았다. 그리고 표류하는 생각을 따라갔다.

거의 3초 정도가 지났을 때 프란츠는 침대에 똑바로 앉아 숨을 죽였다. 시끄러운 소리에 정신이 번쩍 들면서 그는 다시 현실로 돌아왔다. 부서지고 쪼개지는 소리가 났다. 밤을 갈기갈기 찢어놓는 듯했다. 그러다 다시 잠잠해졌다. 프란츠는 벌떡 일어나가게로 뛰어 나갔다. 희미한 여명 아래 그의 앞에선 믿기 어려운 난장판이 벌어져 있었다. 진열창은 박살이 나고, 문짝은 뒤틀려경첩에 걸려 있고, 문틀에서는 기다란 파편들이 튀어나와 있었다. 바닥에는 유리 조각이 가득했다. 넘어진 신문 진열대 두 개는 서로 엇갈려 포개져 있었다. 신문, 시가 상자, 담뱃갑, 열린 연필통, 담배 개비들이 사방에 흩어져 있었다. 가게 바깥 인도에서는 낱장 신문지들이 바람에 부풀어 올라 마치 바스락대는 유령처럼 맞은편 거리로 건너갔다. 프란츠는 머뭇거리며 발걸음을 옮겼다. 그의 가죽 실내화 밑에서 유리가 으스러졌다. 얼마 전 여덟 시간 무보수 초과 근무에 대한 보상으로 담배 가게 주인이 준실내화였다. 문틀에서 끈적거리는 액체가 뚝뚝 떨어져 바닥으로모이다가 번들거리는 웅덩이로 변했다. 순간 프란츠는 판매대에서 뭔가를 보았다. 검은 물건, 어두운 물체, 축축한 덩어리가 판매대 위에 널브러져 있었다. 물체가 숨을 쉬는 것 같았다. 아주천천히 부풀어 올랐다가 꺼지고, 다시 부풀어 오른다고 생각했다. 거기에서 불쾌한 냄새가 났다. 들척지근하면서도 조금 시큼

한, 산패한 냄새였다. 오래된 고기와 피와 똥에서 나는 냄새였다. 프란츠는 조심조심 몸을 숙이고 가까이 다가갔다. 물체가 숨을 쉰다고 한 것은 당연히 그의 상상이었다. 판매대 위에 한 마리 또는 여러 마리 큰 짐승의 내장이 놓여 있었다. 찢어서 조각낸 흐물흐물한 조직들, 번들거리는 지방 덩어리, 미세한 혈관 조직이 퍼지고 팽팽히 부풀어 오른 창자였다. 한 걸음 뒤로 물러서는 순간 프란츠의 발밑에서 뭔가 딱 소리가 났다. 유리 조각들 사이에 잘려 나간 닭 머리가 있었다. 닭은 푸르딩딩한 죽은 눈으로 프란츠를 올려다보았다.

새벽 여섯 시 정각에 가게 문을 열어 나왔을 때 오토 트르스니에크는 아무 말도 하지 않았다. 그저 앞에 벌어진 광경을 묵묵히 바라보았다. 출입구에 삐딱하게 휘갈겨 쓴 글자 '유대인에게 물건을 파는 가게!', 몇 통씩이나 뿌려댄 오물, 유리 파편, 피, 닭 머리, 판매대 위에 쌓여 악취를 풍기는 내장 덩어리, 그리고 유리창 없는 진열창 옆 스툴에 쓰러지듯 앉아 인도 포석을 내다보는 견습생 프란츠. 오토 트르스니에크는 한참 동안 아무 말 없이 서서 꼼짝도 하지 않았다. 마침내 그가 입을 벌리고 뭔가를 말하려 했지만, 침방울이 터지는 소리보다도 크지 않은 아주 작은 소리밖에 나오지 않았다. 그는 청소를 시작했다.

오토 트르스니에크와 프란츠는 함께 바닥에서 유리를 쓸어내고 내장과 닭 머리는 커다란 마대에 담았다. 마대가 금방 피에 흠

빡 젖었다. 인도 바닥과 벽과 마루와 선반도 박박 닦았다. 더러워
지거나 축축해지거나 부러지거나 으스러진 시가와 담배는 상자
에 담아 뒷마당에 있는 쓰레기통 옆에 갖다 놓았다. 다음에는 진
열창 창틀에 남아 있던 파편들을 조심스럽게 집어내고, 문의 경
첩을 떼어 두드려 편 뒤 문을 다시 달고, 마룻바닥과 선반과 판
매대를 독극물 냄새가 나는 분홍색 가루와 식초로 다시 한 번
박박 문질렀다. 몇 시간 뒤 청소가 끝나자 담배 가게 주인은 목
발을 바닥에 나란히 받쳐놓고 잘린 다리를 목발 손잡이 위에 조
심조심 얹고 숨을 크게 들이마셨다. "유리 가게엔 나중에 가자.
지금은 우선 맥주부터 두 병 사 오너라!" 가게 주인이 말했다.

두 사람은 맥주를 병째 마셨다. 아무 말도 하지 않고 천천히
몇 번에 걸쳐 나누어 마셨다. 담배 가게 주인은 판매대 안쪽 자
기 자리에서, 프란츠는 스툴에 앉아 마셨다. 색이 짙고 씁쓸한
맛이 나는 '슈타이어마르크' 맥주였다. 어느새 오후가 되었다. 행
인들이 바쁘게 거리를 지나갔다. 담배 가게에 주목하는 사람은
별로 없었다. 가다가 서서 유리창 없는 진열창을 통해 안을 들
여다보는 이도 없었다. 한 번은 수척한 개 한 마리가 멈춰 서서
입구에 코를 대고 킁킁거렸으나, 곧 주인이 목줄을 잡아끌고 갔
다. 맞은편 거리에서 하인츨 박사 박사가 급하게 걸어갔다. 자신
이 가는 곳에만 온 신경을 집중한 듯 담배 가게에는 눈길 한번
주지 않았다. 나이가 지긋한 경찰관이 문으로 고개를 들이밀고

잠깐 둘러보다가, 말없이 손을 올려 모자에 대고 인사한 뒤 다시 사라졌다. 비너발트 숲 너머로 해가 지기 시작했다. 맥주는 다 마셨다. 오토 트르스니에크는 헛기침을 하고 입을 열었다. "재미있군. 하루 종일 이렇게 말을 안 할 수 있다는 게!"

그 순간 어두운 색깔의 구식 자동차 한 대가 입구에 와서 멈춰 섰다. 회색 양복을 입은 남자 세 명이 차에서 내렸다. 그중 한 명은 그럴 필요가 없는데도 열려 있는 문을 두드렸다. 얼굴이 누르스름한 공무원의 표정이 슬퍼 보였다. "트르스니에크 씨?"

"금방 문 닫을 겁니다." 담배 가게 주인이 말했다.

남자는 입을 비죽거리며 삐딱하게 웃었다. 그의 오른쪽 귀가 석양을 받아 불그스름하게 빛났다. "그럴 수도 있겠죠." 남자가 말했다. "단, 우리가 그렇게 하라고 해야 가능해요!"

"썩 꺼져, 이 개자식들!" 오토 트르스니에크가 쉿 소리를 내며 낮게 중얼거렸다. 마치 침을 뱉어 세 남자의 머리에서 모자를 벗기려는 듯한 강한 소리였다. 슬픈 표정의 남자는 잠시 가만히 있다가 동료들에게 고개를 끄덕이고는 한 걸음 옆으로 물러섰다. 동료 한 명은 문으로 들어오고 나머지 한 명은 곧장 진열창을 넘어 들어왔다. 그는 팔을 크게 쳐들지도 않고 프란츠의 왼쪽 귀를 주먹으로 쳤다. 스툴에서 굴러 떨어진 프란츠는 귓불에서 따뜻한 피가 솟구치는 걸 느꼈다. 남자들이 담배 가게 주인의 멱살을 잡고 판매대 위로 잡아당겨 바닥에 내팽개쳤다. 귀가 윙윙대는 와중에 프란츠는 주인의 고함 소리와 그의 털 조끼가 찢겨 나가는 소리를 들었다. "오토 트르스니에크, 당신을 포르노물 소지죄와 배포죄로 체포한다!" 슬픈 표정의 남자가 소리쳤다. 잠시 주위가 조용해졌다. 가게 주인이 무릎을 꿇고 고개를 바닥으로 숙이고 있었는데도 프란츠는 그의 이마에서 검은 반점을 본 것 같았다.

"자위 잡지는 어디에 숨겼어?" 슬픈 표정의 남자가 물었다. 오토 트르스니에크는 고개를 더 숙였다. 남자 한 명이 그의 늑골을 세게 걷어찼다. 주인은 꾸르륵 소리를 내며 옆으로 쓰러졌다. 그는 얼굴을 두 손으로 가리고 한쪽 다리는 될 수 있는 대로 몸에 바짝 붙였다. 상관이 고개를 끄덕이는 걸 보고 세 번째 남자가 판매대 안쪽으로 들어가 서랍을 홱 열고 조잡한 '애정 잡지' 한 무더기를 꺼내 높이 쳐들며 의기양양하게 웃었다.

"당신, 이런 쓰레기를 유대인들한테 팔았어?"

오토 트르스니에크는 고개를 홱 젖히고 들릴락 말락 한 소리로 말했다. "그렇소!"

"언제부터 팔았어?"

"모르오."

슬픈 표정의 남자가 고개를 끄덕이자 그의 동료가 오토 트르스니에크에게 다가섰다. 그는 구두 끝으로 신장이 있는 부위를 힘껏 걷어찼다. 오토 트르스니에크는 약하게 신음 소리를 내며 몸을 더 웅크렸다. 프란츠는 눈을 감았다. 귀에서 윙윙대던 소리는 작아지고 통증은 거의 사라졌다. 불현듯 어렸을 때 장마가 끝난 질척질척한 땅에서 꺼냈던 벌레가 생각났다. 벌레는 손바닥 위에서 막무가내로 헛되이 몸을 비틀었다. 그 느낌이 이상했다. 미끈거리고 팽팽하고 서늘한 감촉이 느껴졌다. 재봉용 바늘로 찌르면 몸통이 아주 동그랗게 말리고 찌른 자리에서 색깔이 짙은 핏방울이 흘러나왔다.

"자, 다시 한 번 묻는다. 언제부터 이런 더러운 잡지를 유대인들에게 팔았지?"

"오래됐소……." 담배 가게 주인이 작은 소리로 대답했다.

"존경하는 신문팔이 양반, 그런 짓은 하는 게 아니지." 슬픈 표정의 남자가 꾸짖듯 고개를 저으며 말했다. 그는 몸을 굽혀 오토 트르스니에크의 머리카락을 움켜쥐고 그를 천천히 바닥에서 일으켰다.

"그건 사실이 아니에요!" 프란츠가 구석에서 벌떡 일어나 후들거리는 다리로 섰다. "애정 잡지는 제 거예요! 제가 보려고 산 거예요! 전부 다요! 가끔 그런 걸 보고 싶었거든요!"

"입 다물어, 프란츠!" 담배 가게 주인이 쉿 하며 말했다. "넌 네가 무슨 소리를 하는지 하나도 모르는구나!"

"죄송한데요, 저 아주 잘 알아요! 그리고, 진실은 진실이잖아요. 그게 전부예요! 멍청한 짓을 했다면 거기에 책임을 질 수 있어야 해요! 경찰관 아저씨, 제 말이 맞죠? 그렇죠?"

슬픈 표정의 남자는 오토 트르스니에크의 머리를 썩은 사과처럼 내동댕이쳤다. 그는 몸을 일으키고 프란츠를 바라보았다.

"그러니까 저를 당장 경찰서나 파출소나 아니면 어디 다른 데로 데려가는 게 제일 좋아요. 애정 잡지는 어차피 제 거예요. 제가 사서 읽은 거고, 제가 거기에 있는 사진들을 봤고, 제가 가게에 숨긴 거예요. 그게 전부 범죄라면 책임도 제가 질 거예요!"

"그 멍청한 입 다물라고, 이 바보야!" 담배 가게 주인이 이를 악물고 말했다.

"아니 왜?" 슬픈 표정의 남자가 온순하게 말했다. "저 꼬마가 더 얘기하게 내버려둬! 근데 이름이 대체 뭐야?"

"죄송합니다만, 저는 꼬마가 아니에요. 제 이름은 프란츠 후헬이에요!"

슬픈 표정의 남자는 뒷짐을 지고 두세 걸음을 걸어 프란츠에게 다가갔다. "아 그래요? 그렇다면 어디 하고 싶은 말을 해보시죠, 후헬 씨!"

"프란츨……" 담배 가게 주인이 다시 머리를 들었다. 얼굴이 고통으로 일그러졌다. 그의 시선이 몇 초 동안 선반에 있는 시가 상자 사이를 헤매다가 마침내 프란츠를 발견했다. "넌 내 견습생이야……. 게다가 멍청이야. 그러니까 지금 내가 하라는 대로 해. 다시 자리에 앉아서 바보 같은 입 좀 닥치고 있어!" 프란츠는 지금에서야 주인의 턱에 흐르는 가느다란 핏자국을 보았다. 실개천처럼 흐르는 피는 실보다도 굵지 않았다. 그리고 불현듯 그의 눈에 나타난 절망감도 보았다. 베일 같다는 생각이 들었다. 아주 부드럽고 어두운 색깔의 베일 같았다. 그 순간 모든 게 확실해졌다. 1초도 안 되는 찰나의 순간에 미래를 보여주는 창문이 열렸다. 그 창문을 통해 하얀 공포가 들이닥쳤다. 작고 우둔하고 힘없는 잘츠카머구트의 소년에게. 그는 터져 나오려는 흐느낌을 억누른 채 무릎을 꿇고 앉아 담배 가게 주인의 목을 두 손으로 끌어안고 온몸을 그에게 밀착했다. "이거 놔. 프란츨!" 오토 트르스니에크가 프란츠의 머리카락에 대고 쉰 목소리로 속삭였다. "제발, 이거 놔!"

남자들은 담배 가게 주인을 뒷좌석에 태웠다. 차가 출발하려고 몇 번이나 드드득 소리를 내며 시동을 걸다가 드디어 베링거가를 올라갔다. 차가 볼츠만가세로 접어든 뒤에도 프란츠는 한동안 가게 앞에 그대로 서 있었다. 보슬비가 솔솔 내리기 시작했다. 따뜻한 봄비가 내리는 도로의 포석에서 냄새가 올라왔다. 어느 집 지붕 너머 저 멀리 어딘가에선 지금 분명히 무지개가 떴을 것이다. 담배 가게 주인은 소리도 지르지 않았고 아무 말도 하지 않았다. 저항하지 않고 끌려간 그는 회색 옷을 입은 남자들의 부축을 받고 차에 껑충 올라탔다. 프란츠는 목발을 가져오려고 다시 가게로 달려갔다. 그러나 목발을 가지고 나왔을 때 차는 벌써 떠난 뒤였다. 목발은 이제 낡고 쓸모없는 막대처럼 입구에 비스듬히 기대어져 있었다. 로스후버 정육점의 진열창에선 빗물이 가느다란 실개천이 되어 흘러내렸다. 진열창 안쪽에서 돼지 발목을 톱으로 자르고 있는 정육점 주인의 실루엣이 보였다. 담배 가게 주인이 끌려갈 때 그는 피 묻은 앞치마 앞으로 팔짱을 끼고 일그러진 미소를 띤 채 출입문에서 지켜보았다. 차가 완전히 사라지자 그는 짧게 소리 내어 웃고 고개를 저으며 다시 안으로 들어갔다. 프란츠는 여전히 그대로 서서 미동도 하지 않았다. 그래, 이거야. 그냥 여기에 서서 꼼짝도 하지 않는 거야. 프란츠는 생각했다. 그러면 시간은 내 옆을 지나 흘러갈 테니 난 시간에 순응하며 헤엄칠 필요도 없고 저항하며 발버둥 칠 필요도 없어. 행인들은 프란츠에게 눈길도 주지 않고 바삐 지나갔다. 어딘가에서 아이가 악을 쓰며 울었다. 보티브 성당 주변 화단에서는 지빠귀가 노래를 불렀다. 파이트하머 설비업체 위쪽 창턱에서 비둘기 두 마리가 잠시 날아올랐다가 다시 창문 구석으로 돌아가 웅크리고 앉았다. 돌풍이 불어와 프란츠의 얼굴에 보슬비 베일을 씌웠다. 기분이 좋네. 프란츠는 이렇게 생각하고 눈을 감았다. 다시는 뜨고 싶지 않았다. 그때 누가 뒤에서 가느다란 목소리로 기침을 하며 말을 걸었다. "여기 아직도 손님이 올까 궁금해하는 사람이 있는 건가? 아니면 손님이 직접 알아서 물건을 골라야 하는 건가?" 법무부 관리 콜러러였다. 프란츠는 그의 두꺼운 안경알에서 이중으로 반사된 자신의 모습을 보았다. 배경에는 부연 보슬비에 흐릿해진 보티브 성당 첨탑 두 개가 있었다.

"가게는 당연히 열었죠, 손님!" 프란츠가 말했다. "평소처럼 〈빈 삼림 소식〉과 〈농업인 동맹〉과 '랑거 하인리히'죠?"

프란츠는 슈타우핑거 유리 가게에 새 유리창을 주문했다. 슈타우핑거는 즉각 유리를 가져와 딱 들어맞게 끼웠다. 담배 가게에 어두침침한 빛이 아니라 아주 많은 빛이 쏟아져 들어온 건 지난 몇 년 새 처음 있는 일이었다. 거리의 환한 빛이 구석구석 침투해 시가 상자 뚜껑의 색깔을 선명하게, 그리고 생소하지만 다채롭게 만들었다. 물론 거미줄과 천장에 생긴 갈색 습기 자국도 당연히 눈에 띄었다. 프란츠는 흰색 페인트 한 통을 사고, 설비 업자의 아내 파이트하머 부인에게 사다리와 도장용 앞치마와 커다란 말총 페인트 붓을 빌려 천장을 칠하기 시작했다. 천장 작업을 끝낸 뒤에는 벽과 의자 테두리를 칠했다. 그다음엔 선반, 문구 진열장, 잡화 상자, 파이프 부속품 진열장, 판매대 다리, 끝으로 문틀과 진열창 틀을 칠했다. 마지막에 조금 남은 페인트로는 서랍 손잡이에서 니스 칠이 조금 벗겨져 나간 곳에 덧칠을 하고, 마무리로 출입문 손잡이에 생긴 작고 하얀 점에도 톡톡 발랐다. 칠을 하는 게 그냥 재미가 있었고, 완성된 후의 모습이 예쁘고 쾌적하고 예술적으로 보여서 한 일이었다. 프란츠는 교양 있는 여성을 위한 애정 소설 잡지가 쌓여 있는 곳 뒤쪽에서 약간 먼지가 묻은 오토 트르스니에크의 독서용 안경을 발견했다. 안경테가 고급이었다. 그는 안경에 침을 조금 묻혀 셔츠 소매로 닦고 신문지에 싸서 조심스럽게 판매대 밑에 넣었다. 잉크통에는 잉크를 가득 채우고, 만년필 펜촉을 물에 담가두고, 연필을 깎고, 모퉁이가 접힌 회계 서류를 반반하게 폈다. 출입문에 가서는 까치발을 하고 서서 크리스마스트리 장식처럼 반짝거릴 때까지 종을 닦고 문질러 광을 냈다. 프란츠는 마분지에 빨간색 굵은 글씨로 이렇게 적었다. '존경하는 고객 여러분, 트르스니에크 담배 가게는 계속 영업합니다. 들어오시면 친절하게 모시겠습니다!' 그러곤 안내판을 안쪽에서 눈높이에 붙였다. 그는 파이트하며 부인에게 가서 사다리와 페인트 붓과 앞치마를 돌려주고, 보티브 성당 화단에서 잽싸게 꺾은 밝은 노란색 꽃도 선물했다. 그리고 손에 묻은 페인트와 머리에 달라붙은 먼지를 씻어낸 뒤 향긋한 염석 비누 냄새를 풍기며 피곤한 몸으로 마침내 오토 트르스니에크의 안락의자에 털썩 주저앉았다. 한동안 그렇게 앉아 있으면서 엉덩이 밑에서 가죽이 삐거덕거리는 소리를 들은 프란츠는 네모 칸이 쳐진 예쁘고 커다란 종이를 서랍에서 꺼내와 편지를 쓰기 시작했다.

사랑하는 엄마,

엄마한테 처음 쓰는 편지예요. 사실 엄마한테만 처음 쓰는 게 아니라 제가 태어나서 처음 쓰는 편지예요. 엄마한테 쓰고 싶은 이야기들이 엽서 한 장에는 다 들어가지를 않아요. 그러면서도 사실 제가 정확히 무슨 이야기를 하고 싶은지 지금 잘 모르겠어요. 제가 늘 이런 식이라니까요. 요 근래 제 머리가 정상이 아니에요. 누가 커다란 두 손으로 제 머리를 잡고서 있는 대로 마구 흔드는 느낌이에요. 그래서 일단 순서대로 차분히 처음부터 이야기할게요. 이곳 빈은 아주 예뻐요. 긴 겨울이 지나고 사방팔방에서 봄이 기어 나왔어요. 곳곳에서 뭔가가 피어나고 있어요. 공원은 그림엽서에 있는 모습과 거의 똑같아요. 길바닥에 떨어진 말똥에서도 은방울꽃이 피어나요. 사람들은 완전히 미쳤어요. 머리가 없는 닭처럼 뛰어다니며 뭘 어쩌해야 하는지 몰라요. 제 생각엔 봄 때문에 그런 것만은 아니에요. 그건 무엇보다 정치 탓이에요. 지금 시대가 이상해요. 어쩌면 옛날부터 죽 이상했는데 제가 몰랐을 수도 있어요. 얼마 전까지만 해도 저는 어린아이였어요. 그렇다고 지금 어른이된 것도 아니에요. 모든 불행의 원인이 여기에 있어요. 여기까지가 첫째 문제이고, 이젠 다음 얘기를 할게요. 그 여자(엄마한테 전에 이야기한 적이 있어요!)와는 일단 끝났어요. 아니면 완전히 끝난 건지도 몰라요. 왜냐고 묻지 마세요. 그냥 그렇게 됐어요. 사랑은 제게 어울리지 않나 봐요. 어쩌면 제가 사랑에 어울리지 않는지도 모르죠. 저도 모르겠어요. 엄마는 혹시 아세요? 엄마는 제가 사랑하기에 적합하다고 생각하세요? 엄마는 사랑이 뭔지 아세요? 엄마는 사랑에 대해 뭔가를 아세요? 솔직히 말해, 엄마한테 이런 걸 물어본다는 게 정말 이상해요. 왠지 쑥스러워요. 하지만 멀리 떨어져 있으니 그럴 수 있는 거겠죠. 어쨌든 엄마가 무슨 말을 할지 궁금해요. 멀리 떨어져 있다는 이야기가 나와서 하는 말인데, 호수에 대해 꼭 적어 보내 주세요. 그림엽서가 예쁘기는 하지만, 그림은 그림일 뿐이

에요. 현혹되기 쉽죠. 여기 담배 가게의 잡지 표지에 실린 과
하게 꾸민 얼굴들처럼 말이에요. 그 얼굴이 저를 쳐다보면, 저
는 저 얼굴의 여자가 저를 개인적으로 쳐다본다고 믿지만, 사
실은 카메라를 바라보며 속으로는 육즙이 풍부한 쇠고기 굴
라시를 생각하고 있겠죠. 그 대가로 어마어마한 돈을 받고요.
그건 그렇고, 누가 제 머리를 흔든다고 한 말은 과장이 아니에
요. 제가 편지에 쓰려던 내용 중에 뭔가 핵심이 있었는데 지금
은 그걸 놓쳐버렸거나 흐트러진 것 같아요. 그래서 차라리 다
음 이야기로 넘어가는 게 낫겠어요. 교수님과 저는 그새 친구
가 되었어요. (믿으셔도 돼요!) 교수님이나 저나 둘 다 계속 일
을 하고 있지만, 될 수 있는 대로 많은 시간을 함께 보내고 있
어요. 벤치에 앉아 있다가 공원에 가서 아주 많은 이야기를 해
요. 그분은 시가를 피워요. 저는 안 피우고요. 제가 교수님에
게 이런저런 걸 물어보면 교수님은 또 거기에 이런저런 대답
을 해줘요. 가끔 둘 다 대답을 모를 때도 있지만, 상관없어요.
친구들끼리라도 아무것도 모를 수 있잖아요. 나이 차이가 나
지만 그건 아무 문제가 되지 않아요. 사람들이 우리를 쳐다보
면 욕을 할지도 몰라요. 할 테면 하라죠. 우리 둘은 아무 관심
없어요. 그런데 한편으로 교수님은 정말 나이가 아주 많아요.
교수님을 쳐다볼 때면 가끔 그런 생각이 들어요. 저분은 아주
오래전 먼 옛날 시대에서 우리 시대로 건너온 사람 같다고. 오
두막 뒤에 비틀린 채 호숫가 쪽으로 비스듬히 굽어 있는 오래

된 자두나무 같다고. 저는 그분이 유대인이라는 게 전혀 아무렇지도 않아요. 오토 트르스니에크 아저씨가 그 이야기를 해주지 않았다면 아마 저는 몰랐을 거예요. 어쨌든 사람들이 왜 전부 그렇게 유대인들을 두들겨 패는지 모르겠어요. 제가 볼 때는 아주 예의 바른 사람들이거든요. 하지만 사실은 조금 걱정이 돼요. 교수님뿐 아니라 모든 게요. 앞에서도 말했지만, 정말 시대가 이상해요. 그리고 지금 안타깝게도 별로 안 좋은 일이 하나 더 일어났어요. 오토 트르스니에크 아저씨가 병이 난 거예요. 심각하지는 않지만 어쨌든 그렇게 됐어요. 아마 간이나 신장이 안 좋은가 봐요. 아니면 다른 장기에 문제가 있든가요. 제가 보기엔 건강에 안 좋은 식사 때문이에요. 빈 음식은 우리 고향 음식보다 많이 기름져요. 그리고 다리가 하나밖에 없으면 크게 뛸 수가 없어요. 운동을 말씀드리는 거예요. 어쨌든 아저씨는 일단 며칠 집에서 쉬면서 경과를 봐야 해요. 엄마가 아저씨가 빨리 쾌차하길 바라신다고 전해드려도 괜찮죠?

사랑하는 엄마, 전 가끔 슬픈데, 어떤 때는 그 이유를 알고 어떤 때는 그 이유를 몰라요. 그 이유를 모를 때 훨씬 더 힘들어요. 때론 호수로 돌아가고 싶기도 해요. 물론 그게 그렇게 쉽지 않다는 건 알아요. 저는 벌써 많은 것을 보고, 냄새 맡고, 맛보았어요. 아직은 어디로 가야 할지 모르지만, 어떻게든 되겠죠. 그래서 이제 불평불만은 그만뒀어요. 오토 트르스니에크 아저씨가 안 계시니까 이제부터 당분간 담배 가게를 이끌어가는 책임은 제가 짊어지고 앞을 보며 가야 해요. 사랑하는 엄마, 그러니까 저를 자랑스럽게 생각하셔도 돼요!

프란츠 올림

가게는 완전히 문을 닫지는 않았지만 장사는 신통치 않았다. 유대인 손님들은 거의 전부 사라졌다. 얼마 전 사건 때문에 담배 가게를 바꿨는지도 모른다고 프란츠는 생각했다. 아니면 집에 조용히 들어앉아 당분간 독서와 흡연을 끊었을 수도 있었다. 노신사 뢰벤슈타인만 여느 때와 다름없이 가게에 들러 늘 피우는 '글로리에테' 한두 갑을 사 갔다. 잘 안 들리는 귀와 더 안 좋은 눈, 그리고 몸에서 서서히 퍼져가는 노쇠함 탓에 그는 도시에서 번져가는 사건들에 둔감해졌다. 언젠가 그 스스로 말했듯이 모세의 후예들에겐 전반적으로 우울할 수밖에 없는 사건들이었다. 그는 작은 소리로 킥킥 웃고 비틀거리며 문을 나섰다.

유대인이 아닌 손님들도 발길이 뜸해졌다. 앞으로 모든 게 어떻게 돌아갈지, 전반적인 상황이 어떻게 될지, 특히 '애정 잡지'라는 걸 유대인들에게 팔고 지금은 두메산골에서 온 어떤 희한한 소년이 운영하는 담배 가게의 운명이 어찌 될지 기다려 보려는 것인지도 몰랐다. 기다린다는 건 다 알다시피 현재의 갖가지 어려움을 무탈하게 비켜가는 최고의 방법이자 어쩌면 유일한 방법이니까.

몇몇 사람들은 여전히 가게에 들렀지만 모습이 달라졌다. 갈색 셔츠●를 입는 사람이 많아졌고, 하켄크로이츠 완장을 차거나 하다못해 작은 하켄크로이츠 배지를 옷깃에 단 사람도 있었다. 대부분의 사람들은 전보다 자주 이발소에 다니는 듯했다●●. 게다가 그들의 눈에서는 이상한 빛이 났다. 뭔가 확신을 가진 눈빛이거나 희망 또는 영감이 가득한 눈빛이었는데, 잘 생각해보면 바보스러운 눈빛이기도 했다. 프란츠는 그걸 정확히 구별할 수 없었지만, 여하튼 그 사람들은 눈빛을 반짝이며 크고 분명한 목소리로 이야기했다. 물건을 주문하고 판매할 때 늘 담배 가게의 어스름한 분위기에 맞춰 나지막하게 소곤대던 목소리는 활기차고 낭랑하게 울리는 소리로 바뀌었다. 이제 비로소 자신이 무엇을 진정으로 원하는지, 또는 전부터 무엇을 찾고 있었는지 아는 듯한 소리였다. 갈수록 "하일 히틀러!"를 외치고 팔을 높이 쳐들어 인사하는 사람이 늘어났다. 프란츠는 그게 좀 지나치다고 생각했지만, "고맙습니다. 저도 그래요!"라고 어정쩡하게 대답하는 데 익숙해졌다.

신문을 읽는 건 이제 완전히 포기하다시피 했다. 신문은 어차피 늘 반복되는 똑같은 내용들로만 채워졌다. 〈빈 삼림 소식〉을 읽으면 〈농업인 동맹〉의 내용도 알 수 있었고, 〈제국 신문〉을 읽으면 〈민중 신문〉은 읽지 않아도 되는 식이었다. 편집국 사람들

● 갈색은 나치당을 상징하는 색깔이다.
●● 수염을 기르는 유대인이 많아 그들과 동일시되지 않기 위한 대비책이다.

이 날마다 단 한 번 모여 대규모 회의를 열고, 그럴듯한 객관성을 유지하기 위해 최소한 표제만이라도 저희끼리 조율하고, 평소엔 완전히 똑같은 기사에 군데군데 다른 글을 끼워 넣는 것 같았다. 기사는 대부분 아돌프 히틀러에 관한 것이었다. 오버외스터라이히 출신의 키 작은 히틀러는 단시일 내에 자기 동포들의 머릿속에 들어가 자리를 잡았다. 그가 다시 빠른 시간 안에 거기에서 사라지기란 힘들어 보였다. 사람들은 모두 빳빳한 콧수염을 기른 이 대담무쌍한 남자에게 완전히 바보처럼 빠져 있었다. 그러나 프란츠는 하인치가 연기한 히틀러가 누가 봐도 낫다고 생각했다. 어쨌든 첫인상으로만 보면 무척 대담하고 카리스마도 넘쳐서 훨씬 특색 있는 제국 총통이었다. 프란츠는 이따금 바지 속에 칼을 품고 있던 므시외 드 카발레를 생각했다. 그러나 더 많이 생각한 건 아네스카였다. 프란츠는 그녀의 이름을 가끔 종이에 적었다. 오토 트르스니에크가 쓰던 가장 값비싼 잉크를 이용해 대문자로 아무 생각 없이 적었다. 마침 종이가 없을 때는 작은 글씨로 오래된 신문의 가장자리에 적었다. 가게 문을 닫고 조용한 시간이 되면 그는 아네스카의 이름을 왼손 손바닥에 적기 시작했다. 한 번 적고, 두 번 적고, 또 한 번 적고, 그렇게 계속 적었다. 손가락에도 일일이 다 적었다. 손가락 끝과 가장자리와 마디에 적고, 관절 주름에는 아주 작은 글씨로 끼적였으며, 손톱 가장자리에는 조금 더 작게 적었다. 손에 더는 빈 자리가 없으면 소매를 걸어 올리고 팔에 적었다. 손목에 아네스카,

팔뚝의 정맥과 털 사이에 아네스카, 팔꿈치에 아네스카, 위팔에 아네스카를 적었다. 어깨 주위에도 정신없이 구불구불한 큰 글씨로 아네스카를 적었다.

해가 환하게 비치는 4월의 어느 월요일 아침이었다. 지난 34년간 알저그룬트와 로사우 지역을 담당해온 집배원 헤리베르트 프륀드너가 담배 가게에 들어섰다. 고도 비만이라 숨을 심하게 헐떡거리던 그는 여느 때처럼 종소리가 멎을 때까지 기다렸다가 조금 불만스럽게 "하일 히틀러!" 하고 중얼거렸다. 그는 전단지 몇 장과 지역 월간지와 오타크링 체조연맹 제1회관의 개관식 초대장과 함께 달걀 껍데기처럼 누르스름한 봉투를 판매대에 휙 던졌다. 그리고 땀으로 축축한 관자놀이를 손가락 두 개로 톡톡 건드려 작별 인사를 한 뒤 숨을 헐떡이며 다시 나갔다. 프란츠는 가게 문을 잠그고 자신이 머무는 작은 방으로 들어가 침대 모서리에 앉아 봉투를 응시했다. 위쪽 오른편 귀퉁이에 자랑스러운 오스트리아 군 지휘관 라데츠키를 기리는 기념우표가 붙어 있고, 그 왼쪽에는 부드럽게 흘려 적은 어머니의 서명이 있었다. 프란츠는 초조함에 떨리는 손가락으로 봉투를 열고 읽기 시작했다.

사랑하는 프란츨,
편지 보내줘서 정말 고마웠다. 편지를 아주 훌륭하게 썼더구나. 그래서 무척 기뻤단다. 여기는 날이 따뜻해졌어. 샤프베르크 산이 다정하게 내려다보고 있고 호수는 그때그때 분위기에 따라 은빛이거나 파란빛이거나 초록빛이야. 사람들이 호숫가에 커다란 하켄크로이츠 깃발을 여러 개 꽂아놨어. 깃발이 호숫물에 반사되면서 아주 똑똑히 보이지. 사람들이 갑자기 모두들 빈틈이 없어지고 아주 엄숙한 얼굴을 하고 다닌단다. 한번 상상해보렴. 이젠 음식점과 학교에도 히틀러 사진이 걸려 있어. 예수상 바로 옆에. 그 두 사람이 서로 상대방을 어떻게 생각할지 전혀 모르면서 말이야. 프라이닝거의 멋진 차는 아쉽게도 몰수당했단다. 물건이 사라졌다가 어디 다른 데서 다시 나타나면 요샌 그렇게 부르지. 그래도 차가 아주 멀리 가지는 않았어. 시장이 타고 돌아다니거든. 시장은 나치가 된 뒤로 많은 걸 쉽게 얻더구나. 그래서 갑자기 너도나도 모두 나치가 되고 싶어 해. 산림관까지 선홍색 완장을 차고 숲을 돌아다니면서 자기가 왜 이젠 총을 쏠 수 없는지 궁금해한단다. 참, 이곳에 있는 증기 유람선 한네스라고 기억나니? 거기에 새로 칠을 하고 이름도 바꿨어. 그래서 이젠 빨아 먹는 사탕처럼 번들거리고 이름도 '귀향'이 됐어. 그런데 새 이름을 달고 처음 운항할 때 디젤 엔진이 폭발했어. 그 바람에 승객들을 노 젓는 낡은 배에 태워 호숫가로 대피시켰지. 아, 사랑하는 내 아들 프란츨, 앞으로 모든 게 어떻게 되어갈까? 프라이닝거는 죽었고, 너는 아주 멀리 있구나. 난 가끔 침대에 누워 베개에 얼굴을 묻고 엉엉 운단다. 내가 돌봐줄 사람이 아무도 없으니까. 나를 돌봐줄 사람도 없으니까. 하지만 즐거운 일도 있어. 알아맞혀보렴. 내가 일자리를 얻었어! '황금 레오폴트'에서 얼마 전 객실을 몇 개 새로 만들었는데, 거기에서 일주일에 세 번 청소를 하게 됐어. 보수는 많지 않지만 이따금 팁을 받아. 한번은 여관 주인이 노리고 있다가 나를 손님 침대에 내던졌어. 그래서 내가 그랬지. 린츠 출신의 친위대 중령 그랄라이트너가 내 친군데, 분명히 이런 걸 좋아하지 않을 거라고. 여관 주인은 겁을 집어먹더니 우습게도 무슨 오해가 있었다며 말을 더듬거리더구나. 그 후론 나를 괴롭히지 않았단다. 그랄라이트너 중령이 내가 지어낸 인물이라는 걸 그 사람이 알았다면 어찌 됐을까!

오토 트르스니에크가 병이 났다니 마음이 아프구나. 빨리 나았으면 좋겠다. 쾌차를 빈다는 내 위로의 말을 전해다오! 그 사람은 겉으로는 무뚝뚝하지만 안을 들여다보면 연약한 영혼을 가진 사람이야. 적어도 나는 그렇게 생각해. 다리 하나를 참호에서 잃어버렸다는 게 분명 감당하기 쉬운 일은 아니지. '누굴 위해 내가 다리를 잃어야 하나?' 이런 의문이 든다면 특히 더 그럴 테고. 그러니 영혼이 조금 불안정하더라도 이상할 게 없어. 안 그래?

솔직히 말하면, 나는 네가 프로이트 교수와 알고 지내는 걸 어떻게 받아들여야 할지 잘 모르겠다. 아주 잘된 일이라는 생각은 안 들어. 전에 네가 다른 남자애들과 어울려 다닐 때 그중 한 아이가 좋아 보이지 않으면 내가 금지할 수 있었지. 하지만 그런 세월은 다 지났어. 너도 이제 나이가 들었으니 무엇을 해야 하는지 잘 알 거야. 그래도 부디 명심하기 바란다. 유대인들이 아무리 예의 바르다고 해도, 그 사람들 주변에서 벌써 오래전에 예의 바름이 사라졌다면 그게 무슨 소용이 있겠니?

사랑하는 프란츨, 네가 그 여자와 당분간 끝났다고, 아니 영원히 끝났다고 한 말을 듣고 당연히 마음이 아팠단다. 다 알다시피 보헤미아 여자들은 음식 솜씨가 좋으니 더욱 그렇구나. 하지만 혹시 아니! 그게 더 잘된 일일지. 때론 하나를 떠나보내야 다른 하나가 들어올 수 있는 거야. 내가 사랑에 대해 뭔가를 아느냐고 물었지? 사실을 말하면, 난 하나도 몰라. 물론 사랑을 해보기는 했지. 사랑에 대해 뭔가 아는 사람은 없어. 그래도 대부분의 사람들은 사랑을 해봤잖아. 사랑은 왔다가 다시 가는 거야. 사랑을 해보기 전에는 그게 뭔지 모르고, 해본 뒤에도 뭔지 모르고, 사랑을 하는 도중에는 가장 모르는 거겠지. 그러니 하나만 말해두마. 사랑에 적합한 사람은 아무도 없어. 그럼에도, 아니 그렇기 때문에 사랑이 어느 때고 우리에게 닥쳐오는 거야!

네가 가끔 슬프다는 말을 들으니 가슴이 미어지는구나. 네게 무슨 말을 해주어야 할까? 인생에 있는 시간만큼이나 슬픔에도 많은 종류가 있지. 어쩌면 더 많을지 몰라. 이런저런 슬픔이 어디에서 왔는지 네가 알든 모르든 그건 중요하지 않아. 그건 우리 인생의 한 부분이야. 나는 동물들도 슬픔을 느낀다고 생각해. 어쩌면 나무들도 그럴 거야. 돌만 슬픔을 모르지. 돌은 그냥 여기저기 놓여서 아무것도 하지 않잖아. 하지만 누가 그렇게 되고 싶겠니?

사랑하는 프란츨, 식사는 잘하지? 넌 몸이 항상 가냘팠잖아! 네가 호수에 뛰어들 때면 네 모습이 보이질 않았어. 봄에 잡히는 어린 곤들매기처럼 가늘고 매끄럽고 하얬지. 그리고 이 얘기는 하지 말아야 한다는 걸 알지만 그래도 할게. 나는 가끔 네 물건이 들어 있는 상자를 열고 오래된 네 스웨터를 꺼내 얼굴에 대고 냄새를 맡는단다. 사람은 세월이 갈수록 점점 이상해지나 봐. 난 벌써 흰 머리가 났지만 적어도 엉덩이만큼은 아직 그런 대로 탄탄해. 여관 주인은 너무 불쾌하고 너무 마음에 안 들어. 그런데 새로 관광객들을 안내하게 된 한 남자가 요 며칠 내게 추파를 던졌어. 콧수염을 기르고 손이 큰 세련된 남자야. 앞으로 어떻게 될지 두고 봐야겠어. 이제 편지는 끝내고 여관에 가봐야겠다. 뮌헨에서 온 제복 입은 남자들이 여관에 묵으면서 시끄럽게 떠들고 세탁물을 아주 더럽혀 놓는구나. 네게 감자 파이를 해서 보내주고 싶지만 요즘 우편 사정이 어떤지 잘 모르겠다. 사랑하고 사랑하는 내 아들, 너는 언제나 내 가슴속에 있단다!

어머니가

프란츠는 미세한 홈이 파인 편지지를 손끝으로 만져보았다. 굵은 기포가 올라오듯 몸속에서 묘한 느낌이 솟아오르더니 척추를 따라 퍼지면서 목덜미를 거쳐 뒷머리로 미끄러져 들어간 뒤 거기에서 한동안 부드럽고 기분 좋게 떠돌았다. 어머니는 그림엽서를 보낼 때나 옛날에 부엌 식탁에 휘갈겨 쓴 메모를 남길 때 '엄마'라고 쓴 것과는 달리 이번에는 '어머니'라고 적었다. 어린아이에겐 엄마가 있고 어른에겐 어머니가 있다. 프란츠는 편지를 접고 거기에 코를 묻었다. 퀴퀴한 선창 판자와 바짝 마른 여름 갈대 냄새가 났다. 까맣게 탄 소고기 조각과 버터 지방을 녹인 냄새도 났다. 밀가루가 잔뜩 묻은 어머니의 앞치마 냄새가 났다.

그날 밤 프란츠는 돌아가신 아버지 꿈을 꾸었다. 아버지는 바트 고이제른 출신의 벌목꾼이었다. 프란츠가 태어나기 며칠 전 썩은 떡갈나무에 깔려 사망했기에 그는 아버지 얼굴을 보지 못했다. 아버지는 죽었을 때만큼이나 생전에도 거의 말수가 없었다고 했다. 꿈에서 프란츠는 아버지와 함께 한적한 들판 사이에 난 길을 따라 걸었다. 프란츠는 아직 어린아이였고 머리카락에 먼지를 뒤집어쓰고 있었다. 두 사람의 머리 위에서 태양이 작열했고 아버지는 자신의 그림자와 하나가 되었다. 아버지와 아들은 커다란 관청에 도착한 뒤 대리석으로 번쩍이는 로비로 들어섰다. 그곳 한가운데에 뚱뚱한 남자가 앉아 맹렬한 속도로 책상용 깔개에 도장을 찍고 있었다. 그 남자 앞에 금방 줄이 길게 늘어서면서 너도나도 도장을 받으려고 했다. 그러나 뚱뚱한 남자는 사람들이 간청하고 애원하는 소리를 들으려 하지 않았다. 그는 계속 책상용 깔개에 빠른 속도로 도장을 찍었다. 도장 찍는 소리가 실내에 대포 소리처럼 울려 퍼졌다. 그러는 동안 금빛 호른이 큰 소리로 쩌렁쩌렁 울리며 위대한 시대가 왔음을 알렸다. 아버지는 프란츠의 손을 잡고 사람들이 서 있는 줄로 밀고 들어가려 했다. 아버지는 겁이 났다. 손은 건조하고 나뭇조각처럼 거칠었다. 죄송합니다. 아버지는 자꾸 이렇게 말했다. 사람들이 아니라 그 자신에게 하는 말에 가까웠다. 죄송합니다, 죄송합니다, 죄송합니다. 바로 그거야! 뚱뚱한 우체국 직원이 의기양양하게 말하고 아버지 이마에 도장을 꾹 눌렀다. '미래'라는 낱말이 찍혔다. 글자 사이에서 가느다랗게 피가 흘러내렸다. 프란츠는 땀으로 범벅이 되고 심장 안쪽이 이상하게 흔들리면서 잠에서 깼다. 그는 반쯤 멍한 상태로 잠에서 비틀비틀 빠져 나오면서 꿈꾼 내용을 종이에 적었다.

아버지와 산책했다. 해가 쨍쨍 내리쬐었다. 아버지와 함께 커다란 관청에 들어갔는데 뚱뚱한 남자가 도장을 찍고 있었다. 아버지는 사람들을 밀고 들어가면서 사과했다. 금빛 호른이 요란하게 울렸다. 뚱뚱한 남자는 아버지 이마에 상처를 내며 '미래'라는 글자를 찍어주었다.

프란츠는 꿈 내용을 적은 종이를 오전 내내 앞쪽 판매대에 올려놓고 있었지만, 계속 쳐다보지 않으려고 노력했다. 그는 꿈속의 그 뚱뚱한 남자가 꽤 위풍당당한 풍채에도 불구하고 왠지 애처롭다는 생각이 들었다. 애처로워 보였고, 비현실적인 장엄한 분위기 속에서 조금 외로워 보이기까지 했다. 게다가 전혀 알지도 못하는 담배 가게 견습생의 꿈속에 갇혀 있는 모습이라니. 프란츠는 사람들의 머릿속을 들여다볼 수 있어야 한다고 생각했다. 하지만 잘 때 들여다보는 것만 의미 있었다. 낮에는 다른 사람들 머릿속에서 무슨 일이 일어나는지 사실 전혀 알고 싶지 않았다. 그런 평균적인 머릿속 내용에서는 어차피 크게 기대할 것도 없으니까. 하지만 밤이 되어 조용하고 어두운 시간이 찾아오면 상황은 달라진다고 생각했다. 그때가 되면 스스로 조심하려는 마음도 아무 쓸모가 없어지고, 모든 불안과 욕망과 망상이 머릿속에서 자유롭게 돌아다닐 것 같았다. 프란츠는 자신의 꿈이야기를 누군가에게 하고 싶었다. 아네스카에게 가장 하고 싶었고, 필요하다면 프로이트 교수나 오토 트르스니에크에게도 들려주고 싶었다. 하다못해 가게 손님 아무한테라도 얘기하고 싶었다. 그러나 정오가 지나서도 가게에 들어온 사람은 두 명뿐이었다. 한 명은 파이트하머 부인이었다. 그녀는 〈일러스트 주간 신문〉 최신 호를 사면서 이야기를 하던 중, 얼마 전 사망한 남편이 무덤에서조차 일을 똑바로 못 한다며 불만을 늘어놓았다. 무덤에 놓인 꽃이 제대로 피기도 전에 벌써 시들기 시작했다는 거였다. 다른 한 명은 어린 소녀였다. 소녀는 HB 연필이 있느냐고 묻고는 작은 손가락으로 동전을 하나씩 세어 프란츠의 손바닥에 얹었다. 꿈의 내용에 관한 한, 그는 두 사람에게서 무슨 깨우침이나 어떻게든 도움이 될 만한 것을 기대하기는 어려웠다. 그러나 중요한 건 꿈과 꿈에 담겨 있을 수 있는 의미 혹은 불합리에 대해 의견을 나누는 게 아닐지도 모른다는 생각이 들었다. 아무것도 기대하지 않고 꿈 내용을 전달하는 것, 실제로 영화관에서처럼 꿈을 머릿속에서 끄집어내어 바깥세상의 빈 스크린에 비추고 어쩌다 지나가는 사람 또는 일부러 다가오는 사람의 마음속에서 뭔가를 일깨우는 것, 조금 운이 좋으면 중요하고, 의미 있고, 영구적인 것을 일깨우는 것이 유일한 핵심이라고 생각했다. 프란츠는 숨을 무겁게 내쉬고 안락의자에 주저앉았다. 낯설고 어두운 생각의 통로를 더듬다 보니 진이 빠졌다. 그의 시선이 진열창을 지나 맞은편에 늘어선 건물에 가 닿았다. 건물의 창문 하나가 녹색 식물로 완전히 뒤덮이다시피 했다. 그 안쪽 어둑어둑한 곳에서 하얀 속옷을 입은 남자가 왔다 갔다 했다. 프란츠는 한숨을 쉬었다. 숲이 생각났다. 나무들이 조용히 살랑대는 소리와 새들이 지저귀는 소리도 기억났다. 새들은 어디서나 시끄럽게 지저귀면서도 그 지저귀는 소리가 숲속의 고요함을 해치지는 않는다는 생각이 들었다. 진열창 눈높이쯤에 초록빛이 도는 새똥이 달라붙어 있었다. 도시의 새들은 지저귀지 않고 꽥꽥 소리를 지른다고 생각한 프란츠는 기분이 언짢아졌다. 게다가 새들은 사람 모자와 유리창에 똥을 뿌리고, 죽을 때는 다락방 구석 아무 데나 누워 먼지를 뒤집어쓴 해골과 깃털 몇 개와 악취만 남 겼다. 프란츠는 아까보다 더 깊게 한숨을 쉬었다. 한숨을 쉬는 것 과 동시에 좋은 생각이 떠올랐다. 그는 서랍에서 접착테이프를 꺼내고 꿈 내용을 적은 종이를 가져와 위쪽 오른편 귀퉁이에 날 짜를 적었다. 그리고 거리로 나가 유리창에서 새똥이 묻은 곳을 종이로 덮어버렸다. 그는 한 걸음 뒤로 물러나 작은 꿈의 포스터 를 바라보다가 눈을 감고 봄기운이 완연한 빈의 공기를 깊게 들 이마셨다. 아주 짧은 순간 '미래'라는 낱말이 프라터의 네온사인 처럼 눈꺼풀 안쪽에서 밝은 분홍빛으로 번쩍였다. 그때 뒤에서 얼음덩어리를 실은 빈 제빙연합의 얼음 배달차가 덜거덕거리며 거리를 지나갔다. 프란츠는 다시 가게로 들어갔다.

트르스니에크 담배 가게 진열창에 붙은 신기한 종이쪽지에 처 음 관심을 보인 사람은 여성 연금 생활자 세 명이었다. 그들은 나 무뿌리를 깎아 만든 듯 주름진 얼굴을 될 수 있는 대로 종이에 가까이 갖다 댔다. 판매대가 드리운 그림자 속에 미동도 없이 앉 아 있던 프란츠는 세 여자가 눈을 가늘게 뜨다가 눈이 주름 속 으로 거의 사라지는 모습을 지켜보았다. 생기 없는 입술은 낱말 을 해독하느라 일제히 소리 없이 움직였다. 세 사람 중 말뜻을 조금이라도 이해한 사람은 하나도 없는 듯했다. 한동안 그들은 치아가 없는 입을 떡 벌리고 섰다가 총총걸음으로 떠났다. 다음엔 밝은색 외투를 입은 두 소녀가 진열창 앞에서 멈춰 섰다. 그들은 종이에 쓴 글을 읽은 뒤 양손을 작은 지붕처럼 만들어 눈 위에 갖다 대고 머리를 유리창에 붙인 채 가게 안을 들여다보았다. 그리고 프란츠를 발견하고는 킥킥 웃으며 달아났다. 프란츠가 유리창에 남은 소녀들의 입김 자국이 사라지는 걸 바라보는데, 벌써 다음 행인이 다가왔다. 얼굴은 기름으로 더러워지고 직접 말아 피우는 담배를 한쪽 입가에 삐딱하게 문 노동자였다. 그는 이마를 찡그리며 종이에 적힌 낱말들을 죽 훑어보고 잠깐 생각에 잠겼다가 담배 가게로 들어와 판매대 앞에 와서 섰다. 그는 저게 대체 뭐냐며 궁금해했다. 저 바깥에 있는 종이에 희한하게 낙서해놓은 저게 뭐냐고 물었다.

아무것도 아니에요. 프란츠가 대답했다. 그냥 별거 아니에요.

노동자는 정말 알다가도 모를 일이라고 했다. 갑자기 지루해지거나 지긋지긋해지거나 또는 둘 다라는 이유만으로 아무 뜻도 없는 낙서를 그냥 저렇게 진열창에 붙이지는 않을 거라고 했다.

그럴지도 모르죠. 프란츠가 말했다. 하지만 누구한텐 재미없거나 쓸모없는 것이 다른 누구한텐 중요한 것일 수 있어요.

노동자는 자신의 신발코를 바라보다가 말아 피우는 담배를 신중하게 다른 쪽 입가로 옮겼다. 젊은이는 나를 바보로 알아요? 노동자가 낮게 물었다. 무엇이 나한테 쓸모없고 무엇이 중요한지 스스로 판단도 못하는?

물론 그런 뜻으로 말한 건 전혀 아니에요. 프란츠가 진실에 가깝게 대답했다. 바보들은 요즘 다른 데 앉아 있거든요.

노동자는 그게 어디냐며 궁금해했다.

곳곳에 다 있어요. 프란츠가 말했다. 여기 담배 가게에만 없죠.

노동자는 고개를 끄덕이며, 그건 젊은 양반 말이 맞을 거라고 했다. 그래도 빌어먹을 저 종이쪽지가 대체 뭔지 좀 알고 싶다고 그는 말했다.

꿈이에요. 프란츠가 말했다. 그냥 꿈이에요.

말아 피우는 담배에서 떨어진 재가 천천히 회전하며 바닥으로 내려앉았다.

그게 전부라면 정말 쓸모없는 거로군. 노동자가 실망해서 말했다. 적어도 자신에게는 쓸모없는 거라고 했다.

제가 그렇다고 말씀드렸잖아요. 프란츠가 대답했다. 하지만 혹시 쓸모가 있는지 없는지는 앞으로 두고 보면 알겠죠. 진열창에 붙여둔 저런 낯선 꿈의 쪽지가 어느 날 우연히 지나가는 사람에게 뭔가 영향을 주거나 마음을 움직일 수도 있으니까요. 그건 모르는 일이잖아요.

그렇죠. 노동자는 피곤하게 한숨을 쉬며 말했다. 그건 정말 모르는 일이죠. 자 이제 그럼 '오리엔트' 담배 한 갑하고 성냥 두 갑하고 〈스포츠 신문〉 줄래요?

그야 물론이죠. 프란츠가 말했다. 담배 가게는 그러라고 있는 거니까요.

그때부터 프란츠는 날마다 새 쪽지를 문 옆에 붙였다. 매일 아침 가게 문을 열기도 전에 그는 잠옷 바람에 잠에서 깬 헝클어진 머리로 거리에 나가 방금 꿈꾼 내용을 밤새 차가워진 진열창에 붙였다. 역시나 주목하는 사람들이 없지 않았다. 인간의 호기심과 망각은 두려움보다 힘이 셌다. 얼마 전까지 '애정 잡지'를 유대인과 공산주의자에게 팔았던 담배 가게는 이제 희한하고 짤막한 이야기를 유리창에 붙여놓는 담배 가게가 되었다. 지나가다가 쪽지를 발견한 사람은 글을 읽으려고 멈춰 섰다. 대부분은 표정 없이 잠시 응시하다가 다시 떠났다. 말은 하지 않아도 혐오스럽다는 얼굴을 하고 분개하는 사람도 있었다. 고개를 저으며 출입문에 대고 몇 마디 욕설을 내뱉는 사람도 있었다. 가끔 쪽지를 읽으며 조금 사색에 잠겼다가 그 사색하는 표정 그대로 떠나는 모습도 프란츠는 심심치 않게 목격했다. 사람들이 읽은 쪽지에는 예를 들어 이런 게 있었다.

1938년 4월 9일

누가 노래를 부른다. 사랑에 관한 노래다. 그런데 선율이 떨린다. 누가 큰 소리로 웃다가 이내 보티브 성당에서 뛰어내린다. 하지만 땅바닥은 부드럽다. 꽃들이 갖가지 색깔로 피어 있다. 아무도 그 죽은 남자를 보지 못했다. 두루미 한 마리가 높이 날면서 하늘에 십자 성호를 긋는다.

이런 것도 있었다.

1938년 4월 12일

어머니와 함께 호숫가에 서 있다. 증기선이 우리 쪽으로 다가온다. 나는 겁이 났지만 어머니는 내 손을 잡고 말씀하셨다. "괜찮아. 너는 내 아들이야." 그러나 증기선은 계속 다가온다. 호수가 흔들린다. 어머니가 사라졌다. 증기선이 내 심장에 와서 박혔다.

이런 것도 있었다.

1938년 4월 15일

프라터에서 한 여자가 걸어간다. 여자는 대회전 관람차에 올라탄다. 사방에서 하켄크로이츠가 번쩍거린다. 여자가 점점 높이 올라간다. 갑자기 뿌리 쪽이 끊어지면서 관람차가 도시 위를 구르며 모든 걸 으스러뜨린다. 여자가 꽥 소리를 지른다. 그녀가 입고 있는 옷이 구름 조각처럼 가볍고 하얗다.

옷이 구름 조각 같다는 구절을 특히나 흥미롭게 읽은 사람은 미망인 하인츨 박사 박사였다. 맞은편 거리를 걷다가 가게가 있는 쪽으로 건너온 그녀는 이마를 찡그리고 진열창 앞에 오랫동안 서서 그 대목을 몇 번이나 반복해 읽었다. 뭔가 떠오르는 게 있는 눈치였는데 그게 뭔지 말하기는 어려운 듯했다. 그러나 아주 불쾌한 기억은 아닌 모양이었다. 고개를 조금 숙이고 슈바르츠슈파니어 가로 걸어갈 때 땅바닥을 보고 소리 내어 웃었으니까. 보석 조각이 떨어지듯 짧고 밝은 웃음이었다.

오토 트르스니에크가 끌려가고 일주일이 지난 뒤 프란츠는 처음으로 주인을 만나보려고, 아니, 일단 그가 있는 곳이라도 알아내려고 시도했다. 알저그룬트 경찰서의 공무원들은 친절했으나 첫째로는 그를 응대할 시간이 없었고 둘째로는 다른 문제를 처리해야 했다. 도심 경찰서의 창구에서 근무하는 직원은 훨씬 덜 친절했지만, 어쨌든 최근에 설치되어 그런 일을 담당하게 된 비밀국가경찰● 부서를 알려주었다. 프란츠는 모르친 광장을 향해 출발했다. 게슈타포가 그곳에 있는 예전의 메트로폴 호텔 건물을 본거지로 삼아 쓰고 있었다. 출입구에 굵은 대리석 기둥이 있는 호화로운 건물이었다. 출입구 앞에 높이 달린 하켄크로이츠 깃발 세 개가 부드러운 봄바람에 펄럭였다. 상층부를 보니 창문 안쪽이 분주했다. 제복 차림의 남자들과 회색 정장을 입은 여자들이 서류 뭉치를 팔로 안고 바쁘게 오가거나 잠시 멈춰 서서 몇 마디 말을 나누고, 고개를 끄덕이고, 웃고, 경례를 했다. 이따금

● 게하이메 슈타츠폴리차이(Geheime Staatspolizei) : 줄여서 '게슈타포'라고 부른다.

누가 모자를 벗어 창턱에 내려놓고 봄기운이 가득한 바깥으로
담배 연기를 내뿜으며 칼렌베르크 산이 있는 쪽을 바라보았다.
맨 아래층 창문만 어두웠다. 내부는 창살과 무거운 철제 셔터 안
쪽에 숨어 있어서 들여다보이지 않았다.

프란츠가 입구를 지나 로비로 들어서자 당장 파란 제복 차림
의 수위가 다가왔다. "젊으신 양반께 혹시 제가 도와드릴 일이
있을까요?"

"아마 그럴걸요!" 프란츠는 이렇게 말하고 잠시 자신의 목소리
가 넓은 로비에서 메아리치는 걸 들었다. "제 이름은 프란츠 후헬
이에요. 잘못한 게 없는데도 사람들이 데려간, 아니 체포한, 아
니 끌고 간 담배 판매인 오토 트르스니에크 씨를 찾고 있어요!"

"일단 이 건물엔 잘못한 게 없는 사람이 없어요." 수위는 이
렇게 말하고 입을 비죽거리며 억지로 미소를 지었다. "적어도 제
복을 입지 않은 사람 중에는 없어요. 젊으신 양반께선 신청서를
작성하셨나요?"

프란츠는 고개를 저었다. "사실 저는 뭘 제출하려는 게 아니에
요. 그냥 담배 판매인 오토 트르스니에크 씨를 원래 있던 곳으
로 데려가려는 거예요. 담배 가게로요!"

"신청서가 없으면 아무것도 알려드릴 수 없어요." 수위가 말
했다.

프란츠는 천장을 올려다보았다. 수많은 작은 유리 조각으로
장식된 거대한 샹들리에가 매달려 있었다. 잠시 그는 샹들리에

가 움직이기 시작하면서 아주 천천히 제자리에서 맴도는 느낌
이 들었다. 프란츠는 시선을 다시 아래로 내리고 말했다. "그러
면 다시 올게요!"

"뭐라고 하셨죠?" 수위가 물었다.

"그러면 제가 다시 온다고요. 내일이나 모레나 아니면 그다음
날에. 계속 올게요. 매일 같은 시간에. 그러니까 정오에 올 거예
요. 그리고 오토 트르스니에크 씨가 어디에 있는지, 어떻게 지내
는지, 언제 제가 다시 집으로 데려갈 수 있는지 누가 말해줄 때
까지 계속 올 거예요!"

프란츠는 자신이 말한 대로 했다. 매일 정확히 낮 12시가 되
면 그는 가게 문을 걸어 잠그고 일부러 베르크가세 앞으로 돌아
서 갔다. 그렇게 하면서 내심 2층 커튼 안쪽에서 프로이트 교수
의 구부정한 실루엣을 볼 수 있기를 바랐다. 그런 다음 프란츠
요제프 제방을 걷다가 예전의 메트로폴 호텔 건물쪽으로 건너
가 천장이 높은 로비로 씩씩하게 걸어 들어간 뒤 수위에게 다가
가 말했다. "안녕하세요? 담배 판매인 오토 트르스니에크 씨가
어디에 있는지 알고 싶어요!"

처음 며칠 수위는 그래도 프란츠를 응대해 주려고 애썼다. 공
무원으로서 모든 인내심을 발휘해 대답하고 갖가지 진정서, 당
국에 내는 신청서, 규격화된 서류 양식, 규정에 따른 업무 처리
등에 관해 이야기해 주었다. 그런데도 이 무례한 청년은 이런 설
명에는 계속 싹싹하게 고개를 끄덕이면서도 그 밖의 얘기에는 꽤

냉담하게 반응했다. 그는 15분가량 당나귀처럼 고집스럽게 서 있다가 공손하게 인사하고 돌아간 뒤 이튿날 정확히 12시 15분에 다시 같은 자리에 서서 문제의 담배 판매인에 대해 물어보았다. 그러자 수년간 공직 생활을 하며 힘겹게 갈고닦은 수위의 침착함이 흔들리기 시작하더니 결국 완전히 무너지고 말았다. 빛이 어른어른하는 어느 월요일 정오, 프란츠가 다시 수위 앞에 서서 말했다. "안녕하세요? 담배 판매인 오토 트르스니에크 씨가 있는 곳을 알고 싶어요!" 수위는 보일 듯 말 듯 어깨를 들썩이는 행동으로 대답을 대신했다. 그러곤 뒤쪽 벽에 달려 있는 검정색 전화의 수화기를 들고 두 자릿수 번호를 돌리더니 알아듣기 힘든 몇 마디 말을 수화기에 대고 중얼거렸다. 10초가량 침묵이 흐른 뒤 전화기 옆의 벽에 숨어 있던 문이 열리고 베이지색 리넨 정장을 입은 남자가 나왔다. 그가 프란츠에게 다가올 때 미소를 짓는가 싶었는데, 자세히 보니 그건 연노랑, 아니 흰색에 가까운 콧수염이 드리운 그림자였다. 그림자 미소로군. 프란츠가 이렇게 생각하는 순간, 남자가 벌써 옆으로 다가와 그의 머리카락을 확 잡아 젖히고 번개처럼 한쪽 팔을 잡아 등 뒤로 비튼 뒤 로비를 지나 밖으로 끌고 나갔다.

프란츠는 발꿈치가 도로 포석에 닿는 걸 느꼈다. 남자의 손이 나무집게처럼 그의 팔뚝을 꽉 움켜쥐었다. 프란츠는 구름이 조금 긴 하늘과 세 개의 하켄크로이츠 깃발을 올려다보았다. 곧 뭔가가 확 밀치면서 갑자기 팔이 자유로워지더니 다음 순간 얼굴이 바닥에 처박혔다. 프란츠는 비틀거리며 블랙홀 속으로 빠졌다. 이상한 소리가 들렸다. 뜨거운 불 속에 던져진 축축한 잔가지 같다고 생각한 그는 곧 아래로 가라앉았다. 잠시 후 다시 빛이 있는 곳으로 떠올랐을 때 그는 바로 앞에 있는 금발 남자의 구두를 보았다. 부드러운 가죽에 정교하게 바느질해서 만들고 반짝반짝 윤이 나도록 닦은 단화였다. 갈라진 곳도 없고, 얼룩도 없고, 먼지 한 톨도 없이 곱고 매끈하고 흠잡을 데 없는 가죽이었다. 프란츠는 고개를 들어 남자의 얼굴을 쳐다보았다. 정오의 하늘에서 내리비치는 역광을 받으며 아래에서 올려다보니 남자의 작은 콧수염이 마치 번들거리는 모피 같았다. 그 옆에 파란 모자를 쓴 수위의 머리가 나타났다.

"젊은 양반은 더는 여기 오지 않는 게 좋을 거요. 안 그러면 아마도……." 그는 수선스럽게 헛기침을 하고 보이지도 않는 티끌을 눈을 깜박거려 빼내면서 뜸을 들였다. "안 그러면 아마 메트로폴 호텔에 원하는 것보다 더 오래 손님으로 묵을 수도 있어요. 젊은 양반, 알아들었죠?" 프란츠는 고개를 끄덕였다. 수위는 양복 주머니에서 새하얀 손수건을 꺼내 조심스럽게 펴서 천막처럼 햇빛에 비춰보더니, 곱게 수놓은 가장자리와 말쑥하게 다림질한 주름을 약지 끝으로 만져보았다. 그러곤 몸을 굽혀 프란츠의 손가락 사이에 손수건을 끼워주며 말했다. "꼬마야, 얼굴에 흐르는 피 닦아. 그리고 집에 가."

두 남자가 다시 건물로 사라지고 나서야 프란츠는 손수건을 입에 대고 눌렀다. 천이 금방 선명한 피로 흠뻑 젖었다. 부풀어 오른 혀는 입안에서 얼얼한 이물질처럼 느껴졌다. 앞니 한 개가 흔들렸다. 프란츠는 손가락 끝으로 앞니를 조심조심 잡아서 당겨보았다. 휙 하면서 이가 빠졌다. 예쁘고 매끄러운 이였다. 뿌리만 뾰족하게 부러지고 피가 났다. 프란츠는 빠진 이를 침대 옆 탁자 서랍에 넣어둬야겠다고 생각했다. 어머니가 보낸 그림엽서와 편지 그리고 밤에 땅바닥으로 떨어졌던 작은 나방의 사체와 함께.

3주가 지난 1938년 5월 17일 아침, 여름이 찾아왔다. 기분 좋게 은은한 바람이 불어 밤새 서늘했던 기운을 길거리에서 몰아내고, 다시 도나우 강을 지나 저 멀리 슈베하르트 평원까지 쫓아버렸다. 도시 곳곳에서 사람들이 창문을 열고 이불과 베개를 털었다. 깃털이 하얀 꽃처럼 공중에 두둥실 떠다녔다. 교대 근무 노동자들과 가정주부들이 아침 일찍 빵집 앞에 줄을 섰다. 갓 구운 빵과 커피 냄새가 났다. 첫 전차가 끽 소리를 내며 차고에서 굼뜨게 기어 나왔다. 우유 마차의 조랑말이 도로 포석 여기저기 떨어뜨린 똥에서 김이 피어올랐다. 전통 시장 나슈마르크트에선 노점상들이 벌써 물건을 진열했고, 늙은 포드가체크 씨의 낡은 좌판 앞에서는 새벽같이 나온 연금 수령자들이 봉오리가 가장 큰 꽃양배추와 파삭파삭한 감자를 서로 차지하려고 싸웠다. 프라터 주도로에서는 전차 스포츠연맹 소속의 역도 선수들이 게르마니아 팀과의 큰 경기를 앞두고 마지막 야외 연습을 하기 위해 모여 있었다. 그들은 무기력하게 팔다리를 뻗고 당기다가 하품을 하며 밤나무를 올려다보았다. 거기에선 대회전 관람차의 객차들이 아침 햇살을 받아 반짝거렸다. 과거 메트로폴 호텔에서 세탁실로 사용했던 게슈타포 사무국 지하실에서는 유대인 사업가 열다섯 명이 옷을 다 벗고 두 손을 머리에 올린 채 개별 심문에 불려갈 준비를 하며 기다렸다. 그들이 벗어놓은 옷이 지하실 한가운데에 수북이 쌓여 있었다. 미국 무성 영화에 나온 코미디언의 모자처럼 구겨진 체크무늬 모자가 옷 더미 꼭대기에 놓여 있었다. 빈 서부역 2번 선로에선 정치범 452명이 특별 열차의 뒤쪽 차량에 비좁게 몰려 앉아 다하우 수용소로 떠나기를 기다렸다. 맞은편 승강장에서는 늙은 여자와 어린 남자아이가 벤치에 나란히 앉아 버터 바른 커다란 빵을 교대로 나눠 먹고 있었다. 그들 위쪽, 역 지붕 밑 어둑한 구석에 있던 제비 서너 마리가 잽싸게 밖으로 나와 휘텔도르프 쪽으로 사라졌다. 출발을 알리는 기적 소리가 날카롭게 울리고 열차가 움직이기 시작하자, 남자아이가 벤치에서 벌떡 일어나 손을 흔들고 웃으며 승강장을 따라 달렸다. 그 순간 희한한 일이 일어났다. 창가에 앉아 있던 정치범들이 모두 답례로 소년에게 손을 흔들어준 것이다. 소년은 승강장 끝까지 달려갔다가 멈춰 서서 손으로 눈 위에 차양을 만들었다. 아침 햇살 속으로 서서히 멀어져가는 열차는 멀리서 보아도 수많은 다리를 흔들며 기어가는 거대한 벌레 같았다.

얼추 비슷한 시각에 집배원 헤리베르트 프륀드너는 돌덩이처럼 무거운 우편 행낭을 짊어지고 베르크가세를 헐떡이며 올라갔다. 땀이 비 오듯 쏟아지고 배가 아팠다. 아침에 아내가 끓여준 커피 맛이 아직도 입안에서 느껴졌다. 퀴퀴하고 김빠지고 씁쓸하기까지 했다. 집배원의 인생이 다 이렇지. 적어도 아침 아홉시 전이라면. 헤리베르트 프륀드너는 침울해졌다. 나치가 중앙 우편국에까지 제집처럼 눌러앉은 뒤부터 빈 시민들은 꼭두새벽에 편지를 배달받았다. 그 때문에 헤리베르트 프륀드너는 다른 동료들처럼 한 시간 일찍 침대에서 일어나야 했다. 커피는 지난 33년간 집배원으로 일하며 마셨을 때보다 더 퀴퀴하고 김빠지고 씁쓸한 맛으로 여전히 위장에서 출렁대는 것 같았다. 생각해보니, 원래 지금쯤이면 호수나 웅덩이나 적어도 모기떼가 너무 들끓지 않는 비너발트 연못 아무 데나 앉아 부어오른 발을 물에 담그고 아무 생각 없이 있거나, 하다못해 도나우 강변에라도 누워 맥주를 세 조끼씩 마시며 세월이 느릿느릿 흘러가는 걸 바라볼 수 있는 시간이었다. 베르크가세 19번지 앞에서는 몇 주 전부터 계속 사복 차림의 남자 두 명이 서성거리고 있었다. 얼굴은 누리끼리하고 눈은 그늘진 것이 뭔가 의심스러웠다.

"하일 히틀러!" 집배원은 이렇게 중얼거리고 땀이 찬 손으로 열쇠 꾸러미를 더듬어 문을 열고 우편함으로 가려 했다. 두 남자는 이번에도 그를 불러 세웠다. 그들은 언제나 집배원을 불러 세웠다. 그리고 늘 우편 행낭에 무엇이 들었는지 알고 싶어 했다. 무엇보다 지그문트 프로이트 교수에게 온 편지를 매번 보여 달라고 했고, 편지 봉투를 빛에 비춰보고, 발신인이 누구인지 알아내고, 니코틴으로 노래진 손가락으로 더듬으며 내용물을 확인하려 했다. 그리고 언제나 편지를 한 통 또는 그 이상을 압수했다. 오늘은 두 통을 압수했다. 흘려 쓴 만년필 글씨체로 '존경하는 프로이트 교수님'에게 보낸 크고 무거운 봉투와, 모서리가 조금 뭉개진 연한 파란색 편지였다. 아마 영국에서 온 편지일 거라고 헤리베르트 프륀드너는 생각했다. 어쨌든 우표에 있는 그림을 보니 엄격하면서도 왠지 선량해 보이는 왕이 다스리는 나라에서 온 것 같았다. 그는 문을 열고 우편물을 재빨리 우편함에 넣은 뒤 말없이 고개를 끄덕이고 떠났다. 수상쩍은 편지들은 이미 사복 경관의 헐렁한 외투 주머니 속으로 사라진 뒤였다. 어쩌면 저 사람들의 행동이 옳을지도 몰라. 헤리베르트 프륀드너는 생각했다. 어쨌거나 그 프로이트라는 사람은 첫째로 교수였고, 둘째로는 유대인이야. 다 알다시피 교수나 유대인이 정확히 어떤 사람들인지는 아무도 모르는 거니까. 하지만 프로이트가 그 구역에서 최고의 우편 고객인 것만은 확실했다. 덕분에 베르크가세 19번지에 우편물을 넣고 나면 이번처럼 행낭이 한결 가벼워지면서 남은 배달 구간을 훨씬 편안하고 가볍게 다닐 수 있었다. 집배원 헤리베르트 프륀드너는 마침내 베링거 가로 꺾어 들어갔다. 저 앞에서 비쩍 마른 담배 가게 소년 프란츠 후헬이 청명한 아침 햇살을 받으며 밖으로 나오는 걸 본 순간, 그는 벌써 좋아

리가 기분 좋게 시원해지고 깃털처럼 가벼워지는 걸 느꼈다. 곧
교대 근무가 끝날 것임을 예고하는 느낌이었다.

프란츠는 어지럽고 심란한 꿈에 시달리며 밤새 몸을 뒤척였
다. 사람 말소리와 소음과 형상 들이 미친 듯이 뒤죽박죽이 된
꿈이었다. 잠에서 깨어난 건 구원이었다. 처음 눈을 껌벅이며 깼
을 때 기억은 이미 새벽녘의 안개처럼 사라지기 시작했지만, 그
는 그 혼란스러운 꿈을 적어도 몇 마디 글자로나마 종이에 적어
보려 애썼다. 얼마 후 눈은 여전히 흐릿한 채 가게 밖으로 나가
종이를 진열창에 붙였다. 통증이 잠깐 입안을 훑고 지나갔다. 게
슈타포를 마지막으로 찾아갔을 때 생긴 혀와 턱의 붓기는 며칠
지나지 않아 벌써 가라앉았다. 입안에 난 구멍에도 어느 정도 익
숙해졌다. 그는 이가 빠진 뒤 생긴 틈새가 내심 좋았다. 혀끝으
로 틈새를 쓸어보고, 바로 옆의 매끈한 치아 표면과 서서히 아
물어가는 부드럽고 따뜻한 잇몸 바닥을 더듬는 동안 그는 아네
스카와 그녀의 치아와 치아 틈새와 발그스름한 혀를 생각했다.

"하일 히틀러! 한 번 봐도 돼요?" 밑창이 부드러운 신발을 신
고 뒤에서 다가온 집배원은 허리를 굽히고 제법 흥미가 있는 척
하며 진열창에 가까이 다가가 종이를 읽었다.

1938년 5월 17일
전차가 찌르릉 울리며 숲을 달린다. 토끼의 두 눈이 검은 물
방울이다. 나무에 객차가 매달려 있고, 구름 위에는 하얀 공

포가 웅크리고 있다. 뭔가 내 뿌리를 갉아 먹는다. 혹시 타다 남은 불씨를 꺼야 했을까?

"아하." 집배원은 잠깐 굳었던 몸을 움직여 풀면서 말했다. "재미있군요. 특히 토끼가 나오는 대목이!"

"네." 프란츠가 말했다. "저한테 온 우편물이 있나요?"

"아 네, 그럼요." 집배원은 고개를 끄덕이고 그새 기분 좋게 헐렁해진 행낭에서 그날 배달할 마지막 소포를 꺼냈다. 갈색 포장지에 싸서 접착제로 깔끔하게 붙인 길쭉한 상자였다. "여기 있습니다. 게다가 오늘은 관청에서 보낸 소포네요!"

프란츠는 소포를 받아 들고 고맙다고 인사했다. 집배원은 호의와 친절을 표시하는 듯 짧게 끙 하는 소리와 함께 모자를 톡톡 건드리고는 오전에 마실 첫 맥주를 미리 즐겁게 상상하며 발걸음도 가볍게 마지막 100미터 구간을 향해 출발했다.

프란츠는 소포를 가지고 안으로 들어가 판매대 위에 올려놓고 작은 전등 불빛 아래에서 살펴보았다. '빈 9, 베링거 가, 트르스니에크 담배 가게 운영자 프란츠 후헬 귀하.' 그에게 직접 온 소포였다. 발신인 난에는 '빈 1, 모르친 광장 4, 보안경찰 감찰관'이라고 적히고 파란 관공서 직인이 찍혀 있었다. 순간 프란츠는 '운영자'라는 말이 가슴속에서 기분 좋게 따뜻한 자부심으로 번져 가는 것을 느꼈다. 그는 소포를 뜯고 상자를 열었다. 맨 위에 편지가 동봉되어 있었다. 타자기로 치고 역시 파란색 관공서 직인이 찍혔지만 서명은 알아보기 어려웠다.

빈 1, 보안경찰 감찰관... 1938년 5월 16일...

.... L VII — 75 / 39g ....

회신 시 상기 번호와 날짜를 적으시오.

수신 :

빈 9, 베링거 가

트르스니에크 담배 가게 운영자

프란츠 후헬 귀하

제목 : 개인 물품(귀중품) 반환

첨부 : 1

상기 건과 관련하여 귀하의 지인이며 담배 판매인인 오토 트르스니에크 씨가 사망하였음을 알려드립니다. 트르스니에크 씨는 5월 14일 새벽 빈 1, 모르친 광장 4번지 게슈타포 본부 건물 구내에서 특정할 수 없는 심장 질환으로 사망하였습니다. 시신은 빈 시당국에 의해 1938년 5월 15일 빈 중앙공동묘지, 제40묘역, 4열2에 매장되었습니다.

트르스니에크 씨는 금년 4월 감식 작업 후 다음과 같은 사유로 체포 및 기소되었습니다.

국가 전복 활동 협의

공공질서 및 안녕 위반

전복 행위 금지법 위반

당의 공식 직인 불법 소지

재산과 금융 자산(존재할 경우)의 압수 및 몰수에 관해서는 몇 주 내로 결정이 내려질 예정입니다. 그때까지 위 재산과 금융 자산에 대한 제3자의 모든 권리 및 권한 행사는 불법입니다. 이 기간 동안에는 임시 규정에 따라 프란츠 후헬 씨(1920년 8월 7일, 아터제 호수 근방 누스도르프 출생)에게 영업 유지에 필요한 조치를 취하고 트르스니에크 담배 가게를 잠정 운영할 수 있는 권한이 부여됩니다.

본청의 업무 이행을 위해 조사 중 남겨진 트르스니에크 씨의 개인 소지품을 반환합니다. 소지품 내용은 아래와 같습니다.

열쇠 꾸러미 1

지갑 1(비어 있음)

사진 1(신원 미상)

털 조끼 1

구두 1

바지 1(훼손됨)

사본   행정관 케른슈타이너 박사

B/MA/G   서명......................

프란츠는 편지를 현대 여성을 위한 잡지 더미에 올려놓고 물건들은 판매대 위에 펼쳤다. 가운데에는 구두를, 그 왼쪽에는 털조끼 보따리를, 책상 깔개의 맨 위 가장자리엔 열쇠 꾸러미를, 잉크병 옆에는 지갑을, 원뿔 모양으로 비추는 책상 조명 아래에는 사진을 놓았다. 사진 속 인물은 제복을 입은 젊은 오토 트르스니에크였다. 등을 벽돌담에 기대고 왼쪽 다리는 굽혀서 담에 대고 서 있었다. 어깨 옆에는 못인지 아니면 날림으로 쌓은 벽돌인지 있었는데, 거기에 모자가 걸려 있었다. 표정이 피곤해 보였다. 체중을 몽땅 벽에 실어버리려는 모습이었다. 눈은 카메라 옆을 살짝 지나 어디 먼 곳을 바라보고 있었다. 판매대 위에 놓인 물건들이 아름다워 보였다. 이런 건 그림으로 그려야 해. 아니면 조랑말 놀이장의 사진사를 데려오면 사진을 찍어주겠지. 그럼 작은 담배 가게 정물이 될 거야. 프란츠는 생각했다. 그는 깔끔하게 접혀 있는 바지를 들고 가슴께에서 훌훌 털어 펼친 뒤 진열창에 비춰보았다. 바지 아래를 잘라내고 남은 밑단이 역광을 받으며 달랑거렸다. 바지 천은 얇은 데다 실오라기까지 다 드러났다. 주인이 한동안 바지를 더 입었다면 그의 무릎은 곧 가느다란 격자 창문을 통해 바깥을 내다볼 수도 있었을 거다. 프란츠는 바지를 다시 판매대에 올려놓고 가게 문을 잠근 뒤 자신의 방으로 들어갔다. 방문을 닫고 잠시 어둠을 응시했다. 갑자기 두 다리가 꺾이면서 그는 침대 옆 바닥에 주저앉았다. 프란츠는 거기에 누워 눈물이 더는 나오지 않을 때까지 울었다.

프란츠는 가게 문을 닫기 직전에 일어나 다시 가게로 나왔다. 그는 오토 트르스니에크의 바지를 개어 들고 로스후버 정육점으로 건너갔다. 정육업자와 그의 아내는 판매대 안쪽에 서서 무거운 고기 조각과 비계 조각들을 기계에 넣고 갈고 있었다. 로스후버 부인이 한쪽에서 검붉은 빛, 노란 빛, 푸르스름한 빛이 나는 조각들을 채워 넣으면, 남편은 반대쪽에서 느릿느릿 쏟아져 나오는 분홍빛 벌레 같은 고기를 받아 덩어리 모양으로 만들어 납지에 쌌다. 그리고 고기를 주먹 크기로 떼어 양철판에 하나씩 철썩 소리가 나도록 나란히 내려놓았다. 문이 열리고 옆집 담배 가게 소년이 들어왔지만 두 사람은 고개도 들지 않고 더 열심히 기계 위로 몸을 굽혀 일했다. 그러나 프란츠가 냉장고 옆의 작은 회전문을 열고 인사도 없이, 묻지도 않고, 아니, 뭐라고 한마디 말도 없이 판매대 안쪽으로 들어오자, 부부는 놀라 멈칫하고는 자리에서 일어나 한 걸음 뒤로 물러난 뒤 피 묻은 팔을 피 묻은 앞치마 앞으로 가져가 팔짱을 꼈다.

　　"뭐야?" 정육업자는 이렇게 묻고 바닥 타일을 내려다보았다. 바닥에서는 피와 얼음물이 한데 만나 이상한 줄무늬를 만들었다. 프란츠는 양철판 위의 작은 비계 덩어리 옆에 바지를 올려놓고 말했다. "이건 오토 트르스니에크 씨의 바지예요. 그분은 돌아가셨어요."

　　로스후버는 얼굴이 사색이 되었다. 대리석 같아. 프란츠는 생각했다. 교회에 우두커니 서서 차가운 돌로 만든 눈으로 사람들을 바라보는 커다랗고 창백하고 뻣뻣한 대리석 성인들 같았다. 정육업자는 아이처럼 자그마한 입을 벌렸다. 치아가 좁고 색깔이 노랬다. 잇몸은 아직도 그의 뒤에 있는 기계에서 벌레처럼 기어 나오는 고기와 똑같이 분홍빛이었다. "그래서 그게 우리랑 무슨 상관이야?" 그가 물었다.

"당신들이 그분 담배 가게를 오물로 더럽혔어요." 프란츠가 말했다. "당신들이 그분을 모욕했어요. 그리고 당신들이 그분을 죽였어요!" 정육업자는 묵직한 머리를 쳐들고 말없이 프란츠의 이마를 노려보았다.

"이제 뭐라고 말 좀 해봐요!" 그의 아내는 이렇게 말하고 팔에 붙은 간 고기 몇 점을 신경질적으로 닦아냈다. 로스후버는 어깨를 들어 올렸다가 다시 내리고 거친 숨을 몰아쉬었다. 이어 앞치마를 잡아당겨 똑바로 하고 멍하니 앞을 보다가 다시 숨을 헐떡이고는 침묵했다.

"아마도 할 말이 없겠죠." 프란츠는 한 걸음 더 다가가 정육업자를 바라보았다. 저녁 비바람이 몰아친 뒤에 남은 마지막 구름 조각처럼 분홍빛 얼룩이 그의 대리석 뺨 위로 스치고 지나갔다. 입가엔 번들거리는 게거품이 묻어 있었다. 프란츠는 두 손을 들고 매끄러운 손등의 피부를 살펴보았다. "어머니가 항상 그러셨어요. 제 손이 아주 연약하다고. 여자애 손처럼 연약하고 하얗고 부드럽다고. 그런 말은 듣기 싫었는데, 지금은 어머니 말이 맞는 것 같아요……." 그는 다시 손을 내려뜨렸다. 그러더니 오른손을 쳐들어 정육업자의 얼굴을 철썩 소리가 나도록 후려갈겼다.

로스후버는 꼼짝도 하지 않았다. 미동도 하지 않고 소리도 내지 않았다. 그냥 그 자리에 서서 말없이, 심각하게, 조금도 움직이지 않고 프란츠를 똑바로 노려보았다. 입가에 생겼던 게거품이 터졌다. 뺨이 조금 불그스름했다. 광대뼈 아래에 기다란 손자국 두 개가 보였다.

"에두아르트!" 정육업자의 아내가 놀라 일그러진 얼굴로 가게 안의 서늘한 침묵을 깨며 말했다. "에두아르트, 뭐라도 좀 해봐요!"

그러나 정육업자는 아무것도 하지 않았다. 그는 프란츠가 오토 트르스니에크의 바지를 겨드랑이에 끼고 정육점을 떠난 지 한참이 지나서야 다시 몸을 움직였다. 그는 희미한 신음 소리를 길게 빼며 두 손을 아주 천천히 들어 올리고 거기에 얼굴을 묻었다.

사랑하는 엄마,

엄마에게 또 엽서를 보내고 싶었어요.(새 엽서가 몇 개 더 들어왔어요. 카를 성당, 제라늄, 글로리에테● 사진이 있는 인상적인 엽서들이에요.) 하지만 그림엽서에 써서는 안 되는, 봉투가 필

● 프로이센 전쟁에서 이긴 것을 기념하여 1775년 오스트리아의 마리아 테레지아 여제가 쇤브룬 궁전에 지은 전승 기념 석조 건물.

요한 글들이 있어요. 더 자세히 쓰기가 힘드니 그냥 이대로 적을게요. 어제 오토 트르스니에크 아저씨가 돌아가셨어요. 심장이 멈춘 거예요. 심장이 그의 평생에 걸쳐, 아니 이 시대와 함께, 다른 모든 것들과 함께 계속 뛰고 싶지 않았나 봐요. 아저씨는 아무것도 모른 채 아주 평온하게 잠을 자며 돌아가셨어요. 그분의 고향인 부르겐란트에서요. 사랑하는 엄마, 그러니 슬퍼하지 마세요. 아니, 슬퍼해주세요. 오토 트르스니에크 아저씨는 그럴 자격이 있으니까요. 그건 저보다 어차피 엄마가 더 잘 아시겠죠. 저는 당분간 여기에 계속 있을 생각이에요. 왜냐고요? 안 그러면 제가 무엇을 하겠어요? 게다가 담배 가게는 계속 운영해야 하니까요. 무슨 일이 있어도 계속 운영해야 돼요. 정말 할 일이 산더미 같아요. 주변의 모든 것들이 뭔가 급변하는 느낌이에요. 전부 산산조각 나지는 않았으면 좋겠어요. 변하지 않는 건 호수예요. 비쩍 마른 하켄크로이츠 깃대보다는 산과 구름이 더 오래도록 호수에 비칠 거예요. 제 말은 믿으셔도 돼요! 사랑하는 엄마, 이제 슬픈 편지는 끝내고 엄마를 꼬옥 안아드릴게요.

프란츠 올림

조용하고 광활하구나. 프란츠는 생각했다. 그는 칼렌베르크 산에 올라 슈테파니바르테 전망대 옆에 있는, 벼락을 맞아 까매진 나무줄기에 앉아 빈 시내를 내려다보았다. 조용하고 넓고, 청명하고 깊고, 안개 낀 듯 어렴풋하고 비밀스러웠다. 태양과 비와 도시와 호수와 산. 프란츠가 생각하기에 이 칼렌베르크 산은 산이 아니었다. 적어도 샤프베르크 산이나 호흘레켄코겔 산이나 휠렌게비르게 산처럼 진지하게 쳐줄 만한 산이 아니었다.● 잘츠카머구트 사람들은 칼렌베르크를 기껏해야 언덕으로나 여길 거라고 프란츠는 생각했다. 대수롭지 않은 구릉이나 언덕이거나, 또는 식물이 많지 않은 숲에 그저 흙이 쌓여 있는 커다란 덩어리에 불과했다. 그러나 프란츠가 보기에 빈 사람들의 생각은 다른 듯했다. 빈 사람들에게 칼렌베르크는 진짜 산일 뿐만 아니라 빈 근방 전역에서 가장 아름답고 가장 높은 산이며, 무엇보다 일요일과 휴일이면 자연에 굶주린 사람들이 앞다투어 찾아가는 곳이었다. 물론 지금과 같은 평일 초저녁에는 사람이 없었다. 조용한 곳을 물색하거나 살구버섯을 찾아 돌아다니다가 관목에 걸려 넘어지는 사람도 없었고, 데리고 온 닥스훈트와 아이를 부르거나 아니면 그냥 기분이 좋아져 소리 지르는 사람도 없었으며, 털 담요를 펴놓고 오후 늦게 간식을 먹고 거기다 미지근한 맥주까지 곁들이는 사람도 없었다. 프란츠는 혼자였다. 비록 칼렌베르크가 신이 진짜 산을 본떠 만들다가 망친 졸작일지언정 위에 올라와보면 그래도 아름다웠다. 여기서는 조용히 혼자 생각에

● 칼렌베르크 산은 484미터인 반면, 샤프베르크 산은 1,782미터, 호흘레켄코겔 산은 1,691미터, 휠렌게비르게 산은 1,800미터이다.

잠길 수 있었다. 태양과 숲 냄새가 났다. 평소에 늘 시끄러웠던 도시의 굉음은 뭔가가 들리긴 들리는 것 같다는 어렴풋한 추측이 되어 위로 올라왔다. 프란츠는 정육점에 잠깐 들른 뒤 다시 담배 가게로 돌아왔다. 그리고 어머니에게 평생 두 번째로 편지를 쓰고, 바지를 제외한 가게 주인의 유품을 말쑥하고 단정하게 커다란 담배 상자에 넣고, 쪽지에 '오토 트르스니에크 씨의 마지막 물건들'이라고 써서 상자에 붙여 판매대 밑에 넣었다. 프란츠는 계속 손님을 받고, 공책(40쪽과 20쪽짜리 공책, 무선과 유선 공책, 네모 칸 공책, 여백 있는 공책과 없는 공책) 납품서를 받고, 상자에 있는 고급 시가가 습기가 차지 않도록 뒤집어 놓았다. 무엇보다 그는 오랜만에 다시 신문을 읽었다. 전부는 아니지만 적어도 대부분의 신문을 읽었고, 처음부터 끝까지 읽지는 못했어도 대다수 중요한 부분은 다 읽었다. 저녁 여섯 시 정각엔 마지막으로 그날의 장부를 정리했다. 오토 트르스니에크의 만년필 뚜껑을 여는 순간 벌써 기분이 이상했다. 첫 숫자들을 장부에 적을 땐 한 번도 느껴보지 못한 낯설고 고통스러운 그리움이 엄습했다. 손이 심하게 떨리기 시작하면서 만년필 펜촉에서 굵은 잉크가 잇따라 세 방울 떨어져 정확히 잔고란 한가운데에 뾰족한 진파랑색 얼룩을 세 개 남겼다. 프란츠는 밖으로 나가고 싶었다. 야외로, 공기가 있는 곳으로, 숲으로, 산으로 가고 싶었다. 비록 그 산이 빈 변두리에 있는 흙더미에 지나지 않는다 하더라도 말이다. 그는 만년필 뚜껑을 다시 닫았다. 스펀지로 잉크 자국을 닦아낼 생각도 하지 않고 가게 문을 잠근 뒤 향기로운 바람을 맞으며 칼렌베르크 쪽으로 서둘러 걸어갔다.

그가 앉아 있는 나무줄기는 아직 햇볕을 받아 따스했다. 기분 좋게 곰팡이 냄새도 났다. 줄기 한 곳에서 빨간 무당벌레들이 서로 뒤엉켜 기어 나와 썩은 나무껍질 밑으로 살금살금 들어가더니 다시 나왔다가 또 사라졌다. 아무것도 모르는 사람은 걱정이 없겠구나. 프란츠는 생각했다. 그러나 힘겹게 지식을 습득하는 것도 어려운 일이지만, 한 번 습득한 지식을 잊어버리는 건 실제로 불가능하지는 않아도 훨씬 힘든 일이었다. 프란츠는 무당벌레 한 마리를 집게손가락에 기어오르게 했다. 무당벌레는 곧 손가락 끝에서 미친 듯이 뱅뱅 돌기 시작했다. 그는 무당벌레를 다시 나무껍질 위에 살그머니 내려놓고 무당벌레가 다른 벌레들이 우글거리는 곳으로 사라지는 모습을 바라보았다. 무당벌레의 등이 기사의 작은 방패 같았다. 작은 다리들은 칼렌베르크 산의 축축한 바닥을 기어 다니며 계속 새 낱말과 문장과 이야기를 씰룩거리며 지어내는 작은 글자 같았다. 프란츠는 그간 읽었던 신문과 머리기사가 생각났다. 많은 소란이 있었던 만큼 많은 고함 소리가 인쇄되어 나왔다. 그런데도 모든 게 정상이라고 신문은 말하는 듯했다. 근본적으로 모든 게 훌륭하고, 멋지고, 탁월하고, 정말이지 기막히게 환상적으로 돌아간다고 말이다! 얼마 전 역사가 쓰였다. 하지만 그렇지 않았던 적이 있었는가? 변혁이 일어났다. 하지만 그건 꼭 필요한 일이 아니었나? 공산주의자와 비타협

적 사상가들의 체제 전복적인 재산이 몰수되었다. 하지만 그건 아주 정당한 일 아니었나? 유대인 재산이 몰수되고 그들의 가게는 폐쇄된 후 착실한 시민들이 맡아 경영하고 있다. 하지만 그건 아름다운 우리 도시 빈과 신이 사랑하는 관대한 우리나라의 공공질서와 안녕의 유지를 위해 벌써 오래전에 취했어야 할 조치가 아니었나? 우리는 앞으로 나아간다! 뭔가가 일어난다! 사방에서 뭔가가 진행된다! '퇴폐 예술'이라는 제목의 전시회가 퀸스틀러하우스에서 열렸다! 충격적이다! 지도자가 이탈리아에 갔다! 지도자가 뮌헨에 갔다! 지도자가 잘츠부르크에 갔다! 지도자가 곳곳을 누빈다! 믿을 수 없다! 무솔리니가 연설한다! 괴벨스●가 뒤셀도르프에서 연설한다! 대단하다! 유대인들이 영국에 도전한다!●● 제국철도 사격클럽 경기가 빈의 카그란에서 열린다! 한 공산주의자가 자살했다! 또 한 명이 자살했다. 그리고 또 한 명이 자살했다. 그러나 존경하는 독자 여러분, 그건 어느 정도 자업자득 아닌가? 요즘 대형 꽃 전시회가 파보리텐 구역에서 열

● 요제프 괴벨스(Joseph Goebbels : 1897~1945) : 독일의 정치가. 나치 정권에서 선전상(宣傳相)으로 재직하며 보도 통제, 문화 통제, 조직적인 유대인 박해를 실행했다. 제2차 세계대전이 끝나기 직전에 자살했다.

●● 1923년 영국은 국제연맹의 결정에 따라 팔레스타인 위임 통치에 들어갔다. 초반에 영국은 이 지역에 유대인들이 들어오는 것을 허용했다. 그러나 그 수가 늘면서 기존 팔레스타인 사람들과 갈등이 늘어나자, 영국은 1930년대부터 유대인 이민을 금지했다. 이에 유대인들이 무장 민병대를 조직하여 영국령 팔레스타인 사람들 및 영국과 싸우기 시작했다.

리고 있다. 아이들과 참전 용사는 무료입장이다! 이런 행사가 과연 어디에 또 있단 말인가! 당국은 프라터에서 외국인 깡패들을 소탕했다! 오늘은 누구에게나 맥주가 공짜다! 내일은 대형 비행 쇼가 펼쳐진다! 모두 오라! 와서 구경하라! 가족과 함께 오라! 당신은 오늘 웃을 일이 있었는가? 아래 사진은 지도자가 난공불락의 벙커를 시찰하는 모습이다! 오스트마르크의 날씨는 바람이 불고 구름이 조금 끼겠다! 오늘 저녁 극장에서는 희극 '리자, 똑바로 처신해!'가 공연된다! 내일 영화관에서는 희극 '현명한 시어머니'가 상영된다! 세상이 바뀌었다! 모든 게 잘 돌아간다! 어제는 영화관에서 아이가 태어났다! 만세! 게슈타포는 근속 기념 축하 파티를 벌인다! 곧 어머니날이다! 곧 성탄절이다! 빈, 오직 빈, 너만이 내 꿈의 도시여야 한다!

　프란츠는 도시를 내려다보았다. 해가 낮게 걸려 있고 건물 지붕들이 반짝반짝 빛났다. 갈 곳을 잃은 햇살이 여기저기서 번쩍거렸다. 은빛 도나우 강이 주택들 사이를 돌아 흐르다가 저 멀리 어두운 목초지로 사라졌다. 거기 어딘가에 담배 가게가 있을 거다. 그 옆에 보티브 성당이 있고, 모르친 광장이 있고, 오페라 극장이 있다. 대회전 관람차가 돌아가는 프라터도 있다. 관람차 아래 그늘진 곳에서 이제 곧 쇼가 시작되겠지. 도마뱀 남자가 곧 문을 닫아걸 거다. 흉터가 있는 소녀는 맥주와 소주로 축축해진 테이블을 옷으로 한 번 더 쓸고 지나가면서 스포트라이트를 켤 거다. 므시외 드 카발레가 무대로 나와 농담을 하고 히틀러를 연기하겠지. 개가 등장하고 멋진 건축도 나올 거다. 인디언의 땅에서 온 수줍은 소녀 엔치나가 등장하겠지. 모든 게 예전과 똑같고, 모든 게 평소와 다름없다. 프란츠는 눈을 감았다. 오늘 같은 날에, 이런 시절에, 산 같지도 않은 산에 혼자 올라, 빨간 무당벌레 몇 마리를 옆에 두고, 발밑에서 미쳐 돌아가는 도시를 내려다보며 뭘 더 생각해야 한단 말인가? 뭐든지 생각할 수 있었다. 뭐든지 가능했다. 도로 바닥에서 불량배를 청소하고 쥐구멍에서 유대인 쥐새끼들을 쓸어버리는 사람, 하켄크로이츠 깃발을 호숫가에 꽂고 증기선을 '귀향'이라고 이름 짓는 사람, 담배 가게 주인을 때려죽이고 자식이 있는 어머니들을 흐트러진 침대에 던져 눕히는 사람, 낮에는 헬덴 광장에서 수많은 인파에 끼어 하늘로 손을 뻗다가 저녁에는 큰 소리로 포효하며 골목을 뛰어다니는 사람, 그런 사람이라면 대회전 관람차도 번쩍 들어 올리고 초록색 작은 '동굴'도 땅바닥에 짓이겨버릴 거다.

프란츠는 갑자기 왼손에서 통증을 느꼈다. 손가락과 손가락 끝과 모서리와 마디가 조금 찌르는 듯 얼얼했다. 발화점은 작은 곳에서 시작하여 갈수록 급격히 늘어나다가 타는 듯한 미세한 선으로 가지를 쳤다. 이젠 손목과 아래팔과 위팔을 지나 어깨까지 올라왔다. 만년필 펜촉으로 부드럽게 쓴 수백 개의 이름들이 밝게 타오르는 듯했다. 프란츠는 아네스카가 떠올랐다. 아네스카. 그는 달리기 시작했다. 절망적으로 비탈을 허둥지둥 내려갔다. 발밑의 바닥이 부드럽고 축축했다. 바위에는 검은 이끼가 무성했고, 위에 있는 나무 꼭대기에서는 살랑살랑 소리가 났다. 그는 있는 힘을 다해 빠르게 달렸다. 자신의 숨소리가 남이 헐떡이는 소리처럼 들렸다. 한순간 그는 얼굴과 가슴과 팔을 때리는 나뭇가지들이 현실인지 아니면 자신이 지금 꿈속에 있는 건지, 정신이 말짱한지 아니면 꿈을 꾸며 칼렌베르크의 가파른 비탈길을 날듯이 내려가는지 알 수 없었다.

한 시간이 지나 프란츠가 숨을 헐떡이며 진흙이 묻은 신발로 '동굴'에 들어섰을 때 쇼는 이미 끝나가고 있었다. 도마뱀은 앞으로 고개를 내밀어 입장료의 절반을 깎아주고 벽에 숨어 있는 문을 열어주었다. 엔치나는 벌써 춤을 끝내고 무대에서 퇴장한 게 분명했다. 맥주를 마셔서 칙칙해진 남자들의 눈에서는 엔치나가 지펴놓은 불꽃이 아직도 타올랐다. 머리가 벗겨지기 시작한 땅딸막한 남자가 스포트라이트를 받고 서 있었다. 그는 레몬 색깔의 양복을 입고 두 팔을 허공에 흔들면서 쉰 목소리의 가성으로 관객에게 얘기하고 있었다. 바 안쪽엔 흉터가 있는 소녀가 서 있었다. 얼굴이 촛불 빛을 받아 깜박깜박 빛났다. 뺨에 난 흉터는 마치 그려놓은 듯 날카롭고 어두웠다. 그녀는 잠깐 고개를 끄덕여 프란츠에게 인사했다. 뒤쪽에 놓인 테이블 한 곳에 검은 제복을 입은 남자 세 명이 앉아 있었다. 그중 얼굴 윤곽이 부드럽고 피부가 창백한 젊은 남자는 허리에 단도를 차고 있었다. 단도는 은색 해골 모형 사슬에 달려 있었다. 무대 위의 사회자가 재담을 늘어놓았다. 요즘 같은 때에 가사 문제에서 유대인 여자에게 뭘 기대할 수 있느냐고 그가 물었다. 누가 고함치며 대답하자 모두 크게 웃고 박수를 쳤다. 레몬 색깔의 남자는 놀란 표정을 지었다. 프란츠는 무대를 빙 돌아 그 뒤에 있는 문으로 사라졌다. 어두운 복도 끝에 문이 또 있었다. 문 아래 틈새로 길쭉한 빛이 어른어른 새어 나왔다. 프란츠가 문을 열자 경첩에서 약하게 삐걱 소리가 났다. 작은 방에 밝은 조명이 켜져 있었다. 땀과 화장품 냄새가 공중에 떠다녔다. 아네스카가 벽에 붙은 탁자에 앉아 화려한 꼬마전구들로 테두리를 장식한 거울을 보고 있었다. 무대 의상을 그대로 입고 있었다. 프란츠가 들어오는 순간 그녀의 머리에 꽂힌 깃털이 흔들렸다. "아, 꼬마야!" 그녀는 미소와 함께 이렇게 말하고 작은 스펀지로 뺨의 인디언 화장을 지웠다.

"아네스카." 프란츠가 말했다. 전에는 한 번도 불러본 적이 없는 것처럼 그녀의 이름이 이상하게도 낯설게 느껴졌다. "하인치는 어디 있어?"

그녀는 어깨를 들썩였다. "갔어. 게슈타포한테 끌려갔어."

"왜?"

"재담 때문에. 그리고 다른 이유도 있어."

프란츠는 거울에 비친 그녀의 모습을 응시했다. 거울 한쪽이 깨져 유리 조각이 빠져 있었다. 그 바람에 아네스카의 이마에 검게 패인 자국이 있는 것처럼 보였다.

"너 소포 받았어?" 프란츠가 나지막하게 물었다.

"무슨 소포?"

프란츠는 침을 삼켰다. "나도 몰라. 아무것도 아니야. 허튼소리를 했나봐……." 그새 아네스카는 얼굴의 색조 화장을 모두 지우고 검지 끝에 하얀 크림을 묻혀 이마와 뺨에 바르기 시작했다. 하얀색 때문에 아네스카의 얼굴이 가면을 쓴 것처럼 보였다. 프란츠는 누스도르프 예배당 제대 뒤에 걸려 있던 데스마스크가 생각났다. 마을의 어느 수호성인의 얼굴이었는데, 이름과 출신지 그리고 그 사람이 성인 명부에 올라간 이유는 몇 년 동안 잊힌 상태였다. 그 데스마스크는 보는 각도나 빛이 들어오는 방향에 따라 회중석을 다정하게 또는 교활하게 바라보았으며, 주일 미사가 진행되는 동안 아이들을 불안하게 만들었다. 사실 그 데스마스크를 좋아한 사람은 아무도 없었다. 하지만 지금까지 어느 신부님도 그걸 떼어내어 오래되어 좀이 쏜 낡은 기도서들과 함께 상자에 넣어 성당 지하실에 넣어둘 생각은 감히 하지 못했다. 어차피 뭐가 어찌 될지는 정확히 모르는 일이고, 조심해서 나쁠 건 없었다. 신의 뜻은 알 수 없는 것이니까.

아네스카는 그새 크림을 다 발랐다. 그녀는 머리핀 몇 개를 풀고 재빠른 동작으로 머리에서 가발을 당겨 벗어서 거울 옆에 있는 갈고리에 걸었다. 그리고 머리를 빗어 이마 뒤로 넘기고 발그레 빛나는 얼굴로 프란츠를 바라보았다.

"이빨이 어디로 간 거야?" 그녀가 물었다.

"모르겠어." 프란츠는 이렇게 대답하고 혀끝을 치아 틈새의 매끈한 잇몸에 대보았다. 아네스카는 머리빗을 내려놓고 일어나 프란츠에게 바짝 다가갔다. 그녀에게서 화장품 냄새, 속눈썹에 붙은 작은 목탄 입자 냄새, 살 냄새, 땀 냄새가 났다. 그리고 그녀의 숨결이 느껴졌다.

"입에 예쁜 구멍이 났구나! 이제 나랑 똑같네!" 그녀가 웃으며 말했다.

"응." 프란츠는 마른침을 삼켰다. 갑자기 몸에서 미세한 현기증이 퍼져가는 게 느껴졌다. 아마 '동굴'의 숨 막히는 공기 때문일 것이다. 아니면 너무 빨리 달려와서 그런 건지도 몰랐다. 프란츠는 한 걸음 앞으로 나갔다가 두 걸음 오른쪽으로 가서 잠시 벽을 응시했다. 이상하네. 이렇게 작은 방에서 길을 잃을 수 있다는 게. 프란츠는 생각했다. 회칠을 거칠게 해놓은 벽에 얼룩이 져 있었다. 벽 한 곳에 갈고리가 있고, 거기엔 올이 풀린 실이 걸려 있었는데 살짝 흔들렸다. 프란츠는 심장이 뛰는 걸 느꼈다. 가슴이 크고 따뜻하게 고동치고 있었다. 칼렌베르크 산비탈 어딘가에 또는 빈의 변두리 골목 어딘가에 떨어뜨리고 온 심장이 지금 그를 다시 따라잡은 것이다. 흔들리던 실이 멈췄다. 현기증도 지나갔다. 프란츠는 몸을 돌려 두 걸음 뒤에 있는 아네스카에게 다가가 한 손을 그녀의 뺨에 대고 아무 생각 없이 청산유수처럼 이야기하기 시작했다. "아네스카, 나도 잘 모르지만, 사람들이 전부 미쳤어. 지붕에서 스스로 뛰어내리고 오토 트르스니에크 씨를 죽였어. 지금 하인치에게 무슨 일이 벌어지고 있는지 누가 알겠어. 유대인들은 인도에 쭈그리고 앉아 바닥을 닦고 있어. 다음 차례는 헝가리 사람이나 부르겐란트 사람이나 보헤미아 사람이 겠지. 알게 뭐야. 하켄크로이츠를 머릿속에 새겨 넣지 않은 사람이 다음 차례야. 팔을 하늘로 높이 뻗지 않는 사람은 메트로폴 호텔에 방을 하나 잡아놓은 거야. 다시는 나갈 수 없는 방을. 빈에서는 댄스파티가 끝났어. 프라터에는 흑사병이 돌고 있고. 너 못 봤어? 그 사람들이 벌써 밖에 앉아 있어. 맥주를 마시며 다음번 담배 가게 판매인이나 유대인이나 재담꾼을 불에 던져버리려고 벼르고 있어. 아네스카, 네가 아직도 나를 원하는지 나는 잘 몰라. 내가 아직 너를 원하는지도 잘 몰라. 지금 그건 중요하지 않아. 밖에 친위대가 앉아서 박차 방울을 울리고 있어. 우린 멀리 떠날 수 있어. 우리 둘이 함께 말이야. 아무 데나 조용한 곳으로. 네가 원한다면 어두운 언덕 뒤쪽에 있는 보헤미아라도 좋아. 아니면 잘츠카머구트라도. 엄마도 분명 반대하지 않으실 거야. 내가 담배 가게를 열고, 우리 둘이 결혼하고, 그렇게 살 수 있잖아. 주님에겐 어차피 아무래도 괜찮을 거야. 그럼 너는……."

그 순간 문이 열리고 창백한 젊은 남자가 들어왔다. 그는 모자를 겨드랑이에 끼고 실내를 흥미로운 듯 둘러보았다. 단도가 달린 고리에서 해골 모형이 찰칵찰칵 소리를 냈다. 프란츠는 남자의 목덜미 근육이 팽팽해지는 걸 보았다. 금방 문이 또 열리고 검은 제복을 입은 남자들이 요란한 소리를 내며 더 들어오겠구나. 프란츠는 생각했다. 아니면 커다란 검은 새들처럼 소리 없이 살금살금 들어오든가. 프란츠는 그냥 이 분장실과 '동굴'에서 뛰쳐나가 왔던 길을 되짚어 칼렌베르크 산에 올라갔다가 맞은편으로 곧장 다시 내려가 계속 도나우 강을 따라 수원지까지, 아니 그 너머에까지 가고 싶었다. 하지만 이젠 불가능했다. 그는 지금 여기에 서 있었다. 아네스카도 여기에 서 있었다. 그게 전부였다. 프란츠는 크게 숨을 내쉬었다가 크게 들이마셨다. 그리고 한 걸음 앞으로 나가 팔짱을 끼고 말했다. "존경하는 선생님, 정중하게 말씀드릴게요. 선생님이 검은 제복을 입었든 파란색이나 노란색 제복을 입었든, 솔직히 저는 관심 없어요. 또 허리에 해골바가지를 찼든 자갈을 달고 있든 아니면 교활한 생각을 가지고 있든, 그것도 저하고는 아무 관계가 없어요. 하지만 여기에 있는 이 보헤미아 여자는 전혀 관계가 없지 않습니다. 이 여자는 예술가예요. 그 누구에게도 무슨 짓을 한 적이 없어요. 단지 제게 키스하고 저를 깨웠을 뿐이에요. 그래서 제가 개인적으로 보호해야 하는 사람입니다. 그러니 선생님, 선생님께 진심으로 솔직하게 간청하는데, 저희를 그냥 내버려두세요. 만약 그건 무슨 일이 있어도 절대로 안 된다면, 친위대 소위든 히틀러 소년단 지휘관이든 돌격대 지도자든 아니면 다른 어떤 지도자에게 임무를 마치고 반드시 뭔가를 가져가야 한다면, 제발 저를 데리고 가세요!"

젊은 남자는 눈을 찡그렸다. 기다란 속눈썹이 부드럽게 휘어져 있었다. 이마는 넓고 매끈하고 하얬다. 그는 아네스카를 바라보았다. 아네스카는 한숨을 쉬고 잠시 고민하는 것 같더니 이마로 헝클어져 내려온 머리카락을 입으로 불어 올리고 다시 한숨을 쉬었다. 그러곤 남자에게 다가가 두 팔로 그의 상체를 끌어안고 바짝 달라붙어 뺨을 그의 어깨에 댔다. 굵은 흰색 장식줄 두 가닥이 견장에 대롱대롱 매달려 있는 곳이었다.

"아, 그런 거였군." 잠시 후 프란츠가 말했다. 아네스카가 나른한 표정으로 눈을 깜박였다.

"응, 그런 거였어." 그녀가 대답했다. 프란츠는 천장을 올려다보았다. 한순간 저 위 판자 틈새로 삐져나와 있는 먼지 뭉치처럼 더럽고 비천한 생각이 스멀스멀 올라왔지만 다시 쫓아버렸다. 마음 같아서는 맨손으로 벽에 구멍을 내고 그곳으로 나가서 프라터의 몇 군데 골목을 지나 대회전 관람차가 있는 곳으로 가고 싶었다. 거기서 객차에 올라타 고통이 지나갈 때까지 계속 빙빙 돌고 싶었다. 아네스카가 분홍빛 집게손가락으로 견장의 장식줄을 뺨에 대고 장난을 쳤다. 젊은 남자는 그녀의 목덜미에 손을 올려놓고 머리카락 뿌리 부분을 쓰다듬기 시작했다.

"우린 어쩌면……." 프란츠는 말을 하다가 멈췄다.

"뭐?" 아네스카는 이렇게 묻고 목덜미에 와 있는 손에 자신의 손을 포갰다.

프란츠는 어깨를 들썩이고 말했다. "나도 몰라. 정말 모르겠어." 그리고 몸을 돌려 그곳을 나왔다.

프란츠가 테이블을 지나 서둘러 출구로 가는 동안 레몬색 옷을 입은 사회자는 막 우아하게 허리를 굽히고 땀에 젖은 대머리 위로 모자를 흔들었다. '동굴'에서 나와 좁은 판자 울타리 골목을 걸어 천천히 대회전 관람차 쪽으로 가는 중에도 뒤에서 희미한 박수 소리가 들렸다. 어렸을 때 자주 보았던 박쥐가 생각났다. 낮에는 거의 꿈쩍도 하지 않고 운터아흐의 석회 동굴 천장에 매달려 있던 박쥐들은 해가 지면 무슨 조용한 신호라도 받은 듯이 천장에서 내려와 거대하게 떼를 지어 야간 비행을 했다.

어느덧 나치는 빈 전역을 지배하고 그에 따라 당연히 빈 중앙우편국까지 완전히 장악했다. 그러나 모든 게 나빠지지는 않았어. 집배원 헤리베르트 프륀드너는 베르크가세에서 마지막 몇 미터를 터덜터덜 걸어 올라가며 생각했다. 오히려 좋아진 게 있는 것도 사실이잖아. 그런 건 솔직히 나치 덕분이라고 인정해야 해. 예를 들면 우표는 이제 우편 인지라는 말로 불렸다. 전보다 색이 화려해지고 독수리와 군중과 단치히 시 문장(紋章) 같은 그림을 넣어 뭔가 인상적으로 바뀌면서 전체적으로 예뻐졌잖아. 지도자의 모습을 넣은 우표도 나왔다. 독일 지상주의가 판을 친다고 해도 따지고 보면 지도자는 오스트리아 사람이야. 평범하지만 아름다운 브라우나우 암 인 출신의 오버외스터라이히 토박이야. 헤리베르트 프륀드너는 생각했다. 그러니 이 지역과 주민과 우편 고객들에게 무엇이 좋은지 잘 알 거야. 만일 자기가 무엇을 해야 하는지 모른다면 지도자가 되지 못하고, 기껏해야 브라우나우 암 인의 시장이나 지역 참사위원장이나 지역 회계 담당관이 되었을 테지. 몇 가지 일들이 의심스럽기는 해. 헤리베르트 프륀드너는 편지 봉투와 엽서가 베르크가세와 베링거 가가 만나는 모퉁이 건물의 양철 우편함 속으로 떨어질 때 나는 소리를 들으며 계속 생각했다. 예를 들어 최근에 자주 들었던 유대인들에 관한 이야기가 그랬다. 유대인을 집과 가게와 공직에서 몰아내고, 특히 모든 우체국에서까지 쫓아내고, 그것도 모자라 무릎 꿇고 인도를 왔다 갔다 하게 하는 건 사실 조금 비열한 짓 아닌가? 동료들 사이에서 입을 가리고 수군대는, 편지와 관련한 심상치 않은 사건도 있었다. 중앙우편국 건물에 있는 넓은 지하실에 관한 이야기였다. 눈부시게 밝은 그곳에서 수백 명의 남녀가 교대 근무를 하며 편지를 열어보고 내용에 따라 최종적으로 발송하거나 아니면 더 자세한 조사를 위해 상부로 올려 보낸다는 것이었다. 실제로도 요즘엔 거의 한 통 걸러 한 통꼴로 봉투가 길게 찢긴 편지를 배달해야 했는데, 어느 정도 존경할 만한 집배원들에게는 당연히 아주 치욕스런 일이었다. 특히 알저그룬트와 로사우 구역뿐 아니라 그 이외 지역에서도 가장 존경받는 집배원으로 알려진 헤리베르트 프륀드너로서는 더 말할 것도 없었다. 하지만 그 모든 게 나랑 무슨 상관인가. 집배원은 생각했다. 자신이 편지를 받지 않은 지는 벌써 오래됐고, 퇴직까지 얼마 남지 않은 기간에도 어떻게든 그는 숨을 헐떡이며 편지를 계속 배달할 터였다. 게다가 그는 유대인이 아니라 순수한 오버슈타이어마르크 태생이었기에 석기 시대까지 거슬러 올라가도 그의 가계도는 깨끗했다.

이런저런 잡다한 생각에 빠져 있던 헤리베르트 프륀드너는 마침내 베링거 가에 있는 작은 담배 가게 앞에 이르렀다. 그는 어느새 편안하게 헐렁해져 어깨에서 대롱거리는 우편 행낭을 뒤적여 〈알저그룬드 지역 소식〉 한 부와 화려한 색깔의 안내 책자 몇 개를 꺼냈다. 그리고 진열창에 붙은 오늘의 꿈 쪽지에 잠깐 눈길을 던진 후 문을 열고, 그의 입장에서는 상당히 쾌활하게 "하일 히틀러!"라고 중얼거리며 가게 안으로 들어갔다.

판매대 안쪽에 있는 프란츠가 회계 장부에서 고개를 들고 쳐다보았다. 벌써 밤을 새다시피 하고 아침까지 내내 씨름했던 장부였다. 그는 집배원에게 고개를 끄덕여 인사했다. "집배원 아저씨, 히틀러는 어디 다른 데 넣어두시는 게 좋겠어요. 그것만 뺀다면, 좋은 아침입니다!" 프란츠가 피곤한 표정으로 말했다.

헤리베르트 프륀드너는 아무것도 못 들은 척 요란하게 헛기침을 했다. 그는 어깨에 멘 가죽 행낭 끈을 가지고 삐거덕 소리를 내고는 잡지 진열대를 둘러보다가 하품을 하고 넥타이 매듭을 잡아당기더니 다시 헛기침을 했다.

"아마 분명히 들었을 거예요." 마침내 집배원이 입을 열고 판매대로 가까이 가서 몸을 굽혔다. "그 교수님과 꽤 잘 알고 지냈잖아요!"

"어느 교수님요?"

"그 멍청이들의 의사 말이에요."

"그럴 수도 있겠네요." 프란츠는 이렇게 말하고 관심 없는 척했다. 그러나 공무원이 자신과 교수의 관계를 이렇게 공적으로 평가했다는 것이 속으로는 조금 자랑스러웠다. 그는 작은 스펀지로 아주 꼼꼼하게 만년필 펜촉을 두드려 닦아냈다. "제가 정확히 무슨 얘기를 들었다는 거예요?"

"그러니까, 그 교수가 떠난다는 얘기요. 베르크가세를 떠난대요. 빈과 오스트리아를 떠난대요. 식구들을 다 데리고 집 세간과 이것저것 전부 다 가지고 간다네요!" 프란츠는 고개를 끄덕였다. 뭔가 좋지 않은 느낌이 목구멍으로 올라와 잠시 꽉 달라붙었다가 계속 위로 올라와 눈 뒤쪽 어딘가에서 퍼지면서 머리 전체를 가득 채우는 것 같았다. "그렇군요." 프란츠는 이렇게 말하고 방금 잉크로 칸에 적어 넣은 숫자들이 파란색으로 흐릿하게 뭉개지는 걸 바라보았다.

"네, 그렇다니까요." 집배원은 열심히 고개를 끄덕이고 덧붙였다. "왜냐하면 그 교수도 그런 사람이잖아요. 유대인 말이에요. 그 사람도 한편으로는 유대인의 입장에서, 다른 한편으로는 교수의 입장에서 생각한 거겠죠. 정말로 힘들어지기 전에 차라리 떠나겠다고!"

"아하." 프란츠가 말했다. "어디로 떠난대요?" 헤리베르트 프륀드너는 몸을 곧게 펴고 어깨를 들썩였다. "영국이라던데요. 거기로 가면 안전하겠죠. 게다가 거기엔 왕도 있고, 교수가 제공하는 아이디어에 돈을 내는 멍청이들도 많을 거예요."

"아하." 프란츠는 같은 말을 반복했다. "그럼 언제 떠난대요?"

"내일요." 집배원은 몸 앞쪽으로 쏠렸던 우편 행낭을 상체를 빙 돌려 등 뒤로 보냈다. "내일 오후 세 시래요!"

집배원이 담배 가게를 떠나고도 조금 시간이 지나서야 프란츠는 화끈거렸던 머리를 웬만큼 진정시키고 의미 있는 행동을 할 수 있게 되었다. 이젠 프로이트 교수도 떠난다. 모두 떠난다. 온 세계가 어디론가 떠나려고 준비하는 것 같았다. 정작 그 자신은 겨우 얼마 전에 이곳에 왔는데! 프란츠는 회계 장부와 필기구를 판매대 아래에 넣고, 안으로 들어가 얼굴에 찬물을 끼얹어 세수를 하고, 손가락으로 머리를 빗고, 다시 가게로 나와 오요 상자에서 특히 질 좋고 속이 꽉 차고 향이 좋은 시가를 세개 꺼내 〈농업인 동맹〉의 문화면으로 싸서 셔츠 속에 넣은 뒤 가게 문을 잠그고 멀지 않은 거리에 있는 베르크가세 19번지를 향해 출발했다.

사복 경관 두 명의 모습이 벌써 멀리서부터 보였다. 두 사람은 작은 벤치에 서로 바짝 붙어 앉아 있었다. 한 명은 고개를 뒤로 젖히고 지붕 홈통에 앉아 있는 비둘기를 관찰하는 듯했다. 다른 한 명은 몸을 조금 앞으로 기울이고 앉아 바닥을 응시했다. 아주 오래전부터 그렇게 엉덩이를 벤치에 단단히 붙이고 전혀 미동도 없이 앉아 있었던 것 같았다. 그러나 프란츠가 문 앞에 이르러 집게손가락을 교수의 진료실 초인종에 갖다 대는 순간 느닷없이 뒤에 두 경관이 서 있었다.

"어디에 가려고?" 두 사람 중 젊은 남자가 물었다.

"안에 들어가려고요." 프란츠가 대답했다.

"누구한테?"

"교수님한테요."

"뭣 때문에?"

"연극표를 갖다 드리려고요!"

"무슨 연극표?"

"부르크테아터 극장이죠, 당연히." 프란츠가 말했다. "무대 앞 일등석 1열 중간이에요. 실러 아니면 괴테의 작품일걸요. 어쨌든 진지한 연극이에요!"

나이 든 경관이 프란츠에게 한 걸음 다가갔다. 하지만 프란츠의 눈을 바라보지 않고 이마의 한 지점 또는 그 바로 위 어딘가를 응시하는 것 같았다. "오늘은 유대인을 위한 공연이 없어." 그가 말했다. "내일도 없어. 내일 모레는 더더욱 없지. 유대인을 위한 공연은 완전히 끝났어. 그러니까 갖고 온 연극표를 가지고 지금 당장 꺼져. 안 그러면 연극표를 네 엉덩이 깊숙이 집어넣어서 수의사도 못 찾게 만들 테니까!"

프란츠는 천천히 베르크가세를 걸어 내려왔다. 사복 경관들은 벤치로 돌아가 아까와 똑같은 자세를 취했다. 고개를 젖히고 비둘기를 바라보거나, 고개를 떨구고 도로 포석을 내려다보았다. 프란츠는 50미터가량 걸은 후 포르첼란가세로 꺾어 들어가서 멈쳤다. 셔츠 안에 있는 시가 꾸러미에서 바스락 소리가 났다. 오요의 향기는 신문지까지 뚫고 나왔다. 프란츠는 길모퉁이 주변을 조심스럽게 살폈다. 두 남자는 그대로 앉아 있었다. 우중충하게 미동도 없이 앉아 있는 모습이 마치 조각상 같았다. 맞은편 프로이트 교수 집의 출입문에서 겨우 몇 걸음 떨어진 곳에 석탄 가게가 있었다. 지하 석탄 창고로 통하는 나무 문이 열려 있었다. 길거리는 거의 차도 중간까지 석탄 먼지로 까맣게 덮여 있었다. 프란츠는 아네스카의 속눈썹을 떠올렸다. 검은색이었지. 그는 생각했다. 악마의 심장처럼 검었어. 점점 커지는 덜커덩 소리와 달그락거리는 무거운 말발굽 소리가 도나우 운하에서 온 맥주 운반 마차가 가까이 왔음을 알렸다. 마부가 혀를 차자 말들이 앞으로 나아갔다. 마차는 속도를 내고 힘차게 덜커덕거리며 베르크가세를 올라갔다. 큰 맥주 통 여덟 개를 싣고, 적재함에 앉아 다리를 대롱거리는 견습생 두 명을 태운 커다란 마차였다. 마차가 자신과 두 사복 경관 사이를 지나갈 때 프란츠는 냅다 달렸다. 몸을 굽히고 어깨 높이만 한 바퀴를 따라 빠르게 걷다가 석탄 가게가 있는 곳에서 급하게 방향을 꺾어 세 걸음 만에 시커먼 지하 석탄 창고 앞에 이르렀다. 그는 두 손으로 문틀을 잡고 석탄 창고 안으로 훌쩍 뛰어내렸다. 엉덩이로 잠깐 석탄 미끄럼을 타다가 조그맣게 찰싹 소리를 내며 석탄 더미 위에 내려앉아 주위를 둘러보았다. 사방이 석탄이었다. 삽으로 퍼서 쌓아놓고, 자루에 담아놓고, 조개탄을 쌓아 반짝이는 검은 벽을 만들어놓았다. 떨어져 나온 석탄 덩어리들이 바닥 곳곳에 널려 있었다. 뒷벽에 난 작은 창문 밑에 지저분한 책상이 있었고, 그 앞엔 석탄 자루 세 개를 포개놓아 사람이 앉을 수 있게 되어 있었다. 프란츠는 책상 위로 올라가 고개를 밖으로 내밀고 인적이 없는 안뜰을 내다보았다. 높은 회색 담이 보였다. 한가운데엔 오래된 밤나무가 서 있었다. 여기저기 창문이 열려 있고 제라늄 몇 송이가 짓이겨져 있었다. 축축한 석회 냄새, 양배추 삶는 냄새, 공동 화장실 냄새가 났다. 프란츠는 몸을 위로 끌어올려 밖으로 기어 나갔다. 안뜰의 야트막한 문을 지나니 19번지의 계단실이었다. 그는 2층으로 올라간 뒤 잠시 멈춰 서서 고동치는 맥박을 진정시켰다. 그리고 초인종을 눌렀다. 아주 오랜 시간이 지난 후, 정확히 말하면 심장이 마흔일곱 번 뛴 후 문이 열리고 안나의 가름한 얼굴이 문틈에 나타났다.

"안녕하세요. 괜찮으시다면, 아버님을 만나 뵙고 싶습니다!" 프란츠가 말했다.

"아버지는 이제 진료를 안 하셔." 목소리가 밝고 부드러웠다. 눈은 프로이트 교수처럼 갈색이었지만 조금 더 어둡고 차분했다.

"저는 진찰받으려고 온 게 아니에요." 프란츠는 이렇게 말하고 공격적으로 턱을 내밀었다. "그러니까 말하자면 잘 아는 사람이라 찾아온 거예요!"

안나 프로이트는 왼쪽 눈썹을 추켜올렸다. 프란츠는 이런 묘기를 부리는 사람이 늘 감탄스러웠다. 프란츠의 기억에 누스도르프에 이런 걸 할 줄 아는 사람은 두 명뿐이었다. 옛날 초등학교 선생님인 랑겔마이어와 어머니였다. 그 자신은 몇 년 동안 집에서 작은 거울을 앞에 놓고 또는 호숫가에서 물 위에 몸을 숙이고 연습했지만, 근본적으로 이마만 이상하게 일그러질 뿐 전혀 성공하지 못했다. 안나가 안전 고리를 풀고 문을 열었다. 그녀는 거의 바닥까지 닿는 꽤 낡은 털 가운을 입고 목까지 단추를 채우고 있었다. 아침저녁으로 입는 일종의 실내복이었다. 발은 맨발이었다.

"들어와!" 그녀는 이렇게 말하고 앞장서서 걸었다. 두 사람은 대기실과 황량한 작은 방을 지나 또 다른 방으로 들어갔다. 안나가 그곳에 딱 하나 있는 가구를 열었다. 거의 천장까지 닿는 장롱 안에는 깔끔하게 다림질해놓은 바지가 스무 벌 정도 나란히 걸려 있었다. 안나는 그중 하나를 꺼냈다. 아랫단을 높게 접어 올린 황토색 바지였다.

"이거 입어!"

프란츠는 그제야 비로소 자신이 얼마나 지저분한지를 깨달았다. 지하실로 미끄러져 내려올 때 바지에 검은 물이 든 데다가 걸을 때마다 몸에서 작은 석탄 먼지가 떨어져 나왔다. 안나는 창문 쪽으로 몸을 돌리고 서서 팔짱을 끼고 고개를 조금 숙였다. 유리창에 비친 그녀의 모습을 보니 눈을 감고 있었다. 프란츠는 입고 있던 바지를 조심스럽게 벗고 안나의 바지를 입었다. 여자 바지라 엉덩이 부분이 조금 헐렁하고 종아리 쪽은 조금 끼었다.

전체적으로 조금 짧았지만 입을 만했다. 옷을 다 입자 안나는 다시 몸을 돌리고 고개를 끄덕였다.

군데군데 상자를 쌓아 벽에 붙여놓았을 뿐 거의 비어 있다시피 한 방을 몇 개 지나 프로이트 교수의 진찰실 앞에 다다랐다. 안나가 손가락 끝으로 세 번 가볍게 문을 두드린 후 조심스럽게 문을 열고 프란츠에게 들어가라는 신호로 짧게 고갯짓을 했다.

몇 개만 남겨두고 가구를 다 들어낸 방에서 프로이트 교수를 발견하기까지는 몇 초가 걸렸다. 교수는 볼품없는 카우치에 누워 있었다. 머리는 두툼한 쿠션들을 쌓아서 받치고, 몸의 나머지 부분은 무거운 털 담요 속에 들어가 있었다. 방에는 카우치 외에 커다란 타일 벽난로 그리고 인체 모형이나 동물 얼굴 같은 특이한 작은 조각상으로 가득한 유리 진열장이 있을 뿐이었다.

"여기엔 무슨 일로 왔니?" 교수의 목소리는 썩은 나뭇가지가 부러질 듯 삐걱거리는 소리로 완전히 변해버렸다. 살이 빠진 것 같았다. 쿠션을 베고 있는 머리는 프란츠가 기억하는 것보다 훨씬 연약했다. 턱은 왠지 한쪽으로 밀려 내려간 듯한 모습이었는데, 계속 움직이고 있었다. 프란츠는 널마루 바닥을 조심스럽게 걸어서 카우치로 다가갔다.

"교수님, 편찮으세요?" 프란츠가 나지막이 물었다. 소리가 하도 작아 잠시 프란츠도 자신의 말을 가까스로 알아들었다고 생각했다.

"사십여 년을 주욱." 프로이트가 고개를 끄덕이며 말했다. "이제는 뜨거운 물병을 카우치 위에 올려놓고 시간을 보내고 있구나. 원래 남들을 위해 써야 할 시간인데. 그건 그렇고, 너한테 어디 앉으라고 하고 싶지만, 안락의자를 배에 실어 보냈든가 아니면 벌써 어떤 건장한 나치의 엉덩이가 깔고 앉아 있을 거야!"

"저는 서 있는 게 좋아요, 교수님!" 프란츠가 냉큼 말했다. "교수님, 여기서 떠나신다고요?"

"응." 프로이트는 신음하듯 말한 뒤 담요 속에 있는 무릎을 당겨 뾰족한 삼각형으로 만들었다.

"어디로 가세요?"

"런던." 교수는 코에 얹힌 안경을 바로잡았다. "그런데 너는 왜 안나 바지를 입고 있니?"

"따님이 친절하게도……. 제가……. 제가 안뜰로 들어왔어요……. 석탄 창고를 통해서요……. 밖에 게슈타포가 앉아 있어서……."

"게슈타포……." 교수는 프란츠의 말을 되풀이했다. 그 소리가 마치 입에서 돌덩이가 떨어져 나오는 것처럼 들렸다.

바로 그 순간 두 사람의 시선이 거의 동시에 위를 향했다. 카우치 바로 위 천장에서 장님거미가 몸을 떨며 기어가고 있었다. 거미는 크게 반원을 그리며 구석으로 경중경중 뛰어갔다가 멈춰서서 몸을 조금 까닥거리더니 더는 움직이지 않았다.

"교수님께 드리려고 뭘 좀 가져왔어요!" 프란츠가 말했다. 그는 셔츠 안에서 꾸러미를 잡아 뺀 뒤 신문지 문화면에서 조심스럽게 시가 세 개를 꺼내 교수에게 권했다. 프로이트의 얼굴이 환해졌다. 그는 뜻밖에도 담요를 힘차게 휙 젖히고 일어나 앉았다. 프란츠는 교수가 양복 차림인 걸 이제야 알아차렸다. 흠잡을 데 없이 깔끔한 회색 플란넬 싱글 슈트에 조끼까지 갖춰 입은 모습이었다. 셔츠 깃에는 풀을 먹였고 넥타이 매듭도 단정했다. 그러나 신발은 신지 않았다. 프로이트의 발은 아이의 발처럼 작고 좁았다. 검푸른 양말을 신고 있었는데, 오른쪽 양말은 엄지발가락 바깥 가장자리 부분을 이미 몇 차례 꿰맸던 게 분명했다.

"하나는 지금, 하나는 여행 중에, 하나는 영국에서 피우시면 좋겠다고 생각했어요." 프란츠가 말했다.

프로이트는 고개를 가볍게 좌우로 흔들며 시가 세 개를 바라보다가 그중 하나를 손끝으로 잡아 재킷 주머니에 넣었다.

"이건 영국에서 피워야지!" 프로이트가 말했다. "자유를 누리며 처음 맛보는 시가!"

그는 나머지 두 개를 집어 창문으로 들어오는 빛에 비춰본 후 조심조심 만져보다가 숨을 크게 들이마시고 열정적으로 그르렁거리는 소리를 내며 쥐어짜듯 말했다. "너는 이토록 아름답고, 이토록 멋지고, 이토록 불완전하면서도 완벽한 걸 입에 물어본 적이 있니?" 프란츠는 전에 다른 남자애들과 함께 관목에서 잡아 뜯어 주머니칼로 손가락 길이만큼 잘라 둑에 누워 피웠던 덩굴 식물이 생각났다. 맛은 끔찍했다. 나무처럼 쓴맛이 났지만 아무도 내색하지 않았다. 모두 말없이 창백한 얼굴로 하늘을 향해 연기를 뿜어 올리면서 자꾸 기침이 나오려는 걸 애써 참았다. 가끔 누가 갈대숲으로 들어가 키 큰 갈대 줄기 사이에서 몸을 숙이고 물에 토했다. 그러면 곧 은빛 곤들매기들이 입에서 나온 부스러기를 먹겠다고 서로 싸웠다.

"아니요. 아직 없어요, 교수님."

늙은 프로이트는 턱을 움직여 삐딱한 미소를 지었다. "젊은 친구, 그럼 지금이 해볼 때지!"

교수가 고갯짓을 하자 프란츠는 머뭇거리며 유리 진열장으로 가서 재떨이를 꺼냈다. 머리가 없는 테라코타 기마병과 작지만 곧추선 대리석 남근 모형이 양 측면을 장식한 무거운 크리스털 유리 재떨이였다. "자신 없어요, 교수님. 아직 피워본 적이 없거든요."

"세상은 시도하는 가운데 새로 탄생하는 거란다." 프로이트가 쾌활하게 말했다. "더구나 난 이별하면서 혼자 피우고 싶지 않아."

"앉아라!" 프로이트는 이렇게 덧붙이고 다시 그르렁대며 숨을 들이마신 뒤 왼손으로 옆에 있는 쿠션을 쓰다듬었다.

"카우치에요?"

"카우치에!"

프란츠는 조심스럽게 앉았다. 카우치가 의외로 딱딱했다. 환자들이 그 위에 누워 보낸 시간들도 그랬겠지. 프란츠는 생각했다. 그래도 완전히 불편하지는 않았다. 옆에서 교수가 몸을 움직일 때마다 프란츠는 곧바로 그걸 느꼈다. 이제 자신은 신체적으로도 프로이트 교수와 하나로 이어진 것 같은 생각이 들었다.

처음 몇 모금은 서로 아무 말도 하지 않고 피웠다. 천장에 붙어 있는 장님거미가 다시 움직이기 시작했다. 구석에서 몇 걸음 살금살금 기어 나왔다가 금방 제자리로 돌아가더니 몸이 완전히 굳어버린 듯 꼼짝도 하지 않았다.

첫 모금을 빨아들일 때 프란츠는 심한 기침이 나오려는 걸 참았다. 두 번째 모금에서는 토할 것 같았고, 지금 세 번째에서는 잠시 현기증이 났다. 천천히 앞으로 널마루 바닥에 쓰러질 것 같은 기분이었다. 그래도 속으로 어떻게든 몸을 똑바로 세워 가까스로 균형을 잡았더니 그때부터 한결 나아졌다. 일곱 번째인가 여덟 번째 들이마신 뒤에는 혀가 살짝 마비되는 느낌과 함께 몸 깊숙한 곳에서 편안한 감정이 난로처럼 따뜻하게 퍼져가는 게 느껴졌다.

"트르스니에크 씨가 무슨 일을 당했는지 들었다." 교수는 이렇게 말하고 작은 주먹에 대고 기침을 했다. "정말 가슴 아픈 일이야."

"네." 잠시 후 프란츠가 말했다. "이젠 제가 담배 가게 주인이에요."

방 안에 노르스름한 황혼빛이 퍼졌다. 밖에서는 밤나무가 바스락 소리를 냈다. 안뜰 위 좁다란 하늘에 짙은 회색 구름이 몰려들었다. 프로이트는 담요 끄트머리를 당겨 무릎을 덮었다. "게

다가 이젠 추워질 거야!" 프로이트는 투덜대며 두 발을 서로 대고 비볐다.

"뭔가 따뜻한 걸 입으셔야겠어요, 교수님. 털 조끼나 털 재킷 같은 거요. 아니면 저 벽난로에 불을 피우셔도 되고요. 조금 더 건강에 유의하셔도 전혀 해가 될 게 없어요. 교수님 연세라면 말이에요!"

프로이트는 가볍게 손사래를 쳤다. "내 나이가 되면 건강은 벌써 물 건너간 거란다."

"그런 말씀 하시면 안 돼요, 교수님!" 프란츠가 집게손가락을 들어 올리며 말했다.

"아이들과 노인네들은 이보다 더한 말을 해도 봐줘야 해. 자, 이젠 다른 문젯거리에 대해 이야기하자. 너의 보헤미아 여자 둘시네아●는 어떻게 됐니?"

"둘시네아가 아니고 아네스카예요. 그리고 끝났어요. 정확히 말씀드리면, 시작한 적도 없었죠. 어쩌면 모든 게 그저 엄청난 착각이었는지도 몰라요."

"사랑은 늘 착각이란다."

"그 여자는 이제 나치와 사귀어요. 장교예요. 아니면 장군이든가. 아니 잘 모르겠어요. 어쨌든 친위대 사람이에요. 제복이 온

● 스페인 작가 세르반테스의 소설 「돈키호테」에서 돈키호테가 사랑하는 여인. 스페인어에서 '사랑하는 여인'을 의미하는 일반 명사로 쓰인다.

통 검은색에다가 허리띠엔 은색 해골을 매달고……."

　프란츠는 하던 말을 멈췄다. 갑자기 늙은 프로이트의 시선이 자신에게 와 있는 걸 느꼈다. 두 사람은 한순간 말없이 서로 얼굴을 바라보았다. 저 독특하고, 밝고, 반짝이는 갈색 눈은 몸의 나머지 부위와 함께 늙어가지 않을 것 같다는 생각이 들었다. 프로이트는 입을 벌리고 연기를 치아 사이로 내보냈다. 연기는 천천히 콧방울을 지나 안경알 안쪽을 통과한 뒤 이마를 거쳐 서서히 위로 올라갔다.

　"그때 제가 티멜캄 역에서 기차에 올라탔을 땐 가슴이 아팠어요." 프란츠가 계속 말을 이어갔다. "아네스카가 처음 제게서 도망쳤을 때는 의사 열 명이 왔어도 제 고통을 치료하지 못했을 거예요. 그래도 어쨌든 그때는 제가 어디로 가고 있고 제가 무엇을 원하는지 어렴풋이나마 알고 있었어요. 지금은 고통은 거의 사라졌지만 저는 아무것도 모르겠어요. 제가 마치 폭풍우 속에서 키를 잃어버리고 바보처럼 이리저리 떠밀리는 배 같다는 생각이 들어요."

　"그런 점에서 사실 교수님은 상황이 훨씬 나은 거예요." 프란츠는 잠시 침묵한 뒤 덧붙였다. "교수님은 교수님이 어디로 가는지를 잘 아시잖아요."

　프로이트는 한숨을 쉬었다. "어쨌든 대부분의 길이 뭔가 낯익다고 생각되기는 하더구나. 하지만 길을 아는 것이 우리의 운명은 아니란다. 길을 알지 못하는 것이야말로 우리의 운명이지. 우리가 세상에 태어난 건 대답을 얻기 위해서가 아니라 질문을 하기 위해서야. 말하자면 끊임없이 이어지는 어둠 속에서 더듬거리며 가는 거지. 크게 운이 좋아야만 간혹 작은 빛이나마 타오르는 걸 볼 수 있어. 그리고 커다란 용기를 내거나 끈기를 보이거나 우직함이 있어야만, 가장 좋은 건 이 세 가지를 다 갖춰야만 스스로 여기저기 흔적을 남길 수 있는 거야!"

프로이트는 입을 다물고 고개를 숙였다가 창문을 바라보았다. 보슬비가 내리기 시작했다. 밤나무 잎들이 빗물에 젖어 반짝였다. 어디서 문이 쾅 하고 닫히더니 누가 알아들을 수 없는 말로 소리를 질렀다. 그러곤 다시 조용해졌다.

"저 밤나무가……." 프로이트가 중얼거렸다. "저 밤나무가 꽃피는 모습을 그간 참 많이도 보았지……."

"런던에도 밤나무가 있을까요, 교수님?"

"모르겠어." 프로이트는 어깨를 들썩이고 프란츠를 바라보았다. 프란츠는 프로이트의 안경알 언저리에서 자신의 모습이 비치는 걸 보았다. 팔다리가 기괴하게 일그러진 작고 마른 남자였다. 갑자기 교수의 몸이 움찔했다. 그는 시가를 입에 물더니 두 주먹으로 카우치를 짚고 간신히 일어나 살짝 비틀거리며 잠깐 서 있었다. 그러곤 방 한구석으로 갔다. 걸을 때마다 무릎 관절에서 딸깍딸깍 소리가 났다. 그가 선 곳 위쪽 천장에 장님거미가 쪼그리고 있었다.

"대체 저 녀석은 왜 여기 남아도 되는 거고, 세계적으로 유명한 정신분석학의 창시자인 나는 왜 떠나야 하는 거야!" 분노의 말을 쏟아낸 그는 팔을 높이 쳐들고 장님거미를 향해 위협적으로 주먹을 흔들었다. 장님거미는 잠깐 몸을 떨었다. 그리고 다리 하나를 들어 올렸다가 다시 내리더니 더는 움직이지 않았다. 프로이트는 거미를 한동안 도전적으로 올려다보다가 결국 팔을 내리고 시가 연기로 갈색이 된 벽지를 말없이 노려보았다.

"제 생각엔, 분명 저런 장님거미도 사는 게 늘 쉽지만은 않을 거예요." 프란츠가 조심스럽게 침묵을 깨고 말했다. 프로이트는 방금 자신이 뭔가 아주 새로운 것을, 전혀 알지 못했던 삶의 방식을 찾아낸 듯이 프란츠를 바라보았다. 그 삶의 방식은 마치 그가 오래 자리를 비운 사이 그의 카우치에 자리를 잡은 것 같았다. 프로이트는 지친 듯이 손사래를 치며 프란츠의 말을 막았다. 그리고 거의 꺼져가는 오요를 한 모금 빨고 작은 걸음으로 카우치로 돌아간 뒤 아주 힘든 일을 끝낸 사람처럼 천천히 몸을 눕혔다. 어느덧 방이 아까보다 어둑어둑해졌다. 밖에서 천둥소리가 멀리서 들려오면서 좁은 안뜰에 있는 밤나무가 몸을 웅크리는 것처럼 보였다. 건물 건체가 완벽하다고 할 만큼 조용했다. 간간이 둔탁한 소음이 멀리 떨어진 방 한 곳에서 두 사람이 있는 곳으로 들려왔다.

프란츠는 옆에 있는 교수의 숨결을 느꼈다. 이따금 가벼운 기침이 동반된 숨결이었다. 교수가 신고 있는 양말을 서로 맞비비는 소리가 들린 뒤 곧장 널마루 바닥이 삐걱거리는 소리가 이어지고 시가가 치직 하고 타오르는 소리가 났다. 그리고 다시 조용해졌다.

"그리고 참, 제가 교수님의 책을 하나도 안 샀어요." 프란츠가 말했다. "첫째로는 너무 비쌌고, 둘째로는 믿을 수 없을 정도로 두꺼웠고, 셋째로는 제 머리엔 어차피 그런 걸 넣어둘 자리가 없거든요."

"물론 교수님의 충고를 따라 꿈을 꾸고 나서 내용을 적기 시작했어요." 프란츠가 덧붙였다. "대부분 터무니없는 꿈이었지만, 그중엔 재미있는 것들도 있었어요. 제 말은, 웃음이 터져 나오도록 재미있다는 게 아니라 묘하게 재미있다는 뜻이에요. 그 꿈들이 대체 모두 어디에서 왔는지 모르겠어요. 제 머릿속에서 그런 희한한 것들이 저절로 자라날 수 있다는 게 상상이 안 되거든요. 교수님은 어떻게 생각하세요?"

프로이트는 뭔가 알아들을 수 없는 말을 중얼거리더니 두 팔을 앞으로 쭉 뻗었다. 프란츠가 킥킥 웃었다. "어쨌든 꿈 내용을 날마다 종이에 적어서 진열창에 붙이고 있어요. 그게 과연 쓸모가 있을지는 아직 잘 모르겠어요. 저한테 쓸모가 있을지 없을지를 말하는 거예요. 하지만 담배 가게에는 제법 쓸모가 있어요. 사람들이 멈춰 서서 코를 유리창에 박고 간밤에 제 머릿속으로 뭐가 지나갔는지를 읽어요. 일단 그렇게 멈춰 서면 대개 안으로 들어와서 뭔가를 사거든요."

"그게 글쎄 그렇다니까요, 교수님!" 프란츠는 잠시 쉬었다가 이야기를 계속하면서 다시 킥킥 웃었다. 아늑한 감정이 따뜻한 물결처럼 몸을 가득 채웠다. 그와 동시에 조금 현기증이 났다. 하지만 쾌적한 현기증이었다. 지금 낡은 카우치에 앉아 있는 게 아니라, 그보다 더 낡고 썩은, 호수에 반쯤 가라앉은 남쪽 호숫가 선창에 앉아 있는 느낌이었다. 증기선이 일으킨 파도가 밀려오면 선창은 늘 기분 좋게 흔들리곤 했다. 어쩌면 현기증은 햇살이 비치는 산 후안 이 마르티네스 강변에서 수확하고 여자들이 부드러운 손으로 만 이 오요 때문인지도 몰라. 프란츠는 이렇게 생각하고 시가의 겉면을 감싼 부드러운 잎을 잠시 바라보았다. 또는 교수님이 비현실적이라고 할 만큼 가까이 있어서 그런 것일 수도 있어. 아니면 뭔가 전혀 다른 것 때문일지도 몰라. 프란츠는 계속 생각했다. 지금 이 따뜻한 아늑함이 불쑥 어디에서 나왔는지는 사실 그에게 전혀 중요하지 않았다. 아늑하면 그것으로 그만이었다. 그 이상 생각할 이유가 없었다. 커다란 빗방울이 하나씩 유리창을 때리고서 바람에 불려 사방으로 흩어지며 번쩍이는 줄무늬를 만들었다. 안뜰 맞은편에 보이는 창문에서 불이 하나씩 켜졌다.

"교수님은 모르실 거예요." 프란츠는 이렇게 말하고 시가를 손가락 사이에서 천천히 돌렸다. "오토 트르스니에크 씨는 흡연자가 아니었어요. 오토 트르스니에크 씨는 신문을 읽는 사람이었어요. 신문을 읽는 사람이자 담배 파는 사람이었죠. 물론 그분에게는 그게 거의 같은 거였지만요. 참 이상하죠. 한 남자가 자기가 운영하는 담배 가게에 앉아 수십 년을 보내면서도 담배를 피울 생각이 없었다는 게. 그분은 거기에 앉아 시가에 대해 사실상 모르는 게 없었어요. 시가의 원산지와 품질과 특징부터 아주 세세한 부분에 이르기까지요. 시가의 내용물에 대해 이야기할 때는 꼭 의사가 시체의 내부에 대해 들려주는 것 같았어요. 그러면서도 시가 맛이 어떤지는 전혀 알지 못했어요."

"정말 이상한 일이죠." 프란츠는 기다란 재를 자신의 넓적다리와 교수의 넓적다리 사이에 놓인 크리스털 유리 재떨이에 턴 뒤 생각에 잠겨 한 번 더 같은 말을 반복했다. "물론 저도 흡연에 대해서는 잘 알지 못해요. 하지만 교수님이 다시 돌아오시면 그땐 저도 지금보다 많이 알겠죠. 약속드릴게요. 교수님은 다시 오실 거잖아요. 무슨 일이 있어도 분명히 다시 오실 거잖아요. 고향만 한 곳은 없으니까요. 집만 한 곳은 없으니까요. 그리고 히틀러도 언젠가는 다시 누그러질 거예요. 다른 사람들도 모두요. 모든 게 다시 전처럼 될 거예요. 교수님은 어떻게 생각하세요?"

프로이트는 뭐라고 우물우물 소리를 냈다. 프란츠는 몸을 쿠션에 더 깊숙이 파묻었다.

"영국은 잘츠카머구트보다 비가 더 많이 온대요. 그러니까 실제론 계속 오는 거죠. 그게, 이런 표현을 써도 괜찮으시다면, 조금 나이 든 분의 건강에는 좋지 않을 거예요. 어쨌든 교수님도 언젠가 저희 어머니를 한 번 만나보세요. 제 생각엔 두 분이 서로 마음이 잘 맞을 것 같아요. 저희 엄마는 사람들에 대해 아주 많이 알아요. 사람들이 저지르는 바보 같은 짓에 대해서도 잘 알고요. 그러니 두 분이 만나면 함께 얘기할 것도 많을 거예요. 그뿐만 아니라 엄마는 감자 팬케이크도 만들 줄 알아요. 그것도 제대로 된 진짜 팬케이크를요. 쇠 프라이팬에 정제 버터를 넣고 구워요. 굳기름 찌꺼기는 넣어도 되고 안 넣어도 되고, 렌즈 콩도 입맛에 따라 넣어도 좋고 안 넣어도 괜찮고……."

프란츠는 입을 다물었다. 지금까지 살면서 이토록 말을 많이 한 적이 없었던 것 같았다. 그건 사실이기도 했다. 전에는 말을 하지 않는 걸 항상 최고로 바람직한 일로 여겼다. 나무와 갈대 줄기와 해초가 있는 환경에서 무슨 대단한 이야깃거리가 있었겠는가? 어머니 또한 불필요한 말을 하는 걸 좋아하지 않았다. 저녁이 되면 두 모자는 대개 아무 말 없이 오두막에 앉아 지냈다. 그리고 그게 좋았다. 어머니. 어머니는 지금 어디에 계실까? 무얼 하고 계실까? 지금 혹시 나를 생각하고 계실까? 이제는 전혀 어리지 않은 어린 프란츨을 생각하고 계실까? 프란츠는 눈을 깜박였다. 밖에서 비가 후두둑 유리창을 때렸다. 등을 받치고 있는 쿠션이 지금까지 그가 만져보았던 그 무엇보다 부드러웠다. 어머니의 팔은 제외하고. 그리고 아네스카의 배도 제외하고. 그녀의 오금도 제외하고. 그녀의 어깨뼈 둔덕도 제외하고. 그리고 그녀의 전혀 다른 신체 부위도 제외하고. 배 속에서 작게 꾸르륵 소리가 났다. 구석에 있는 타일 벽난로가 조용히 탁탁 소리를 내며 대답했다. 벽에 그림자가 떠다녔다. 유리 진열장에서도 뭔가가 움직였다. 엄지 크기의 나무 전사가 발끝으로 서서 천천히 손을 올리고 작별하듯 손을 흔들었다. "이건 말도 안 돼, 정말." 프란츠가 조용히 말했다. 아니면 크게 소리 내어 생각했을까? 그는 지금껏 살면서 이토록 피곤하고 몸이 무거웠던 적이 없었다.

"교수님?" 프란츠가 물었다. 그의 목소리가 조금 떨렸다. 프란츠는 시가를 얼굴 앞에 대고 불빛이 눈앞에서 희미해지는 모습을 바라보았다. "다시 오실 거죠, 그렇죠⋯⋯?"

프로이트 교수는 대답하지 않았다. 교수를 살펴본 프란츠는 그가 잠이 들었다는 걸 알았다. 숨소리가 고르게 났고 두 손은 무릎 위에 얌전히 놓여 있었다. 손가락 사이에 있는 시가의 남은 부분은 꺼진 지 오래였다. 프란츠는 자신의 오요를 재떨이에 내려놓고 늙은 프로이트 위로 몸을 숙였다. 프로이트는 믿을 수 없을 만큼 연약해 보였다. 유리 진열장에 있는 조각상 같다는 생각이 들었다. 자다가 카우치에서 마루로 미끄러져 떨어지면 산산조각이 날 것 같았다. 아니면 그냥 먼지로 변해 없어지든가. 프로이트의 머리는 뒤로 젖혀지고 입은 조금 벌어져 있었다. 피부는 수천 번이나 구겼다가 다시 편, 누렇게 바랜 종잇장 같았다. 프로이트는 아주 조용히 누워 있었다. 두 눈만이 주변의 정적과 어둠을 받아들이지 않으려는 듯 눈꺼풀 속에서 계속 좌우로 움직였다. 프란츠는 차가운 시가 자투리를 프로이트의 손에서 빼서 재떨이에 넣었다. 그리고 조심스럽게 작은 쿠션 하나를 목 뒤에 받쳐주고, 접힌 셔츠 깃을 손끝으로 펴고, 넥타이에 묻은 재

부스러기들을 입으로 살살 불어 날렸다. 그런 다음 담요를 가져와 교수의 몸 위에 펴고 손으로 담요 털을 쓰다듬었다. 프란츠는 거의 1분 동안 카우치 옆에 꼼짝도 하지 않고 서서 교수의 편안한 숨결을 지켜보았다. 마침내 까치발을 하고 방을 나올 때 그는 다시 한 번 천장을 올려다보았다. 장님거미는 사라지고 없었다.

다음 날 오후, 1938년 6월 4일이었다. 지그문트 프로이트 교수는 오리엔트 익스프레스를 타고 파리를 거쳐 런던으로 망명하기 위해 많지 않은 가까운 친구들과 친척들과 함께 빈을 떠났다. 팔십 평생을 살아온 도시였다. 형식적인 절차는 이미 마무리되었다. 출국 허가는 나왔고, 가족 전 재산의 3분의 1에 해당하는 망명세도 납부했으며, 세간과 가구와 골동품은 이미 배로 부쳤거나 창고에서 영국으로 운송되기만을 기다리고 있었다. 그런데도 왜 스무 개나 되는 트렁크와 상자와 가방을 망명길에 가지고 가야 하는지 교수는 도무지 알 수 없었다. 게다가 그 대부분이 자신의 짐이라는 것도 그로서는 수수께끼였다. 늙은이가 가진 게 너무 많아. 프로이트는 생각했다. 출국일에 일어나는 일이 마치 꿈속에서 일어나는 일인 듯했다. 기나긴 여정의 마지막 구간에 쓸데없는 짐들만 남은 것 같았다. 안나가 모든 일을 지켜보고 직접 처리하면서 진두지휘했다. 빈 서부역까지 타고 갈 대형 택시 두 대를 예약하고, 짐꾼을 부르고, 차표를 구매하고, 판매 창구 직원에게 동전 몇 개를 내밀고 좌석을 예약했다. 그녀의 손가방에는 여권과 비자 그리고 함께 떠나는 일행 전원의 서류가 들어 있었다. 안나는 커다란 바구니에 차가운 훈제고기 몇 개, 직접 만든 채소국수 한 냄비, 마른 행주에 싸서 아직도 따뜻한 엄청난 양의 밀가루 경단을 담아 끌고 갔다. 바구니 맨 밑에는 '베르무트' 포도주 한 병과 작은 포도주 잔들도 몰래 넣었다. 국경을 넘고 몇 미터 지난 후 자유를 위해 한 잔 마실 생각이었다. 뒤에서 사람들이 호기심 어린 눈으로 쳐다보고 쑥덕대며 따라왔다. 프로이트 일행이 대합실을 가로질러 갈 때 안나의 어머니가 울음을 터뜨렸다. 안나는 어머니에게 손수건을 건네고 머리를 쓰다듬어 주었다. 그러곤 침착하게 그냥 계속 걸으라고 분명하게 의사 표시를 했다. 안나는 부모님만큼 빈을 사랑하지 않았다. 그렇다고 부모님처럼 빈을 증오한 것도 아니었다. 근본적으로 그녀는 자신이 태어난 도시에 이렇다 할 특별한 감정을 느끼지 못했다. 그녀가 생각하기에 빈을 떠난다는 것은 그저 나치로부터 도피하는 것 이상도 이하도 아니었으며, 결국엔 도피가 성공한 것뿐이었다. 많은 인파가 승강장에 몰려 혼잡했다. 사람들이 큰 소리로 외치거나, 울거나, 웃었다. 서로 부둥켜안기도 하고, 마지막으로 입을 맞추거나 싸우기도 하고, 열린 기차 창문을 통해 서로 뭐라고 소리 지르기도 하고, 옹기종기 모여 큰 소리로 정신없이 얘기하기도 하고, 트렁크를 옆에 두고 하늘색 차표를 손에 든 채 혼자 어리둥절한 눈빛으로 서 있기도 했다.

지그문트 프로이트 교수는 무슨 이유에서인지 무조건 마지막으로 열차에 오르고 싶어 했다. 하지만 딸 안나는 부드럽지만 단호하게 그를 뒤에서 밀면서 철제 계단을 올라 객차로 들어가게 했다. "이거 봐. 혼자 탈 수 있으니까!" 프로이트가 말했다. 이것이 그가 빈 땅에 남긴 마지막 말이었다.

안나는 인파로 가득한 승강장을 한 번 더 둘러보았다. 뒤엉킨 사람들 목소리가 높은 역사 천장 때문에 더 크게 솟아오르는 것 같았다. 그 위로 출발을 알리는 기적 소리가 날카롭게 울렸다. 늦게 도착한 여행객 한 명이 급하게 객차로 달려왔다. 청소년 몇몇이 극적으로 서로 부둥켜안았다. 사람들이 꽃과 모자와 신문을 흔들었다. 곳곳마다 혼잡한 사람들 틈에서 하켄크로이츠 완장이 붉게 빛났다. 안나가 열차에 오르려고 완전히 몸을 돌린 순간 그녀의 시선을 한 번 더 잡아끄는 게 있었다. 저 뒤쪽, 대합실로 들어가는 입구에, 사람들이 빽빽이 몰려 있는 곳 중간에 담배 가게 소년이 미동도 하지 않고 서 있었다. 벽을 등지고 선 그의 얼굴이 몹시 하얬다. 안나가 있는 쪽을 바라보는 듯했지만, 멀어서 그의 눈이 잘 보이지 않았다. 기적이 다시 울렸다. 열차 차장이 떠나도 좋다는 신호를 주었다. 안나는 열차에 올라탔다. 뒤에서 문이 닫히고 객차가 묵직하게 덜컥 소리를 내며 움직이기 시작하자 그녀는 크게 숨을 내쉬고 이마를 유리창에 기댔다. 유리가 기분 좋게 서늘했다. 기차가 빈 서부역을 빠져나갈 무렵 오후의 태양이 그녀의 얼굴을 정통으로 비췄다.

이제 다시 웬만큼 괜찮아졌다. 어떻게든 살아갈 만했다. 적어도 최악의 상황은 넘겼고, 가장 깊은 계곡도 지나왔으며, 가장 잔인한 하복부 통증도 이겨낸 듯했다. 환청도 거의 사라졌다. 하루하고 반나절 전만 해도 프란츠는 까치발로 프로이트 가족이 사는 미로 같은 집의 마룻바닥을 살금살금 걸으며 출입문을 찾아 헤매다 마침내 발견하고는 될 수 있는 대로 조심스럽게 문을 닫고 나왔다. 그는 작별의 의미로 진료실 초인종 옆 황동 문패에 새겨진 교수의 이름을 손끝으로 따라 그렸다. 그때 배 속에서 뭔가 이상한 느낌이 들었다. 곧 아래쪽 층계참에 이르렀을 무렵 배에서 느껴지던 그 이상한 느낌은 이미 엄청난 메스꺼움으로 변했다. 강아지처럼 어설픈 걸음걸이로 건물 복도를 지나는 동안에는 자신이 잠시 소금 광산의 지하 통로에서 길을 잃은 것 같다는 생각을 했다. 수년 전 초등학교를 다닐 때 당일치기 학급 소풍으로 그문덴에 있는 옛날 소금 광산을 간 적이 있었다. 그때 프란츠는 땅속 깊은 곳의 소금 맛을 보려고 자꾸만 지하 통로의 벽을 몰래 핥아 먹었지만, 그럴 때마다 돌에서 나는 먼지 맛에 실망하고 말았다. 기억은 삽시간에 떠올랐다가 또 삽시간에 사라졌다. 프란츠는 휘청거리며 밖으로 나왔다. 비가 얼굴을 세차게 때렸다. 베르크가세는 급류가 흐르는 개천으로 변했다. 하수구 뚜껑에서 갈색 수프가 끓어오르듯 물이 솟구쳤다. 벤치에는 아무도 없었다. 그러나 프란츠가 잠깐 몸을 가누려고 출입문 손잡이를 붙잡고 있다가 돌아서서 집으로 가려는 순간, 굵직한 빗방울의 베일 너머 길 건너편 출입구에서 뭔가가 움직이는 게 어슴푸레 보였다. 하지만 더는 아무 일도 일어나지 않았다. 어쩌면 비 때문에 그렇게 보인 건지도 몰랐다. 아니면 게슈타포가 경관들에게 나오는 사람이 아니라 들어가는 사람을 지켜보라는 임무를 주었기 때문일 수도 있었다. 어찌 되었든 프란츠는 몸을 조금 구부린 채 좌우로 비틀거리며 집으로 향했다. 그것 말고 몸에 다른 이상은 없었다.

프란츠는 그날 밤과 이튿날 오전을 침대에 누워 보냈다. 아래에는 흔들거리는 깊은 낭떠러지 같은 게 있었고, 위에는 다 해진 천장 벽지를 배경으로 기이한 형상들이 형체도 불분명하게 모여 있었다. 형상들은 몸을 서로 비비거나, 팔다리를 서로 휘감거나, 서로 입을 막다가 다시 흩어진 뒤 숨 막히는 실내 공기 속에서 홀연히 사라졌다. 이따금 그의 생각은 가게로 나가 상자 안에 조용히 들어 있는 시가, 그중에서도 '오요 데 몬테레이'가 있는 곳으로 향했다. 그럴 때마다 그는 침대 바로 옆에 놓인 세숫대야에 머리를 처박고 생각이 흐르는 대로 내버려두었다. 정오 무렵이 되면서 기분이 조금 나아졌다. 마침내 오후 두 시 반이 되었을 때 그는 아직도 힘없이 떨리는 다리로 침대에서 기어 나와 빈 서부역으로 걸어갔다.

약 45분 뒤 프란츠는 승강장에서 서 있었다. 사람들이 가장 붐비는 맨 뒤쪽 대합실로 들어가는 입구였다. 거기에서 그는 프로이트 교수가 기차에 오르는 모습을 지켜보았다. 거리가 너무 멀어 교수의 눈은 보이지 않았지만, 딸 안나가 그를 철제 계단으로 밀어 올릴 때 그의 턱이 좌우로 움직이는 모습은 보였다. 교수는 왼손으로 열차 문손잡이를 움켜쥐고 오른손으로는 머리에 쓴 모자를 꼭 붙들고 있었다. 그 순간 그의 몸이 너무 호리호리하고 불면 날아갈 듯 가벼워 보였다. 만일 안나가 그를 팔로 안아 어린아이처럼 데리고 들어갔다고 해도 프란츠는 놀라지 않았을 것 같았다.

열차 시간표에 따라 정확히 15시 25분이 되자 기차가 출발했다. 기차는 점점 속도를 올리며 역을 벗어나 서쪽으로 달렸다. 프란츠는 눈을 감았다. 인간은 과연 얼마나 많은 이별을 견뎌낼 수 있을지 궁금했다. 아마 생각보다 많을 것이다. 아니, 어쩌면 단 한 번의 이별도 견딜 수 없을지 모른다. 우리가 어디에 머무르든, 어디로 가든 언제나 이별뿐이라는 것, 누군가는 그걸 이야기해 주었어야 했다. 한순간 프란츠는 그냥 앞으로 쓰러져 얼굴을 승강장 바닥에 대고 엎어져 있고 싶었다. 덩그러니 놓여 있는 짐, 누가 놓고 간 짐, 누가 잊어버린 짐, 호기심 많은 비둘기들만이 그 주위를 총총거리며 들여다보는 짐이 되고 싶었다. 하지만 그건 정말 말도 안 되는 짓이라는 생각이 들면서 그는 분노로 고개를 가로젓고 다시 눈을 떴다. 프란츠는 마지막으로 여름 햇살에 반짝이는 선로를 바라보았다. 그러곤 몸을 돌려 대합실을 지나 오후의 밝은 빛이 비치는 바깥으로 나왔다. 하늘은 눈부시게 파랬고 비가 쓸고 간 아스팔트는 깨끗했다. 덤불 속에서 지빠귀가 노래를 불렀다. 역사 입구에 가스등이 서 있었다. 빈에 도착하자마자 꼭 움켜쥐었던 가로등이었다. 그 후 얼마나 세월이 흘렀을까? 1년? 반평생? 한평생? 그는 자신을 비웃었다. 그때 여기서 가로등을 붙잡고, 머리카락에선 숲의 나뭇진 냄새를 풍기고, 신발엔 오물 덩어리를 묻히고, 머릿속엔 몇 가지 엉뚱한 희망을 품고 서 있던 희한한 소년을 비웃었다. 이제 그 소년은 존재하지 않는다는 생각이 퍼뜩 들었다. 그 소년은 사라졌다. 시대의 흐름에 휩쓸려 어디론가 사라졌다. 그 모든 게 정말 빠르게 일어났다는 생각이 들었다. 아니, 전체적으로도 너무 빨랐다. 프란츠는 흐르는 시간 앞에서 자신이 왠지 더는 자신이 아닌 듯한 느낌이 들었다. 이런 표현이 가능하다면, 그냥 본래의 자신에서 빠져나온 것 같았다. 남아 있는 유일한 건 가스등 밑에 있던 기다란 그림자에 대한 기억뿐이었다. 프란츠는 숨을 크게 들이마셨다. 도시에서 여름 냄새가 났다. 말 냄새가 났다. 디젤 냄새가 났다. 타르 냄새가 났다. 순환 도로에서 전차가 찌르릉 소리를 내며 다가왔다. 전차의 옆면 창문에서 작은 하켄크로이츠 깃발이 나부꼈다. 어머니가 생각났다. 아마 지금쯤 햇볕이 따스한 선창에 앉아 반짝거리고 철썩대는 호숫가 물을 바라보며 울고 계시겠지. 오토 트르스니에크가 생각났다. 그의 목발은 지금 아무 쓸모도 없이 가게 한구석에 기대어져 있었다. 프로이트 교수도 생각났다. 이미 도시 경계를 벗어난 그는 아마 니더외스터라이히의 어느 감자밭을 지나 런던을 향해 내달리고 있을 거다.

사람은 여기저기 흔적을 남길 수 있다고, 어둠 속에 한 줄기 작은 빛을 비출 수 있다고 프로이트 교수는 말했다. 그 이상은 기대하면 안 된다고 했다. 하지만 그 이하도 기대해서는 안 된다고 프란츠는 생각했다. 그러면서 그는 크게 소리 내어 웃을 뻔했다. 종을 울리며 지나간 전차가 마리아힐퍼 가로 꺾어 들어갔다. 전차 창문에 달린 깃발이 춤추는 것처럼 보였다.

"그게 참 뭔가 이상해요. 하루하루가 길어질수록 인생은 더 짧게 느껴지거든요. 모순이죠. 하지만 그게 원래 그래요. 내가 하나 물어볼게요. 인생을 연장하고 하루하루를 줄이기 위해 사람들은 무얼 할까요? 이야기를 해요. 이야기를 하고, 종알거리고, 수다 떨고, 남들 얘기를 해요. 그것도 거의 한시도 쉬지 않고. 이제야 드디어 조용한 곳에 왔구나, 하고 가끔 생각할 때가 있죠. 예를 들면 교회라든가, 그보다 더 조용한 공동묘지라든가 하는 곳에 갔을 때. 하지만 이게 웬걸! 벌써 누가 또 재잘재잘 수다를 떨기 시작해요! 아마 그건 천상이나 지하라고 해도 똑같을 거예요. 늘 누군가 입을 벌려 이야기를 하죠. 그런데 한 가지 말씀드리면, 하루 종일 사람들 입에서 나오는 것들은 대부분 그냥 쓰레기통에 처박아도 되는 것들이에요! 너도나도 다 이야기를 하지만 뭔가를 아는 사람은 없으니까요. 자기가 무슨 말을 하는지 아는 사람이 없어요. 뭔가 사정을 아는 사람이 없어요. 제대로 아는 사람이 없어요. 어차피 요즘엔 너무 많이 알지 않는 게 좋을지도 몰라요. 아무것도 모르는 게 사실상 시대의 요구예요. 모르는 게 시대의 원칙이에요. 보고도 아무것도 못 봤을 수 있고, 듣고도 전혀 이해하지 못했을 수 있어요. '진실은 진실이야, 그걸로 끝이야.' 사람들은 흔히 이렇게 얘기하죠. 하지만 저는 이렇게 말하고 싶어요. 그건 그렇지 않아! 적어도 우리가 사는 곳, 이 행복한 도시 빈에는 건물의 창문들만큼이나 많은 진실이 있어요. 그 창문 너머엔 뭔가를 봤거나 들었거나 냄새 맡았거나 이미 뭔가를 알고 있다고 주장하는 사람들이 앉아 있죠. 누구에겐 옳은 일이 다른 누구에겐 세상에서 가장 멍청한 짓이고, 그 반대도 마찬가지죠. 자, 이제 우유 1리터를 주세요. 아니, 그냥 2리터를 주시는 게 좋겠네요. 적은 것보단 나으니까요! 그건 그렇고, 이 사건에서 부인할 수 없는 딱 한 가지 사실이 있어요. 그건 간밤에 사건이 일어났다는 거죠. 새벽 세 시에서 네 시 사이에요. 쥐 떼들이 활동하는 시간이고요. 그 시간대라면 정치꾼들은 이미 소리를 다 지른 뒤고, 술꾼들은 집으로 돌아간 뒤고, 우유 배달원들은 아직 거리에 나오기 전이죠. 품행이 바른 사람이라면 아직 침대에 누워 있을 시간이고요. 아니면 창문 앞에 앉아 어두운 바깥을 내다보고 있었겠죠. 아, 물론 의견이 조금 갈리긴 해요. 누군 그때가 새벽 세 시 언저리였다고 하고, 누군 분명히 네 시였다고 해요. 지붕 위가 벌써 은빛으로 물들었다는 거죠. 하지만 제 주장은 이래요. 은빛이라니, 말도 안 돼! 그땐 칠흑처럼 어두웠어요. 달빛 한 조각도 보이지 않았어요. 거리는 텅 비었고요. 그러니 모든 게 빛을 꺼리는 악당들에겐 안성맞춤이었죠. 참, 요즘 악당이란 상대적인 거예요. 누가 사람들 머릿속을 들여다볼 수 있겠어요? 인간의 두뇌 속에 있는 의도와 충동은 결국 헤아릴 길이 없는 거예요. 어제는 악당이었던 사람이 오늘은 전혀 다른 모자를 쓰고 갑자기 예의 바른 사람으로 서 있기도 하죠. 하지만 제 걱정은 하지 마세요. 전 아무 말도 하지 않은 걸로 할래요. 버터 200그램도 주세요. 감자도 3킬로그램 주시고요. 경단 반죽이 잘되게 작고 전분이 많은 걸로요. 그러니까 세 시에서 네 시 사이에 일어난 거예요. 거기엔 한 사람밖에 없었어요. 딱 한 명요. 물론 남자였죠. 여자라면 단 1초라도 그런 제정신이 아닌 짓을 할 생각을 하지 않았을 테니까요. 누구는 그 사람이 중년 남자인 것 같다고 하고, 또 누구는 분명히 소년이었다고 장담을 해요. 아주 빨리 달렸다는 거예요. 모든 게 끝난 뒤 그 남자가 번개처럼 모르친 광장을 달려 내려와 베르크가세 쪽으로 뛰어 올라갔다네요. 대담한 소년이에요. 하지만 제 생각엔 조금 미련하기도 해요. 대담함과 멀지 않은 곳에 미련함이 있을 수 있거든요. 그 소년이 금방 잡히지 않은 건 순전히 행운이에요. 현실적으로 말하면, 미련한 사람들의 행운이죠. 이걸한번 생각해보세요. 사방에 게슈타포가 도사리고 있어요. 구석에도, 가게 앞에도, 공원에도, 식당에도, 심지어 교회에도요. 어디를 둘러봐도 비밀경찰이 앉아 있거나 서 있어요. 하지만 그 사람들은 정작 자기들의 본부는 잊어버린 거예요! 물론 완전히 잊은 건 아니에요. 어쨌거나 비밀경찰 몇 명이 결국엔 달려 나왔으니까요. 하지만 그땐 벌써 늦어도 한참 늦은 뒤였죠. 아침이 밝아오고 깃발은 이미 올라갔으니까요. 참, 잊기 전에 물어봐야겠네요. 여기 좋은 커드 치즈 있나요? 아니요, 그건 안 돼요. 냄새가 안 나잖아요. 커드 치즈는 냄새가 나야 해요. 그렇지 않으면 커드 치즈가 아니죠. 그건 다시 넣어두고, 맥주 두 개를 함께 포장해서 계산서를 써주세요. 그러니까 아까도 말했지만, 칠흑같이 어두웠어요. 별도 하나 없었고, 달도 뜨지 않았고, 도시 위에 은빛 빛줄기 하나 없었어요. 그러니 결국 창문에 앉아 내다보고 있던 그 많은 사람 중 어느 누구도 사건이 정확히 어떻게 진행됐는지 알 수가 없죠. 사람들이 계속 뭔가를 내다보는 건 순전히 악의 때문이에요. 악의는 한편으로는 호기심을 불러일으키지만, 다른 한편으로는 눈을 멀게 하죠. 그래서 사람은 자기가 보고 싶은 것만 보는 법이에요! 여하튼 확실한 건, 그 소년이 게슈타포에게 걸리지도 않고, 또 양심의 가책도 느끼지 않고 메트로폴 호텔 바로 앞에 있는 커다란 깃대 세 개 중 하나에 손을 댔다는 거죠. 그거 아시잖아요. 광장 절반을 어둡게 만들고 맨날 성가시게 바람에 펄럭거리는 큼지막한 하켄크로이츠 깃발 세 개. 소년은 중간에 있는 걸 건드렸어요. 그냥 줄을 끊고 그 빛나는 높은 곳에 있는 예쁜 하켄크로이츠를 끌어 내려서 먼지 많은 땅바닥에 내버렸어요. 나중에 완전히 구겨지고 더러워진 채로 발견됐어요. 그 예쁜 천이 그렇게 버려지다니, 아까워라. 사람들 말로는 소년이 셔츠 속에서 꾸러미를 하나 꺼냈다고 하더라고요. 하지만 그런 꾸러미는 없었고, 물증을 어디에 싸지도 않고 그냥 들고 다녔다고 주장하는 사람도 있어요. 제 생각에 그런 세세한 것들은 하나도 중요하지 않아요. 중요한 단 한 가지는 뭐가 사실이냐는 거죠. 그건 아마 이걸 거예요. 소년은 줄을 끊고 하켄 크로이츠 깃발을 흙바닥에 버렸어요. 그리고 꾸러미에서 꺼냈든 아니든, 하여간 자기가 가져온 것을 단단히 깃대에 고정해서 위로 올려 게양했어요. 예루살렘의 성스러운 깃발처럼 말이죠. 그러곤 사라졌어요. 쏜살같이. 소년이 밤하늘을 향해 경례까지 했다는데, 그건 창문에 앉아 내다보던 몇몇 사람들의 순 허풍이거나 그냥 풍문이라고 생각해요. 여하튼 게슈타포가 달려온 건 아침이 밝고 벌써 빈 사람들 절반이 심술궂게 입을 놀리기 시작했을 때였어요. 그러니 이제 그 게슈타포들의 얼굴이 어땠을까 한번 상상해보세요! 깃발이 잘못 걸린 건 딱 한 군데였어요. 왜냐하면 중간 깃대 꼭대기에 막 떠오르는 아침 햇살을 받으며 바지가 걸려 있었거든요. 그것도 허리춤에 주름이 잡힌 갈색 남자 바지가. 밑에서 올려다본 바로는 그랬다는군요. 바지가 그냥 위에 그렇게 걸려 있었죠. 조금 구겨지고 무릎이 조금 나왔지만, 그것 말고는 흠잡을 데 없는 바지, 그러니까 별 특징 없는 평범한 바지였죠. 하지만 아시다시피 평범함 속에 가끔 기상천외한 게 숨어 있는 법이죠. 그래서 곧 아래에서 난리가 났어요. 사람들이 서로 말다툼을 하고 죄다 소리를 질렀어요. 너무 흥분한 나머지 한동안 바지를 아래로 내릴 생각도 하지 못했어요. 마침내 누가 줄을 잡아당겨야겠다는 생각을 했을 때 정말 놀라운 일이 일어났어요. 바로 그 순간 바람이 불어온 거예요. 갑작스레 강풍인지 돌풍인지 미풍인지, 하여간 바람이 불었어요. 어쨌든 그 느닷없이 불어온 바람이 바지에 걸려들면서 말하자면 바지를 똑바로 일으켜 세웠어요. 이제 그 게슈타포들의 얼굴 표정이 제각각으로 변하면서 바보처럼 놀라거나 놀라서 바보처럼 일그러지던 모습을 한번 상상해보세요. 왜냐하면 그게 평범한 바지가 아니었거든요. 그건 사실 반쪽짜리 바지였어요. 바짓가랑이가 하나뿐이었어요. 나머지 한쪽은 무릎 높이쯤까지 바짓단을 줄인 다음 맞붙여 꿰맨 거였어요. 하여간 사람들이 바지를 내리려던 순간에 바람이 바지 안으로 들어갔어요. 그러자 모두가 보는 데서 정말 희한한 일이 벌어졌어요. 바지는 한동안 바람에 이리저리 펄럭였어요. 그러다 정말 순식간에 가만히 멈췄어요. 정확히 말하면 공중에서 수평으로 누운 거예요. 구겨지고 무릎이 조금 나온 그 갈색 바짓가랑이가 한동안 저 위 하늘에서 집게손가락 모양이 됐어요. 사람들에게 길을 가리키는 거대한 집게손가락요. 그게 정확히 어디를 가리키는 것인지는 기껏 짐작만 할 뿐이었죠, 당연히. 어쨌든 제 생각엔 먼 곳, 아주 먼 곳을 가리켰을 것 같아요. 자, 이제 초콜릿도 하나 더 주시겠어요. 땅콩이 들어간 걸로요. 급하지 않으시다면 돈은 다음에 와서 내고 싶습니다만. 정말 고마워요. 많이 파시고 안녕히 계세요!"

후헬 부인은 뜬 눈으로 밤을 새웠다. 그녀는 천장 들보 중간의 깊고 어두운 곳을 응시했다. 어제저녁 내내 이상하게 마음속에서 불안감이 피어올랐다. 미열이 나는 것처럼 몸이 좋지 않았다. 아마 여자들이 느끼는 열감일 거야. 벌써 그럴 나이가 됐잖아. 후헬 부인은 생각했다. 그녀는 일찍 잠자리에 들었지만, 잠이 오지 않아 침대에 누워 어두운 천장을 올려다보며 정적에 귀를 기울였다. 오두막의 정적은 숲의 정적과는 다른 것 같아. 그녀는 생각했다. 샤프베르크 산꼭대기 밑에서 듣는 겨울의 정적과도 달랐다. 가끔씩 마음속에 들어 앉아 있는 정적과도 달랐다. 그 세련된 관광 안내원에 관한 이야기는 알고 보니 착각이었다. 하루살이 환상에 다름 아니었다. 며칠 전에는 여관 주인이 또 치근댔다. 그는 식당 주방에서 그녀의 목덜미에 손을 얹고 지나치다 싶을 정도로 이것저것 물었다. 후헬 부인은 이번에도 친위대 중령 그랄라이트너라는 가공의 인물을 내세워 위협했지만, 여관 주인은 꿈쩍도 하지 않았다. 그는 그 그랄라이트너라는 사람은 대체 왜 한 번도 얼굴을 비치지 않는 거냐며 손으로 천천히 후헬 부인의 등을 쓸어내렸다. 그녀는 대답 대신 서랍에서 뼈를 자르는 큼지막한 식칼을 꺼내와 순식간에 몸이 굳어버린 주인의 앞치마 앞쪽을 단 한 번 조용히 그어서 길쭉한 자국을 냈다. 앞치마가 이내 지저분한 커튼처럼 앞이 갈라져 열리면서 주인의 넓적한 허리가 드러났다. 후헬 부인은 칼을 나무 조리대에 힘껏 때려 박고 그곳을 나왔다. 이제 그녀는 일자리를 잃었지만 그렇다고 불행하지는 않았다. 공기가 뜨거웠다. 그녀의 몸도 뜨거웠다. 시간이 무기력한 그림자처럼 오두막을 엉금엉금 기어 다녔다. 아궁이 위의 배기구로 달이 떠서 방 안을 희미한 빛으로 가득 채웠을 때, 후헬 부인은 오른손을 가슴에 얹고 울었다. 몇 분 동안 잠시 안정을 찾았지만 곧 마음속에서 또 불안감이 싹트면서 마지막 남은 눈물마저 없애버렸다. 밖에서 새 한 마리가 갈대숲에서 퍼덕이며 나왔다. 날개로 호숫물을 세차게 때린 새는 목이 쉬도록 웃는 아이들과 똑같은 소리를 냈다. 호수 쪽으로 난 작은 창문에 막 떠오른 달빛이 희미하게 보였다. 후헬 부인은 일어나 밖으로 나갔다. 맨발로 걸어 호수로 갔다. 풀이 축축하고 서늘했다. 수면에 뿌연 엷은 안개가 떠다녔다. 그 뒤쪽으로 먼 호숫가의 윤곽이 눈에 들어왔다. 후헬 부인은 거기에 오래도록 서서 물이 발 주위로 찰랑거리도록 내버려두었다. 그리고 호수가 서서히 빛으로 채워지는 모습을 바라보았다. 어린 곤들매기 떼가 그녀의 복사뼈 주위에서 어른어른 돌아다녔다. 머리 위 높은 곳에서 가마우지가 날아갔다. 조금 떨어진 곳에서는 커다란 하켄크로이츠 깃발 세 개가 안개를 뚫고 형체를 드러냈다. 어머니는 자신의 심장이 고동치는 소리를 들었다. 등줄기가 서늘해졌다. 날이 따뜻한데도 그녀는 몸을 떨었다. "우리 아들." 어머니는 이렇게 말하고 눈을 감았다. "우리 아들, 어디 있니?"

프란츠는 잠에서 깬 후 소리 내어 웃었다. 방 천장에 부딪혔다가 툭 끊긴 소리에 지나지 않았지만, 프란츠는 그 웃음소리가 위에서 파열음을 낸 뒤 낡은 벽지를 따라 사방으로 방울방울 흩어지는 느낌이 들었다. 그는 눈을 깜박이고 두 눈을 비볐다. 밤은 짧았다. 꿈을 꾸기에는 너무 짧았다. 그래도 꿈의 조각 몇 개가 길을 잃고 헤매다 지금 그의 마음 깊은 곳 어딘가에서 희미하게 빛을 냈다. 프란츠는 얼른 연필과 종이를 집어 들고 몇 마디 낱말을 휘갈겨 적었다. 그러곤 침대에서 나와 옷을 입고 종이와 접착테이프를 가지고 거리로 나왔다. 날이 환하게 밝았다. 베링거가는 밝고 부드러운 아침 햇살을 받고 있었다. 일찌감치 나와 시내로 들어가는 거리의 행인들이 긴 그림자를 앞세우며 걸었다. 프란츠는 까치발로 서서 두 팔을 하늘로 높이 쳐들고 하품을 했다. 그는 여느 때와 다름없이 가게 문을 여는 시간에 맞춰 정확히 일어났다. 진정한 담배 가게 주인은 자명종이 필요 없다고 오토 트르스니에크가 말한 적이 있었다. 그의 말이 맞았다. 프란츠는 종이를 진열창에 붙이러 갔다. 새 꿈을 꾸면 새 날이 밝는구나. 프란츠는 생각했다. 진열창에 물을 묻혀 새로 닦아야 했다. 뒤에서 디젤 엔진 소리가 나더니 점점 커졌다. 보티브 성당 쪽에서 어두운 색의 구닥다리 차가 다가와 담배 가게 바로 앞에 와서 멈췄다. 남자 세 명이 내렸다. 그중에는 슬픈 표정을 한 예전의 그 공무원도 있었다.

"우리 구면일걸." 그가 말했다. "그래도 서로 소개 좀 할까?"

프란츠는 고개를 저었다. 슬픈 표정의 남자는 외투 주머니에서 담뱃갑을 꺼냈다. 거기에서 다시 가느다란 담배를 꺼내 불을 붙인 그는 프란츠가 치아로 접착테이프를 뜯어 그걸로 유리창에 종이를 꼼꼼하게 붙이는 모습을 바라보았다. 자동차 엔진룸에서 따닥 하는 금속성 소리가 났다. "뭐, 그렇다면." 세 남자 중 한 명이 애석하다는 듯이 말하고 손으로 엔진룸 덮개를 쓸었다. "이제 갈 때가 됐어." 슬픈 표정의 남자가 프란츠를 기분 나쁜 눈으로 쳐다보고 입을 다물었다. 남자들 뒤쪽에서 투박한 자전거를 탄 여자가 인도를 덜컹거리며 달려왔다. 페달을 밟을 때마다 입술 사이로 조용히 휘파람을 불었다. 길 건너편 건물에서 창문이 열리고 가위를 든 손이 밖으로 나와 제라늄 꽃잎을 잘랐다. 꽃잎이 창턱에 툭 떨어지고 다시 인도로 떨어진 뒤 바닥에서 환한 빛을 발했다. 슬픈 표정의 남자가 한숨을 쉬었다. 그는 담배를 바닥에 버리고 발로 비벼 껐다. "이른 아침인데도 왜 이리 하루가 길까." 그는 피곤한 듯 고개를 저으며 말했다. "자, 갈까?"

"잠깐만요." 프란츠가 말했다. 그는 종이가 있는 쪽으로 몸을 더 굽히고 그 위에 계속 접착테이프를 열심히 붙였다.

"그래 봐야 소용없어, 꼬마야!" 슬픈 표정의 남자가 말했다.

"뭐가 소용이 있고 뭐가 소용이 없는지는 나중에 알게 되겠죠." 프란츠가 말했다. "그리고 제 이름은 프란츠예요. 호수가 있는 누스도르프 출신의 프란츠 후헬!"

"내 입장에선 네가 티롤 산기슭에서 온 프란츠라고 해도 상관없어." 슬픈 표정의 남자가 온화하게 말했다. "아니면 운터플라드니츠 출신의 프란츠라든가 어디 딴 데에서 온 다른 누구라도 마찬가지야. 아무런 차이도 없어. 메트로폴 호텔에서는 모두가 똑같은 손님이야. 자, 이제 가자. 아니면 꼭 내 심기를 건드려야겠니?"

프란츠는 접착테이프에서 마지막으로 두 줄을 찢어내어 종이 위에 사선으로 붙였다. 그러곤 손바닥을 종이에 대고 눈을 감았다. 종이에서 따뜻한 느낌이 전해졌다. 그 밑에 있는 유리창이 숨을 쉬듯, 눈에는 거의 보이지 않게 손바닥 밑에서 부풀어 올랐다가 가라앉는 느낌이 들었다. 다시 눈을 떴을 때 프란츠는 자신의 손가락이 떨리는 걸 보았다.

"문을 닫아걸어야 해요." 프란츠가 말했다. "무슨 일이 생길지 누가 알겠어요." 프란츠는 문을 잠그고 열쇠를 세 번 돌렸다. 남자들 틈에 끼여 자동차가 있는 곳으로 갈 때는 작은 종이 나지막이 울리는 소리가 아직도 뒤에서 들리는 것 같았다. 말도 안돼. 프란츠는 이렇게 생각하며 차에 올랐다.

거의 7년 가까이 흐른 1945년 3월 12일 아침, 빈에 심상치 않은 적막이 감돌았다. 밤은 연기처럼 물러가고 희뿌연 여명이 밝아왔다. 라디오에서는 뇌우가 몰려올 거라고 예보했다. 바람이 불면서 거리의 먼지가 회오리쳐 올라가고 신문지가 낱장으로 날아다녔다. 며칠 전부터 새로 폭격이 있을 거라는 소문이 다시 들렸다. 너도나도 폭격 이야기를 했지만 자세하게 아는 사람은 아무도 없었다. 꼭 거리에 나가야 할 이유가 없는 사람은 집에 있든가 벙커나 지하실에서 시간을 보냈다. 밤이 되면 불 꺼진 거리의 여기저기 지하실 창문 안쪽에서 희미한 불빛이 어른거렸다. 몸을 굽히고 침침한 유리창으로 들여다보면, 초 서너 개를 가운데 두고 둘러앉아 말없이 카드놀이를 하는 사람들의 얼굴이 깜박이는 불빛에 보였다. 베링거 가는 인적이 거의 끊겼다. 벤치에 늙은 여자가 앉아 비둘기들에게 빵 부스러기를 뿌려주었다. 비둘기들은 신이 나서 여자의 발 주변을 종종거리며 걸었다. 공원과 거리에서 아직까지 볼 수 있는 유일한 새가 비둘기였다. 다른 새들은 지난 가을부터 모조리 사라졌다. 어느 날 새벽 새들은 비밀 지령이라도 받은 양 크게 무리를 지어 도시를 떠나 서쪽으로 날아갔다. 늙은 여자는 비둘기 한 마리가 푸드득거리며 거의 무릎까지 올라오자 공포의 비명을 질렀다. 여자는 나머지 빵 부스러기가 든 작은 주머니를 외투 주머니에 넣고 벌떡 일어나더니 작은 소리로 툴툴대면서 옆 건물로 절뚝거리며 들어갔다. 젊은 여자가 순환 도로 쪽에서 빠른 걸음으로 다가왔다. 고개를 숙이고 두 손은 큼지막한 남성용 재킷 주머니에 깊숙이 찔러 넣은 모습이었다. 재킷이 자루처럼 어깨에서 축 늘어져 무릎까지 내려왔다. 마지막 남은 모이를 두고 싸우는 비둘기들을 쫓아버리려고 여자가 쉿 소리를 내며 입을 벌렸을 때, 잠깐 그녀의 치아가 드러났다. 진주처럼 하얗게 빛나는 작은 치아였는데, 정확히 한가운데에 아주 커다란 틈새가 있었다.

아네스카는 도로를 건너서 멈춰 섰다. 맞은편에서 석탄 운반 마차가 다가왔다. 앞에서는 조랑말 두 마리가 콧김을 내뿜으며 거칠게 숨을 몰아쉬었고, 마부석에는 석탄 배달부가 앉아 있었다. 그는 흐릿하고 피곤한 눈으로 말 머리 너머 먼 곳을 바라보았다. 그의 검은 얼굴에 옅은 반점이 두 개 있었다. 마차는 시끄럽게 달가닥거리는 소리를 내며 지나갔다. 아네스카는 마차가 볼츠만가세로 접어들어 사라질 때까지 뒤에서 마차를 바라보았다. 파이트하머 설비업체를 지난 그녀는 몇 걸음 만에 옛날 트르스니에크 담배 가게 앞에 이르렀다. 출입문 문틀은 페인트가 벗겨져 있었고, 진열창은 고운 먼지로 덮여 있었다. 아네스카는 이마를 유리에 대고 안을 들여다보았다. 낡은 판매대와 벽 선반, 그리고 죽은 짐승처럼 다리를 위로 쳐들고 한가운데에 놓여 있는 스툴을 제외하면 실내는 텅 비어 있었다. 가게 뒤에 있는 문은 조금 열려 있었다. 그 안쪽은 어두웠다. 아네스카는 두 손과 뺨을 유리창에 대고 눈을 감았다. 아주 잠깐 진열창과 실내와 바닥과 공기가 흔들리는 느낌이 들었다. 그녀는 유리에 대고 입김을 분 다음 김이 서린 곳에 집게손가락으로 천천히 두 개의 줄을 그렸다. 다시 가려고 몸을 돌리는 순간 문 옆에 붙어 있는 종이가 눈에 띄었다. 사실 그건 햇빛에 누렇게 바래고 가장자리가 거의 까맣게 변한 종잇조각에 지나지 않았다. 아래쪽 절반이 없었다. 찢겨 나갔거나 세월이 흐르면서 그냥 사라진 것이다. 위쪽이 남아 있었던 건 그 위에 접착테이프를 여러 번 얼기설기 붙였기 때문이었다. 전에 그걸 한 번도 본 적이 없었지만 아네스카는 종이에 글이 쓰여 있는 걸 알아보았다. 색이 바래고 먼지에 덮여 있어 아주 가까스로 읽을 수 있었다. 글자가 작고, 어린아이가 끼적인 것처럼 불안정했다. 그녀는 가까이 다가가 몸을 굽히고 글을 읽었다.

1938년 6월 7일
호수도 벌써 좋은 시절을 만났다. 제라늄이 밤에 밝게 빛난다. 하지만 그건 불이다. 어쨌든 늘 춤을 출 것이다. 빛이 사

종이는 마지막 낱말 중간 부분에서 찢겨 나갔다. 아네스카는 숨을 크게 들이마신 뒤 조심스럽게 접착테이프를 떼고 종이를 접어 외투 주머니에 넣었다. 그녀는 한 번 더 담배 가게 안을 들여다보았다. 그러나 아무것도 없었다. 아네스카는 유리창을 손가락으로 부드럽게 톡톡 두드리고 그곳을 떠났다. 옛날 로스후버 정육점 앞을 지날 때 다시 주변 공기가 진동하는 느낌이 들었다. 그런데 이번엔 착각이 아니었다. 보티브 성당에 이르러 발걸음을 재촉하다가 결국 있는 힘을 다해 빠른 속도로 뛰기 시작했을 땐, 연합군 폭격기 편대의 엔진 소리가 순식간에 커지면서 벌써 하늘을 가득 채웠다. 폭격기 편대는 거대한 검은 벌 떼처럼 서쪽에서 다가와 도시에 그림자를 드리웠다.

담배 가게 소년

초판 1쇄 발행 2017년 10월 16일

원작 Der Trafikant

지은이 로베르트 제탈러

옮긴이 이기숙

발행인 도영

표지 디자인 신병근

내지 디자인 손은실

마케팅 김영란

발행처 그러나 (등록 2016-000257호)

주소 서울시 마포구 동교로 142, 5층(서교동)

전화 02) 909 – 5517

Fax 0505) 300 – 9348

이메일 anemone70@hanmail.net

ISBN 978-89-98120-43-6 03850

* 이 도서의 국립중앙도서관 출판예정도서목록(CIP)은 서지정보유통지원시스템 홈페이지(http://seoji.nl.go.kr)와 국가자료공동목록시스템(http://www.nl.go.kr/kolisnet)에서 이용하실 수 있습니다. (CIP제어번호: CIP2017025420)

* '그러나'는 '솔빛길'의 문학·인문 전문 브랜드입니다.